PORCELÂME

Illustration de couverture : © Florent Grattery

18, rue Barbès – 92128 Montrouge Cedex
ISBN : 979-1-0363-2531-1
Dépôt légal : août 2021

Loi n° 49-956 du 16 juillet 1949 sur les publications destinées à la jeunesse.

CÉLIA FLAUX

PORCELÂME

La Voie du Kirin

bayard

Carte de l'empire

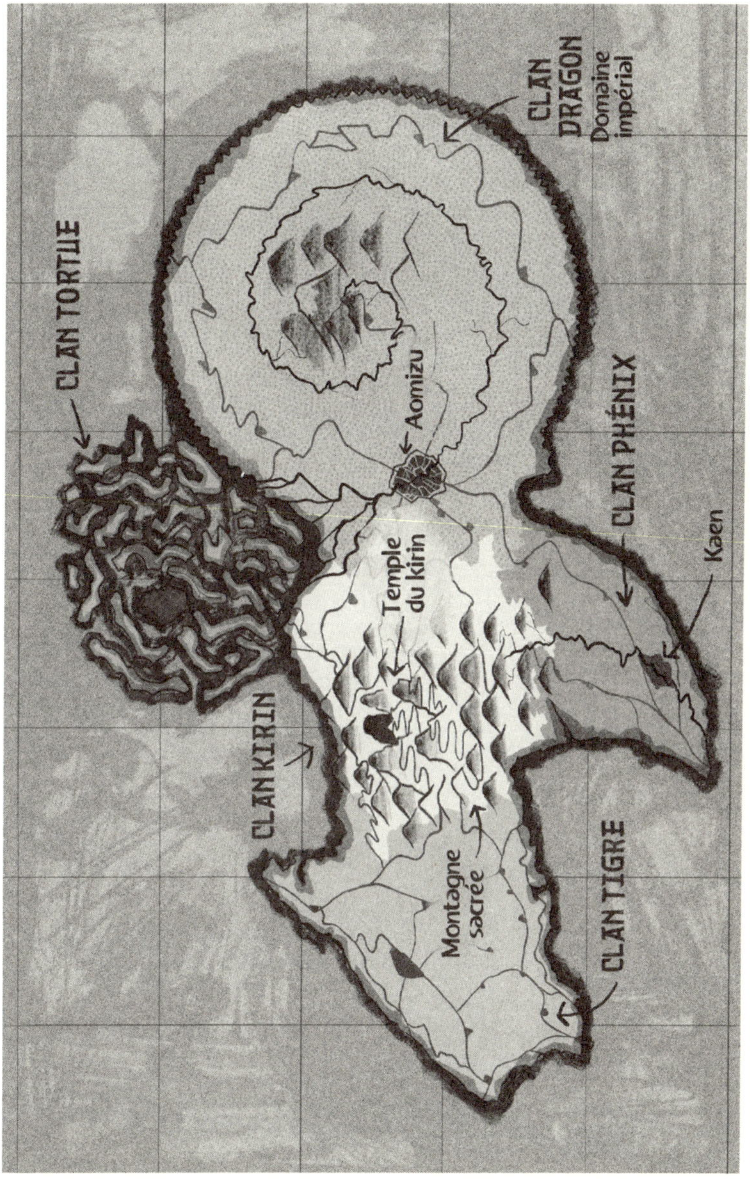

Cinq clans

Seuls les dieux connaissent l'origine des temps anciens, mais les hommes savent qu'à cette époque, chacun des cinq clans formait un royaume indépendant. Ils s'affrontaient sans cesse, en faisant appel aux pouvoirs de leur animal sacré.

La longue guerre des Cinq-Mille Larmes décima le peuple, victime des combats, de la famine et des épidémies. Sensibles à ses souffrances, les animaux sacrés décidèrent d'y mettre fin et poussèrent les cinq clans à fonder un empire gouverné par un traité :

> Chaque clan doit allégeance à l'Empereur.
> L'Empereur doit assistance à chaque clan.
> L'Empereur est garant de la paix.
> L'Empereur rend la justice entre les clans.
> Chaque clan est autonome dans la limite de ses frontières.

Les dieux créèrent une matière magique nommée porcelâme qui symbolise leur pacte avec les êtres humains :

- chaque personne possède une figurine qui exprime son état d'âme au cours de sa vie, mais aussi après sa mort ;
- chaque clan détient un objet en porcelâme donné par son animal sacré ;
- le traité fondateur est écrit sur un rouleau en porcelâme appelé l'Âme de l'empire, qui représente les cinq animaux sacrés.

Kirin, Dragon, Tigre, Phénix et Tortue, chaque dieu possède son propre caractère, son élément, et choisit ses représentants humains à sa manière :

- Le **Kirin**, dieu du Milieu et de la Terre, incarne la sagesse. Il choisit plusieurs Héritiers et Héritières parmi les cinq clans, selon leur clairvoyance. Son clan, qui vit sur la montagne sacrée, est réputé pour ses temples et son enseignement religieux. Il est dirigé par le Grand Prêtre ou la Grande Prêtresse, qui choisit son successeur parmi la noblesse religieuse.
- Le **Dragon**, dieu de l'Est et de l'Air, favorise l'ambition, l'intelligence et la ruse. Ses pouvoirs se transmettent par le sang au sein de la lignée impériale, mais il peut favoriser ou maudire les Fils et les Filles du Dragon. Le clan du Dragon est réputé pour ses intrigues politiques. Il est dirigé par l'Empereur ou l'Impératrice, un titre qui se transmet de parent à enfant selon le droit d'aînesse.

- Le **Tigre**, dieu de l'Ouest et du Métal, se consacre à la force physique et militaire. Il choisit plusieurs Guerriers et Guerrières parmi les cinq clans. Il s'incarne parfois en eux pour leur conférer ses pouvoirs, notamment la rage divine (une forme de berserk). Son clan est réputé pour ses combattants. Au moment de la succession, la noblesse guerrière s'affronte et celui qui dispose de l'armée la plus puissante devient Gouverneur ou Gouverneuse.
- Le **Phénix**, dieu du Sud et du Feu, recherche l'art et le savoir. Il s'incarne dans une seule personne, choisie selon des critères mystérieux, à laquelle il confère ses pouvoirs jusqu'à sa mort. Son clan est réputé pour ses écoles, ses savants et ses inventeurs. L'Incarnation du Phénix dirige le clan. Ce nom désigne son rôle religieux, et celui de Primordial(e) son rôle politique.
- La **Tortue**, déesse du Nord et de l'Eau, s'enrichit par le commerce. Lors de l'épreuve de la Tortue, elle choisit un ou une Porte-Parole au sein de son clan, qui devient capable de la comprendre et de communiquer avec elle. Son clan est réputé pour ses marchands et ses navigateurs. Le ou la Porte-Parole dirige l'assemblée de la Tortue, qui rassemble les riches familles du clan.

1

Les funestes nouvelles qui frappaient la montagne sacrée perturbaient Tomoe Yamako. La jeune femme méditait sur un promontoire vertigineux pour retrouver son équilibre. À travers la brume, elle devinait les crêtes acérées, les arêtes battues par les vents, et les rochers dont ses doigts calleux connaissaient les anfractuosités. Ce panorama majestueux l'apaisait d'ordinaire mais à cet instant, une menace planait comme un rapace sur les cimes enneigées.

Le temple du Kirin nichait sur un sommet et Tomoe laissa son regard vagabonder sur ses toits retroussés. Les bâtiments rouges se confondaient avec les reliefs naturels, tandis que des fenêtres perçaient la roche ou qu'un mur la prolongeait. Le gong retentit et son timbre de cuivre résonna des pics aux vallées. La montagne sacrée formait une frontière naturelle entre les terres du Dragon, à l'est, et celles du Tigre, à l'ouest. Ses flancs escarpés protégeaient le clan Kirin de ses voisins mais, depuis cet hiver, une insaisissable criminelle frappait sur ses terres.

Tomoe frissonna à cette idée. Elle écarta les bras et les manches de son kimono flottèrent au vent. Loin de redouter le vide, elle éprouvait envers lui une attirance dangereuse. La jeune femme envisageait parfois de prendre son envol pour quitter le monde des hommes, mais elle aimait son métier de guide sur la montagne sacrée et ce lien la retenait encore parmi les vivants.

Le vent lui porta une voix taquine :

– La Grande Prêtresse te réclame !

Aïko se posta à ses côtés ; les rafales rosirent ses joues rondes et sa frange échappa aux épingles qui la retenaient. Elle portait un kimono en soie dont les motifs représentaient des fleurs de prunier rouge, en harmonie avec le retour du printemps :

– Yama-chan[1], les servantes m'ont appelée en renfort. Personne n'ose te suivre jusqu'ici.

– Voilà pourquoi j'aime cet endroit.

Cette réplique amusa Aïko, dont le rire s'éleva tel un chant d'oiseau. Tomoe se détourna de la montagne à regret pour rejoindre l'enceinte du temple avec elle. Depuis quelques jours, la neige cessait de recouvrir les toits recourbés, et l'eau ne gelait plus dans les bassins dédiés aux purifications rituelles.

Aïko soupira :

– Les beaux jours arrivent et la tueuse court encore.

1. « Chan » : ce suffixe est une marque d'affection en japonais.

Les deux jeunes femmes se rapprochèrent et leurs pas s'accordèrent d'instinct en évoquant les derniers évènements. Lorsqu'elles franchirent les montants rouges des toriis, les portails qui séparaient l'espace sacré de celui des profanes, une sourde angoisse étreignit Tomoe. L'isolement hivernal du temple avait cessé et les voyageurs affluaient chaque jour davantage. Cette convocation subite était-elle un bon présage ?

*****

Tomoe pénétra dans les appartements privés de la Grande Prêtresse du clan Kirin et s'agenouilla sur les tatamis fraîchement balayés. Elle sentit peser sur sa nuque le regard bienveillant de la vieille dame, qui délaissa son pinceau et son encrier. Un chignon blanc, des rides légères, une voix claire, son autorité s'exprimait en toute simplicité. Seules les cimes brodées sur son kimono noir rappelaient qu'elle gouvernait le clan Kirin et son fief, la montagne sacrée.

– Redressez-vous, mon enfant, et servez le thé.

La jeune femme obéit en prenant garde à ne rien renverser. À dix-neuf ans, elle ne se considérait plus comme une petite fille, mais elle appréciait toujours les marques d'affection de sa protectrice. Lorsqu'elle reposa la théière en argile, la Grande Prêtresse annonça :

– Nous avons trouvé une nouvelle victime près du village.

La jeune femme le savait déjà. Cet assassinat commis tout près du temple du Kirin l'affectait, mais son annonce ne la prit pas au dépourvu.

– Encore un homme, paraît-il ?

– Comme toujours. D'après ses voisins, il battait sa femme et ses enfants sous l'effet du saké. Les moines-guerriers mènent l'enquête, mais le corps se trouvait dans un ravin et le coupable s'est enfui depuis longtemps.

Tomoe garda le silence, troublée par ses propres émotions. Elle n'éprouvait aucune compassion envers le défunt, mais ces meurtres à répétition lui inspiraient une profonde répulsion. Le sage Kirin condamnait toutes les formes de violence et la présence d'un assassin en liberté profanait la montagne sacrée.

– Le gouverneur Tora m'écrit à ce sujet, poursuivit la Grande Prêtresse. Le choix des victimes et l'habileté au sabre lui rappellent la veuve noire, une criminelle qu'il pourchasse depuis une trentaine d'années.

En effet, Tomoe se souvenait de rumeurs au sujet d'une mystérieuse guerrière qui tuait sur les terres du clan Tigre.

– Pensez-vous qu'il s'agisse de la même personne ?

– Regardez, Yamako-san[1].

La Grande Prêtresse tendit un avis de recherche à Tomoe, qui vacilla sous le choc. Les longues mèches noires, le front haut et le petit nez peints sur le papier froissé… ce portrait

1. « San » : ce suffixe est une marque de respect en japonais.

de la veuve noire lui ressemblait de façon troublante. La somme offerte en récompense représentait une fortune pour un montagnard. Pendant un bref instant, une bouffée de colère s'empara d'elle. Un voile rouge tomba devant ses yeux, son souffle s'accéléra et elle pressa ses mains contre son ventre pour se maîtriser.

– De toutes les personnes qui vivent au temple du Kirin, vous êtes celle à qui ce portrait correspond le mieux, constata la vieille dame.

– Je n'ai tué personne !

– Là n'est pas la question, déplora la Grande Prêtresse. Le gouverneur du clan Tigre me propose d'envoyer ses samouraïs sur la montagne sacrée pour poursuivre la veuve noire. Par égard envers les familles des victimes, je ne peux refuser son aide.

Le cœur de Tomoe rata un battement à l'idée de soldats lancés à ses trousses et la panique pulsa dans ses veines.

– Vénérée Maîtresse, devrais-je partir ?

– Non, trancha cette dernière. Une telle fuite renforcerait les soupçons.

Ce refus soulagea Tomoe d'un poids considérable. Le temps d'un soupir, elle se revit dans la même pièce six ans plus tôt avec ses vêtements déchirés, ses mains et ses pieds en sang. Au lieu de la renvoyer dans sa famille, la Grande Prêtresse lui avait offert un nouveau foyer.

– Je vous suis si reconnaissante de m'avoir accueillie…

– Alors, écoutez mes conseils. Modifiez votre coiffure et votre apparence sans excès. Soyez prudente, mais ne changez rien à vos habitudes pour éviter d'attirer l'attention.

La jeune femme fixa les yeux d'encre du portrait. La veuve noire possédait les traits purs d'une noble dame, mais le fil de sa lame trempait dans le sang. Rien à voir avec une guide aux mains calleuses, chargée de protéger les voyageurs sur la Voie du Kirin. Pourtant, Tomoe envisagea le pire.

– Vénérée Maîtresse, que se passera-t-il si les hommes du Tigre m'accusent tout de même ?

La vieille dame plissa les paupières et ses traits prirent la dureté de la pierre.

– Le clan Kirin ne tolérera aucune arrestation injustifiée sur son territoire. Ici, le gouverneur Tora ne dicte pas sa loi.

La gorge de Tomoe se noua et elle exprima sa reconnaissance en s'inclinant jusqu'à terre. La Grande Prêtresse se pencha vers elle et ses doigts veinés de bleu effleurèrent son épaule.

– Le chemin deviendra praticable dans quelques jours. Alors, vous redescendrez au relais du Levant pour accueillir les prochains voyageurs. Ne perdez pas courage, mon enfant. Le Kirin vous protège.

*****

Le vieil homme s'agenouilla devant l'Empereur. Tandis qu'il posait son front sur les dalles, un élancement douloureux jaillit de ses articulations, mais il ignora cette souffrance familière pour mieux se concentrer sur les paroles du souverain.

– Maître Hayashi, comment se porte l'Âme de l'empire ?

L'encens parfumé qui brûlait dans les braseros emplit les poumons du vieil homme, qui réprima une quinte de toux. Suivant la tradition, il commentait tous les mois l'évolution du rouleau en porcelâme dans la salle du trône au cœur du palais de la Sérénité Céleste, lui-même situé au centre de la cité impériale, dans la capitale du clan Dragon. La matière magique perdait son éclat depuis des années, et répondre à la question traditionnelle sans mentir devenait de plus en plus difficile. Mais révéler la vérité, c'était remettre en cause la légitimité de l'empereur Tatsuya, et ce dernier ne pardonnait pas les offenses.

– Le Tigre montre ses crocs, répondit Gikan, le Dragon et le Kirin se tournent dans sa direction. Je ne note aucun changement pour le Phénix et la Tortue.

L'Empereur congédia le vieil homme d'un geste de la main. Pourtant, celui-ci ne se releva pas, car un autre sujet lui causait bien des soucis.

– Votre Majesté, je suis au regret de vous annoncer que la porcelâme de votre fille, la défunte princesse Kaede, se détériore encore.

Depuis son trône doré posé sur une estrade, le souverain considéra son conseiller. Ses lèvres se pincèrent sous sa moustache tombante, et un courant d'air souffla les flammes des braseros.

– Gikan Hayashi, toi, le maître de la Porcelâme, toi, le gardien de l'autel de mes ancêtres, tu as donc échoué ?

Un lourd silence résonna entre les cloisons écarlates. Le Dragon céleste peint au plafond sembla soudain prêt à mordre ceux qui contrariaient son représentant sur terre ; ses écailles bleues luisaient à la lumière des lanternes, ses crocs acérés saillaient de sa gueule barbue et ses griffes déchiraient les nuages. Le dieu de l'Air transmettait ses pouvoirs à la lignée impériale et le vieil homme prosterné sur le sol pria pour que son souverain se maîtrise, cette fois. Le toit venait d'être réparé.

Gikan songea une fois de plus aux mille et une façons de soigner les porcelâmes, ces figurines dans lesquelles s'incarnaient les âmes de tous les êtres humains. Chaque bébé sortait du ventre de sa mère avec une bille blanche serrée dans son poing. Lorsqu'il grandissait, la matière magique prenait la forme d'une statuette à son image. Elle montrait le caractère et l'humeur de cette personne pendant sa vie, mais aussi après sa mort.

Le vieil homme savait ainsi interpréter l'état d'esprit des vivants et des ancêtres défunts. Sa science demeurait pourtant impuissante face à la porcelâme de la princesse Kaede, fille de l'Empereur. En temps normal, la précieuse statuette reposait dans l'autel familial de son époux, au temple du Kirin, mais les experts locaux s'inquiétaient pour elle. Depuis quelques semaines, sa figure exprimait un terrible désarroi et leurs prières n'obtenaient aucun résultat. Ils l'avaient donc confiée au maître de la

Porcelâme en espérant qu'il saurait soigner l'âme de la défunte princesse Kaede, mais le mal gagnait du terrain de jour en jour. Une affreuse noirceur altérait son teint de porcelaine et des fissures remontaient du bas de sa robe vers sa poitrine.

– Malheureusement, ni les prières, ni les baumes médicinaux appliqués sur la figurine n'ont apporté d'amélioration.

– Donne-moi au moins une explication ! tonna l'Empereur. Est-ce l'attaque d'un démon ?

– Les rituels d'exorcisme n'ont produit aucun effet, Votre Majesté.

– Dans ce cas, comment lui rendre sa sérénité ?

Le Fils du Dragon serra les poings. Le dieu de l'Air lui prêta aussitôt ses pouvoirs et une tornade se répandit dans la salle. Elle fouetta le visage de Gikan et défit son chignon. Recroquevillé sur les dalles, le maître de la Porcelâme attendit que le vent se calme. Il servait la famille impériale depuis longtemps et ses rivaux ne disposaient pas de son expérience, donc il se savait difficilement remplaçable, mais ses suppositions risquaient de lui coûter cher.

– Vous savez que le décès de la princesse Kaede et celui de sa fille, la princesse Yūkiko, demeurent mystérieux. Votre serviteur se demande s'il s'agissait vraiment d'un incendie accidentel.

– Remettrais-tu en cause la parole du gouverneur Tora ? Dans ses lettres, ma fille ne se plaignait pas de l'attitude de son époux.

– Votre Majesté, cette correspondance a brusquement pris fin lors de la révolte du Tigre.

– Il n'aurait pas osé... Le sang du Dragon coulait dans leurs veines !

Le vieil homme frissonna face à ce déni, conscient de la terrible responsabilité qui pesait sur ses épaules. Ni le mariage de la princesse Kaede avec le seigneur du clan Tigre, ni la naissance de leur fille n'avaient pu calmer les ambitions de ce dernier. Sept ans plus tôt, il avait attisé la rébellion des paysans contre l'Empereur pour que son fief redevienne un royaume indépendant, comme lors des temps anciens. Pendant la révolte du Tigre, les guerriers s'étaient affrontés, mais aussi les civils. Le prince Daïjiro, le fils cadet de Sa Majesté, avait lui-même mené l'armée impériale au combat pour mettre fin à ce bain de sang.

Après de longues négociations, le gouverneur Tora avait fini par renouveler son serment de fidélité à l'Empereur, mais les flammes couvaient sous la cendre et son allégeance restait fragile. Son fief se remettait à peine de ces batailles et de la famine qui en avait résulté.

Dans sa dernière lettre, la princesse Kaede avertissait son père de la révolte fomentée par son mari. Gikan n'osait imaginer le sort qui lui avait été réservé, ainsi qu'à sa fille, pendant cette guerre civile. Elles avaient vécu au palais du gouverneur Tora, surveillées par les membres de son clan, isolées de leur propre famille. Un an plus tard, elles avaient toutes les deux perdu la vie lors d'un terrible incendie, et il s'interrogeait sur ces décès prématurés.

La fille de Kaede avait péri au seuil de l'adolescence et son impérial grand-père ne l'avait jamais rencontrée.

– Voilà pourquoi son mari l'a considérée comme une ennemie pendant la révolte du Tigre. Il empêchait la princesse Kaede de vous écrire pour qu'elle ne vous transmette aucune information. D'ailleurs, les experts du clan Kirin nous envoient sa porcelâme en secret, sans prévenir le Gouverneur. La Grande Prêtresse partage sans doute mes soupçons.

Ébranlé par ces arguments, Sa Majesté s'appuya contre les accoudoirs de son fauteuil :

– Comment se porte la porcelâme de la princesse Yūkiko ? demanda-t-il d'un ton las.

– Je me suis renseigné auprès de mes collègues du temple du Kirin, mais n'ai pas obtenu de réponse claire de leur part. Nous ignorons si la fille souffre du même mal que sa mère.

L'empereur Tatsuya se pencha vers son serviteur et son regard impérieux le cloua au sol.

– Cette affaire menace la paix entre les clans. Je te charge de mener l'enquête en toute discrétion, maître de la Porcelâme. Ne me déçois pas.

Le vieil homme se retira sur ces mots, satisfait par l'issue de cette discussion, mais préoccupé par ce qu'il risquait de découvrir.

*****

Il régnait un calme incomparable dans le pavillon des porcelâmes. Si la cité impériale vivait au rythme des complots et des scandales, ce lieu protégé faisait exception. La lumière tamisée jouait sur les autels en bois précieux, dont les décors finement sculptés se paraient d'or. Les battants verrouillés par des serrures ouvragées maintenaient les porcelâmes de la lignée du Dragon à l'abri de la poussière, de l'humidité et des regards indésirables.

Gintaro s'agenouilla sur les tatamis disposés au centre de la pièce et s'inclina jusqu'à terre en signe de profond respect. Le commun des mortels ne pouvait pénétrer dans le pavillon des porcelâmes, mais depuis son plus jeune âge, il passait ses journées penché sur toutes les figurines à sa portée au lieu de jouer dehors. À dix-neuf ans, il assistait donc Gikan Hayashi, son révéré père.

Devant son atelier, ce dernier confectionnait un baume à base de cire et d'herbes aromatiques dont les effluves frais apaisaient l'esprit. Le maître de la Porcelâme portait à sa ceinture les clés des autels de la lignée impériale. Il soupirait en travaillant, et ses mains fébriles trahissaient les soucis qui l'accablaient après son entrevue avec l'empereur Tatsuya. Gintaro n'osa l'interrompre. Il noua les manches de son kimono, dont le bleu profond mettait en valeur la pâleur de son teint, et vérifia la propreté des carrés de soie utilisés pour lustrer les porcelâmes.

De temps en temps, ses yeux sombres se tournaient vers le petit cabinet en laque noire qui contenait le Traité de porcelâme. Cette relique, Gintaro ne l'avait jamais contemplée de ses propres yeux, mais il en connaissait le contenu par cœur.

Chaque clan doit allégeance à l'Empereur.
L'Empereur doit assistance à chaque clan.
L'Empereur est garant de la paix.
L'Empereur rend la justice entre les clans.
Chaque clan est autonome dans la limite de ses frontières.

Quand Gikan termina son onguent, son fils le rejoignit sur les tatamis et dénoua ses manches.

– Père, comment se porte l'Âme de l'empire ?

À son fils, le maître de la Porcelâme répondit sans détour :

– La couleur du rouleau s'assombrit toujours et les cinq animaux sacrés m'inquiètent. Le Dragon se tord sur lui-même, la Tortue se cache, le Kirin se cabre et le Phénix perd son éclat, faute d'héritier vivant. Quant au Tigre, il se montre de plus en plus agressif. Ces signes n'annoncent vraiment rien de bon.

– J'ignorais la gravité de la situation !

– Bien sûr. J'essaie d'avertir Sa Majesté, mais sans excès, car il interprète les mauvaises nouvelles comme une offense personnelle.

Cette sentence remplit Gintaro d'effroi. Son vénéré père se montrait modéré d'ordinaire, et cette amertume sinistre ne lui ressemblait pas.

– Selon vous, ces mauvais augures remettent-ils en cause la politique de l'empereur Tatsuya ?

– Je ne me permets pas d'en juger, le corrigea Gikan d'un ton sévère. Je me contente de le servir de mon mieux. D'ailleurs, Sa Majesté m'ordonne d'organiser une mission dans le plus grand secret pour vérifier l'état de la porcelâme de la princesse Yūkiko.

Le jeune homme se raidit sous l'effet de la surprise.

– Vous l'avez donc convaincu ?

– Oui, mais je n'ai aucune certitude au sujet de cette maladie. D'après le ministre de la Guerre, le gouverneur Tora se montre souvent orgueilleux, mais pas lâche. Il n'aurait pas déshonoré son nom en maltraitant deux nobles dames. L'Empereur partage son opinion mais, pour ma part, je sais qu'un homme ne présente pas toujours le même visage en public et en privé.

– Pensez-vous que le Tigre se révoltera encore ? s'alarma-t-il.

Le maître de la Porcelâme soupira si fort que les clés accrochées à sa ceinture tintèrent.

– Je ferai tout ce qui est en mon pouvoir pour l'éviter. Le clan Kirin ne manque ni de sagesse, ni de subtilité. La Grande Prêtresse nous a transmis la porcelâme de la princesse Kaede en secret pour éviter tout scandale. Par contre, elle n'évoque jamais celle de la princesse Yūkiko… En tout cas, le gouverneur Tora ne doit pas savoir que l'Empereur s'intéresse à son autel familial.

Gintaro contempla son père avec un grand respect et une profonde inquiétude. Chaque famille possédait un autel qui protégeait les porcelâmes de ses membres, vivants et défunts. En général, les prières et les offrandes rituelles suffisaient pour qu'elles se portent bien. Le plus grand respect s'imposait, car les dommages infligés à une figurine blessaient aussi la personne concernée. Il arrivait parfois que des bandits sans scrupule volent une porcelâme pour obtenir une rançon, mais les clans punissaient ce crime de mort. Tous sauf le Tigre.

Ce fief de guerriers ne respectait que la loi du plus fort. Certains seigneurs prenaient des porcelâmes en otages et les torturaient pour conquérir le pouvoir. Gintaro jugeait cette pratique révoltante, mais les gens de l'Ouest considéraient qu'une maison incapable de protéger les siens méritait son sort. Les précédents gouverneurs mettaient leur autel familial sous bonne garde dans leur palais, mais le seigneur Tora l'avait confié au temple du Kirin car en ce lieu sacré, difficile d'accès, les prêtres exécutaient sans pitié les voleurs de porcelâmes.

– C'est un voyage long et périlleux, soupira le jeune homme.

– Je ne m'y rendrai pas en personne, le rassura son père. Gravir la Voie du Kirin nécessite une force physique dont je ne dispose plus depuis longtemps. Mais toi, mon cher fils, tu possèdes toutes les connaissances nécessaires pour examiner la porcelâme de la princesse Yūkiko. Grâce à l'Écaille du Dragon, tu seras mes oreilles et mes yeux.

Gintaro s'agita sous l'effet de la surprise :

– Moi, Père, porter l'Écaille du Dragon !

L'Empereur confiait cet objet sacré à ses généraux en temps de guerre, à ses diplomates en temps de paix, et il se sentit investi d'une responsabilité comparable à celles des grands serviteurs de l'État.

– Sa Majesté souhaite suivre ton enquête sans délai, répondit Gikan.

Gintaro se redressa et une fierté nouvelle anima ses traits :

– Je me montrerai digne de cette tâche !

– L'empereur Tatsuya atteint un âge vénérable. Lors du sacre de son héritier, la tradition nous imposera d'exposer les porcelâmes de sa lignée en public. Nous devons donc les guérir d'ici là pour que nul ne doute de sa légitimité.

– J'en ai bien conscience, l'assura Gintaro.

Parmi les trois enfants de l'empereur Tatsuya, le prince Ichiro et la princesse Kaede étaient issus de son premier mariage. Après le décès de son épouse, il s'était remarié et sa seconde femme lui avait donné le prince Daïjiro. Gintaro savait qu'au sein de l'aristocratie et de l'armée du Dragon, de nombreux dirigeants préféraient le fils cadet à son aîné. En effet, Ichiro souhaitait renforcer le pouvoir impérial aux dépens des clans, ce qui scandalisait la noblesse de province. Par ailleurs, à quarante-cinq ans, il n'avait pas réussi à devenir père suite à la stérilité de son épouse, ce qui fragilisait la lignée du Dragon.

Daïjiro, le fils miracle de la seconde épouse de l'Empereur, avait vingt ans de moins que son frère. Ce guerrier accompli avait gagné le respect de l'armée grâce à sa victoire lors de la révolte du Tigre, et son charme suscitait l'admiration des foules. Il ne remettait pas le traité fondateur en question, ce qui lui valait de nombreux soutiens.

Des porcelâmes fissurées et noircies signifiaient que le futur souverain ne recueillait pas l'approbation de ses ancêtres. Les partisans de Daïjiro saisiraient sans doute cette occasion d'écarter l'héritier légitime au profit de leur favori, et un tel conflit raviverait les luttes de pouvoir entre les clans. Si l'autorité de l'Empereur faiblissait, il ne pourrait plus assurer son rôle de gardien de la paix. Gintaro serra les poings, horrifié par ce scénario désastreux.

– Nous prétendrons que tu pars te former auprès d'un collègue pour justifier ton absence, expliqua son père. Mon vieil ami maître Hebi me rendra bien ce service. Toutefois, trouver les hommes appropriés pour t'escorter pose certaines difficultés, selon le ministre de la Guerre.

– Vraiment ?

– Les soldats valeureux ne manquent pas, mais peu d'entre eux savent passer inaperçus.

Gintaro songea aussitôt au Dragon impérial tatoué sur le bras droit des samouraïs au service de l'Empereur. Le corps serpentin s'enroulait autour de leur avant-bras et la tête cornue ornait leur poignet pour que le dieu de l'Air leur prête sa force au combat.

– Il suffit de le cacher sous un bandage, proposa innocemment le jeune homme.

– Tu ne comprends pas, maugréa son père d'un ton exaspéré. Ce tatouage symbolise le serment des guerriers et ils en sont fiers. Ils n'apprécieraient guère de renoncer à leur statut au sein de la société et d'humilier leur sabre en se faisant passer pour des combattants ordinaires. Le ministre m'a même proposé un rōnin…

– Un vagabond ! s'écria Gintaro avec mépris. Un guerrier sans seigneur !

– L'homme en question appartient à l'école Nakajima. Je connais son maître. Peu la valent au sabre et des missions délicates lui ont déjà été confiées.

– Mais l'honneur de l'Empereur et la stabilité du trône dépendent de cette expédition. Nous ne pouvons les remettre entre les mains d'un mercenaire incapable de prêter serment !

Le vieil homme poussa un soupir pensif et un pli soucieux barra son front.

– Prenons le temps d'y réfléchir. Le ministre m'a transmis une liste de noms. Demain, nous les rencontrerons ensemble.

*****

Gintaro but quelques gorgées de thé sans quitter son révéré père des yeux. Gikan souffrait de la fatigue et son dos se voûtait. Il ne renonçait pas, toutefois, à se tenir sur les coussins de cette auberge animée, en attendant l'arrivée du samouraï suivant.

Le maître de la Porcelâme quittait rarement la cité impériale. Ce vaste domaine, avec ses jardins, ses pavillons, ses temples et ses palais, formait une petite ville enclose dans la capitale du clan Dragon, comme une perle dans son huître. Elle se situait au sud-est, très en amont du port fluvial et de ses docks mal famés. Mais aujourd'hui, Gikan avait renoncé à la sérénité du pavillon des porcelâmes pour les rues animées du centre-ville.

Dehors, les kimonos, les chaises à porteurs et les chariots se bousculaient entre les étalages. Les ménagères étudiaient la fraîcheur des légumes, de la volaille et du poisson avant de remplir leurs paniers, les serviteurs s'affairaient au service de leurs maîtres, de jeunes messagers se faufilaient le long des murs. Le précédent candidat venait de quitter l'auberge et son crâne en partie rasé traçait son sillon parmi la foule. Il ne portait ni l'armure ni le blason de l'Empereur, mais son attitude parlait pour lui et les gens s'inclinaient sur son passage. Malgré ses qualités, Gikan ne l'avait pas retenu longtemps à sa table. Jamais un tel homme ne passerait inaperçu en voyage.

Le clan Dragon préférait la politique aux batailles rangées, il valorisait l'intelligence plus que la force physique, pourtant ses samouraïs s'enorgueillissaient de leur nature de guerrier. Contrairement au clan Tigre, personne n'obligeait les jeunes gens à prouver leur valeur par les armes, mais ceux qui choisissaient cette voie le clamaient haut et fort. La consigne transmise aux candidats insistait sur la discrétion et la modestie, toutefois le sixième test s'achevait comme les précédents ; aucun des combattants recommandés par le ministre de la Guerre ne rejoignait l'auberge sans se faire repérer. Leur sens de l'honneur mettait cette mission secrète en péril.

Gintaro, pour sa part, se montrait digne de la confiance de son père. Il avait renoncé à sa coiffe de lettré et remplacé ses robes en soie par de la laine brune. Nul ne se retournait sur lui dans la rue, nul ne s'étonnait de son grand front ni de ses cheveux noués en simple chignon. Ses mains se crispèrent sur ses genoux et les muscles de ses bras se contractèrent. Même si l'entretien des porcelâmes nécessitait plus de minutie que de force, l'exercice physique ne lui faisait pas peur. Il se sentait prêt à gravir la montagne sacrée.

Un homme imposant entra soudain dans l'auberge et regarda autour de lui. Le cœur de Gintaro bondit en remarquant les deux sabres qu'il portait à la ceinture. Les longues manches qui couvraient ses poignets cachaient-elles un dragon, symbole de sa fidélité envers l'Empereur ? Lorsque l'aubergiste s'approcha du nouveau venu et désigna la table de maître Hayashi, un nouvel espoir déferla sur Gintaro. La carrure de l'homme et la sobriété de sa tenue lui inspiraient confiance ; il espérait trouver en lui son compagnon de voyage.

Au même moment, un jeune serveur laissa échapper une tasse et recula pour éviter les éclaboussures brûlantes.

Emportée par son élan, sa main toucha le sabre du nouvel arrivant. L'homme dégaina en un instant. Lorsqu'il brandit son arme, sa manche révéla les naseaux bleus tatoués sur son poignet et le garçon s'aplatit sur le sol, tremblant d'angoisse. Il avait reconnu la féroce gueule barbue du Dragon céleste. Souiller le katana d'un samouraï représentait une grave offense, souvent lavée dans le sang.

Gintaro se tourna vers son père, qui secouait la tête d'un air désapprobateur. L'anonymat du nouveau venu n'avait pas duré longtemps. Soudain, un client enjamba le garçon prosterné et se dressa face au samouraï. Son large couvre-chef en paille tressée dissimulait son visage, mais pas les sabres glissés à sa ceinture. Sa taille moyenne et sa minceur contrastaient avec la large stature du guerrier, surtout lorsqu'il courba le dos.

– Cet enfant ne voulait pas vous manquer de respect. Je vous prie d'accepter ses excuses.

– De quoi te mêles-tu ? rugit son interlocuteur. Cette affaire ne te concerne pas !

L'inconnu s'inclina à nouveau. D'un signe, il ordonna au gamin de filer en cuisine et s'interposa d'un geste fluide quand le samouraï tenta de poursuivre sa proie.

– Comment oses-tu entraver l'action d'un soldat impérial ? tonna ce dernier.

Gintaro se posait la même question. L'inconnu portait un kimono élimé, son vieux chapeau et ses sandales ne payaient guère de mine, mais surtout, aucun tatouage n'ornait son bras. Sans l'appui d'un seigneur, un porteur de sabre ne valait guère mieux qu'un mercenaire et n'attirait que le mépris. Pourtant, cet homme à la voix douce avait permis au serveur de s'enfuir sans engager le combat.

– Voici sans doute le fameux rōnin, murmura Gikan avec intérêt.

Gintaro quitta la table pour mieux observer la scène. De près, il remarqua que le samouraï suait à grosses gouttes, tandis qu'un léger sourire flottait sur les lèvres de son adversaire. Le premier gesticulait d'un air menaçant, le second s'excusait platement, mais jamais leurs mains n'approchaient des fourreaux pendus à leur ceinture. Il ne s'agissait que d'une comédie ; le samouraï gardait la face et le rōnin ne s'y opposait pas, aucun des deux ne dégainerait son sabre.

Le samouraï finit par tourner les talons d'un air excédé. Lorsqu'il franchit le seuil de l'auberge, les discussions reprirent et l'expert en porcelâme s'approcha du rōnin.

– Je me nomme Gintaro Hayashi, fils de Gikan, et mon révéré père souhaiterait vous recevoir à sa table. Accepteriez-vous de me suivre ?

Son interlocuteur acquiesça.

– Je suis Kiyoshi Nakajima, de l'école du même nom. Enchanté de faire votre connaissance.

Ils s'installèrent autour d'une petite table et le maître en porcelâme servit lui-même le thé pour honorer leur invité. Ce dernier s'inclina poliment devant la tasse avant de la saisir.

– Vous désiriez me rencontrer, maître Hayashi ?

Les yeux du vieil homme se plissèrent.

– Pardonnez ma curiosité, je ne vous ai pas vu entrer dans l'auberge.

– Oh, ma présence passe inaperçue quand mon manteau cache mes sabres. Je suis arrivé juste après le petit-déjeuner.

Gintaro réalisa avec stupeur que le rōnin les observait depuis des heures sans se faire remarquer. Il étudia sa posture détendue, ses traits juvéniles et ses cheveux brun clair, noués sur sa nuque par une lanière en tissu. Ses mèches en bataille lui donnaient l'air d'un gamin, mais sous ses paupières baissées, ses pupilles foncées démentaient cette impression première. Kiyoshi Nakajima possédait la ruse du Dragon céleste. Il avait gardé son sabre court à sa ceinture et posé son katana à portée de main. Un guerrier se tient toujours sur ses gardes, se dit Gintaro.

Puis, il prit sa décision sans attendre l'avis de son père.

– Nakajima-san, j'ai besoin d'un garde du corps pour me rendre sain et sauf jusqu'au temple du Kirin, au sommet de la montagne sacrée.

– Comme c'est intéressant, répondit son interlocuteur avec un doux sourire. Je vous écoute avec attention.

2

Tomoe s'engagea sur l'échelle de corde qui permettait de descendre la falaise. Les barreaux se balançaient sous ses pieds, tandis que ses doigts serraient fermement le chanvre râpeux. Un lézard effrayé se réfugia dans une crevasse. Cette fois-ci, la guide n'empruntait pas la Voie du Kirin pour descendre au relais du Levant, ce qui lui permettait d'avancer à son propre rythme. Elle ne détestait pas la compagnie de ses clients, mais voyager seule sur les raccourcis réservés aux montagnards lui procurait une incroyable sensation de liberté.

Une fois en bas, la jeune femme rajusta son chapeau conique et s'accorda une gorgée d'eau avant de poursuivre sur un chemin sinueux. Un parfum minéral envahit sa gorge et son nez. Ici, seuls des plaques de mousse et des lambeaux de terre marbraient la pierre grise, alors que les rizières dessinaient une mosaïque printanière dans les plaines. La guide s'immobilisa lorsqu'un détail attira son attention. Une main inerte au fond du ravin.

Tomoe se pencha, le cœur battant, et distingua le reste du corps en contrebas. D'instinct, elle se rejeta en arrière, le dos plaqué contre la roche. Il lui fallut de longues minutes avant de calmer les battements de son cœur, puis d'oser s'approcher du bord à genoux. L'homme n'aurait pas survécu à une telle chute mais, de toute évidence, il était mort avant de tomber. Une blessure ensanglantée transperçait son dos. Le liquide sombre maculait sa ceinture ambrée et la jeune femme saisit qu'il s'agissait d'un guide.

Les noms de ses collègues lui traversèrent l'esprit, mais cette silhouette couchée sur le ventre pouvait appartenir à nombre d'entre eux. Tomoe tremblait de la tête aux pieds et la sueur ruisselait sur ses tempes. La nausée lui souleva l'estomac quand elle réalisa que la veuve noire venait de frapper, qu'elle rôdait tout près, et elle pressa sa paume sur ses lèvres. Certes, la criminelle ne tuait que des hommes, mais elle n'hésiterait pas à supprimer un témoin gênant. Elle observa le sentier, écouta les sifflements du vent, mais ne perçut aucune présence vivante. Tandis que le soleil traçait sa course lente dans le ciel, elle se blottit contre la roche, dans l'espoir de s'y fondre le temps que l'assassin s'éloigne

Tomoe pria le Kirin d'accompagner l'âme du défunt jusqu'à sa porcelâme, puis le supplia de veiller sur elle. Les prochaines heures s'annonçaient dangereuses. La jeune femme reprit sa route d'un pas mal assuré, en craignant d'apercevoir une silhouette noire derrière chaque lacet. Elle avançait l'oreille aux aguets, torturée par sa conscience. En temps ordinaire, la guide aurait signalé ce meurtre au relais du Levant sans hésiter, mais elle redoutait d'attirer l'attention sur elle et de paraître encore plus suspecte. Elle ne voulait pas être accusée de ce crime à cause d'une horrible coïncidence. La Grande Prêtresse lui avait ordonné de passer inaperçue. Devait-elle garder le silence ? Tomoe noua ses cheveux en chignon, au lieu de les laisser détachés. Ses mains tremblaient en plantant les épingles. Durant le voyage, elle avait modifié sa coiffure et la ligne de ses sourcils pour s'éloigner du portrait, mais cela ne suffirait peut-être pas. Le craquement d'une brindille la fit sursauter.

*****

La montagne sacrée jaillissait de la plaine telle une lame de sabre. Kiyoshi leva la tête pour admirer les crêtes qui emplissaient l'horizon. Depuis leur départ d'Aomizu, le rōnin et l'expert en porcelâme empruntaient des voies peu fréquentées pour éviter d'attirer l'attention des espions du gouverneur Tora. Jusqu'à maintenant, ils n'avaient croisé personne sur cette piste étroite et poussiéreuse, mais directe.

Gintaro s'immobilisa au milieu du chemin et Kiyoshi l'imita sans lui reprocher cette interruption. Malgré sa bonne condition physique, son compagnon de route n'était pas habitué aux longues marches et à la vie au grand air. Tandis qu'il profitait de cette courte pause pour se désaltérer, le rōnin lut sur son corps qu'il souffrait de courbatures et que son paquetage lui sciait l'épaule.

Voir leur destination sembla redonner courage à Gintaro.

– Quelle beauté, n'est-ce pas ?

Kiyoshi se tourna vers les contreforts de la montagne, où les sentiers serpentaient entre les arbres. De jeunes pins s'élevaient le long des fossés et des herbes folles parsemaient ce paysage si paisible en apparence. Pourtant, les vieux cerisiers et les ramures des érables centenaires avaient disparu. Une odeur de brûlé lui monta au nez et il prit une grande inspiration pour la chasser. En ce beau jour de printemps, les flammes dévorant les villages et les champs n'existaient que dans ses souvenirs.

Ses pensées se tournèrent vers son maître, qui avait sans doute trouvé son message en rentrant au dojo. Kiyoshi regrettait de ne pas l'avoir consulté avant son départ précipité ; même si cette mission ne trahissait pas l'esprit de l'école Nakajima, les intentions de l'Empereur se révélaient parfois tortueuses.

Des pas ébranlèrent les gravillons qui bordaient la route. Un adolescent en armure surgit au détour du chemin :

– Attention, Hayashi-san ! cria le rōnin.

Son avertissement arriva trop tard et le nouveau venu heurta l'épaule de Gintaro, qui trébucha sous le choc. Il le dévisagea, stupéfait, et l'inconnu le foudroya du regard. Ses joues rondes et le duvet qui lui servait de moustache évoquaient l'enfance, mais il portait un casque étincelant et deux sabres à la ceinture. Kiyoshi remarqua les dorures et les glands en soie qui décoraient son armure. Il craignit que ce jeune guerrier ne saisisse le moindre prétexte pour tester le fil de sa lame et tenta d'enrayer le conflit.

– Toutes nos excuses.

Il se plaça devant Gintaro, qui s'inclina tardivement. Ce geste apaisa l'adolescent, qui se présenta d'un ton bravache :

– Je suis Ryo Sasaki ! Je vais au temple du Kirin pour guérir ma porcelâme. Ensuite, je prêterai serment au clan Tigre pour devenir samouraï.

Kiyoshi s'apprêtait à lui souhaiter bonne route sans engager la conversation, mais son compagnon se laissa emporter par la curiosité :

– Quelle coïncidence, je suis un expert en porcelâme itinérant. Voulez-vous que j'examine la vôtre ?

– Tu me guériras ? Le prêtre de mon village ne sait pas comment faire.

– Peu de cas me résistent, répondit Gintaro avec assurance.

– Dans ce cas, pas la peine de monter là-haut. Quelle chance !

Le jeune homme éclata de rire et déballa ses bagages au milieu du chemin. Il en sortit un paquet emmailloté dans un carré de soie rouge et le tendit à Gintaro.

Cette absence de précautions gêna Kiyoshi. Les porcelâmes demeuraient dans leur autel, d'habitude, et il valait mieux se montrer discret lors d'un déplacement. Sa mère l'avait abandonné à la porte du dojo lorsqu'il était bébé ; mais au lieu d'emporter sa porcelâme avec lui, comme la plupart des orphelins, il la laissait en sécurité dans l'autel familial des Nakajima. Un élan de reconnaissance le traversa en songeant à la protection que son maître lui offrait.

Gintaro courba la tête en signe de respect, puis déroula l'étoffe avec précaution. Il observa les petites amulettes glissées entre les plis d'un air entendu.

– Bonne santé, réussite, protection contre les mauvais esprits… rien de très précis.

Enfin, une silhouette blanche se dévoila. Kiyoshi la distinguait mal, mais il vit le sourire de l'expert disparaître d'un coup. Penché sur la statuette, il la tourna entre ses doigts et commenta d'un ton grave :

– Cette porcelâme a subi une grave blessure à l'arrière du crâne. Le choc l'a enfoncé et même aplati. La tête du patient ne présente aucune trace physique, mais son esprit garde des séquelles importantes. Il ne peut se développer correctement, ce qui limite les capacités d'apprentissage.

– Tu me donnes un remède ? demanda Ryo Sasaki.

– Il n'en existe aucun, soupira Gintaro. Je regrette, mais les conséquences d'une telle mutilation sont irréversibles.

– Irré-ver-sible ? répéta son interlocuteur sans comprendre.

– Cela ne guérira jamais. Aucun seigneur n'acceptera à son service un samouraï incomplet, incapable de comprendre les subtilités du sens de l'honneur. Qui vous a infligé un tel traitement ?

À ces mots, le visage de l'adolescent rougit de colère. Il dégaina son sabre d'un grand geste et Kiyoshi se précipita devant son compagnon. Ce dernier recula en serrant la porcelâme abîmée contre lui.

– Je ne suis pas stupide ! rugit Ryo Sasaki. Je sais me battre. Je deviendrai un vrai samouraï !

L'acier crissa lorsque son bras armé se tendit vers la poitrine du rōnin. Kiyoshi esquiva d'un pas sur le côté. Il frappa le casque en lamelles de fer avec la garde de son sabre, sans le dégainer. Le cimier en forme de patte griffue vola dans les airs. Sonné, l'adolescent oublia tout ce qu'il avait appris en matière d'arts martiaux. Il porta ses doigts vers son front et le rōnin en profita pour asséner un coup sec sur son gantelet. Ryo Sasaki perdit contenance. Un cri de douleur lui échappa, il lâcha son katana et chancela.

Kiyoshi écarta l'arme à terre du bout de sa sandale. Il n'avait toujours pas sorti la sienne de son fourreau et déclara d'un ton pensif :

– Quel dommage de mourir si jeune. Il vous reste encore beaucoup à apprendre en matière de kenjutsu[1].

Le guerrier fixa avec stupéfaction la garde et le fourreau dépouillés de tout ornement.

– Qui êtes-vous ? souffla-t-il.

---

1. Kenjutsu : technique du sabre en japonais.

– Je ne suis qu'un rōnin. Un samouraï vous aurait déjà tué, mais par égard envers votre inexpérience, j'épargnerai votre vie pour aujourd'hui.

Des feuilles s'agitèrent et Kiyoshi réalisa qu'une personne les observait, cachée derrière les buissons. Il tendit l'oreille, sur ses gardes, mais les froissements s'éloignèrent à vive allure. Le spectateur discret se retirait sans intervenir.

Quand le silence retomba, le rōnin recula de quelques pas, laissant Ryo Sasaki à terre. Il les fixait encore d'un air hagard lorsqu'ils s'éloignèrent de la scène du combat, et Kiyoshi pensa qu'il n'avait vraiment pas la trempe d'un samouraï.

Un peu plus loin, Gintaro posa la main sur son ventre et s'enfonça dans les fourrés au pas de course. Malgré sa bonne volonté, lui ne possédait pas l'âme d'un aventurier.

*****

Gintaro sortit des buissons la tête basse. Il avait appelé son père avec l'Écaille du Dragon pour lui raconter l'incident et récolté un gros sermon. Pendant ces dix jours de marche en compagnie du rōnin, ils avaient évité d'attirer l'attention des voleurs et des fonctionnaires. Et voilà qu'il gâchait tout ! Un profond malaise s'empara de lui. Au palais, les samouraïs respectaient ses compétences et la charge de son vénérable père auprès de l'Empereur. Ils le traitaient avec courtoisie et le priaient d'examiner les porcelâmes de leurs ancêtres si ces dernières se portaient mal. Sur cette route poussiéreuse, tracée sur le flanc de la montagne, il n'était personne et n'importe quelle brute pouvait le menacer. Sa vie aurait pu s'achever sur ce chemin de montagne si Kiyoshi Nakajima ne s'était interposé.

Les capacités physiques du rōnin le complexaient. Près de lui, l'expert en porcelâme se jugeait lourd et maladroit. Il le ralentissait depuis le début du voyage, pourtant ce dernier ne le lui reprochait jamais. En vérité, il s'adaptait aux circonstances avec une souplesse qui le surprenait. D'habitude, les guerriers se montraient si rigides.

Gintaro se força à reconnaître son erreur :

– Je vous prie de m'excuser... et je vous remercie.

Le rōnin se tourna vers lui. Ses traits avaient perdu toute leur férocité dès la fin du combat.

– Je vous en prie, répondit-il d'un ton serein. Ce n'était rien.

– Je me suis montré imprudent. Mon père lui-même ne promet jamais la guérison à un patient.

– Vous n'aviez rien promis, mais ce Ryo Sasaki ne saisit pas les nuances. De toute façon, je préfère votre franchise au mensonge. Vous auriez pu profiter de sa naïveté et lui vendre n'importe quoi, en promettant un rétablissement miraculeux.

Gintaro se figea, horrifié par cette idée.

– Je ne tromperais jamais un client de cette façon !

– Et c'est tout à votre honneur. Que lui est-il arrivé, selon vous ?

L'expert secoua la tête d'un air sombre.

– Je m'attendais à une porcelâme déprimée, affaiblie ou malade. En vérité, Nakajima-san, je n'avais jamais examiné un patient victime d'une telle brutalité. Je pense que durant son enfance cette statuette a chuté d'une grande hauteur ou, pire encore, quelqu'un l'a frappée. J'ai vu des éclats. Quel choc !

– En effet.

– Ce garçon voyage en vain. Le temple du Kirin bénéficie d'une excellente réputation en matière d'enseignement spirituel et de nombreuses porcelâmes y reposent, mais la compétence de mes collègues n'y changera rien. Un esprit mutilé ne repousse pas.

– J'espère que personne ne lui volera ses affaires. Il porte une armure trop chère pour sa sécurité.

Gintaro recala le paquetage qui lui sciait les épaules.

– Il retrouverait sa porcelâme, je pense. Ce vol est puni de mort parmi tous les clans, sauf le Tigre.

– Encore faut-il que la famille porte plainte, le corrigea doucement Kiyoshi.

Cette réponse ambiguë lui déplut et ses sourcils se froncèrent.

– Que voulez-vous dire ?

– Lorsqu'une porcelâme tombe aux mains de malfrats, contacter les autorités, c'est prendre le risque qu'ils la torturent. Souvent, la famille préfère payer, ou elle engage un guerrier indépendant pour récupérer la statuette en toute discrétion. Ensuite, ils déclarent le rapt, ou pas.

L'expert en porcelâme réalisa qu'il en connaissait bien peu sur les sombres trafics qui touchaient les précieuses figurines.

– Un rōnin comme vous ? Racontez-moi.

Kiyoshi lui répondit d'un petit sourire :

– Désolé, je ne parle pas de mes missions.

– Et de votre âge ?

– Vingt et un ans, pourquoi ?

Une grimace dépitée déforma les lèvres de Gintaro.

– Vous avez deux ans de plus que moi, mais vous en savez dix fois plus.

*****

Gintaro et Kiyoshi rejoignirent une route plus fréquentée, ce qui leur permit de se fondre parmi les voyageurs. Le printemps commençait à peine, mais en pleine saison des milliers de marchands et de pèlerins grimpaient sur la montagne sacrée. Les premiers vendaient leurs marchandises sur les terres du clan Kirin et, plus loin vers l'ouest, sur celles du Tigre. Les seconds se rapprochaient des dieux. Ils priaient dans les temples les plus renommés de l'empire, et consultaient l'Œil du Kirin. Ce miroir en porcelâme, offert par l'animal sacré, procurait des visions pleines de sagesse.

Les falaises se rapprochaient et les voyageurs distinguèrent bientôt le grand portique rouge qui marquait l'entrée de la montagne sacrée. Des moines-guerriers montaient la garde. Armés de longs bâtons en bois, ils portaient des plastrons sur leurs vêtements jaune safran et un linge de la même couleur protégeait leur crâne rasé.

– Connaissez-vous le relais du Levant ? demanda Gintaro.

Les traits du rōnin s'assombrirent.

– Je m'y suis déjà arrêté, mais pas pour emprunter la Voie du Kirin.

Gintaro n'osa demander plus d'informations, de peur de se montrer indiscret. Leur mission actuelle nécessitait le plus grand secret. Si la porcelâme de la petite princesse Yūkiko confirmait les accusations qui pesaient sur le gouverneur Tora, Sa Majesté réclamerait justice, et le clan Tigre se révolterait à nouveau contre lui. La paix impériale était en jeu. La réserve du rōnin inspirait donc confiance à Gintaro.

Ils se purifièrent les mains et la bouche à l'une des fontaines avant de franchir le torii, puis se dirigèrent vers le relais. Le bâtiment enchâssé dans la montagne comportait deux ailes distinctes : l'une servait d'auberge et l'autre de bureau administratif pour l'enregistrement des voyageurs qui souhaitaient emprunter la Voie du Kirin. Les pierres qui formaient les soubassements et les poteaux en bois argenté portaient les traces de nombreux hivers, mais les lieux semblaient bien entretenus par les serviteurs du temple. Des moines-guerriers en assuraient l'ordre et la sécurité.

Cette fois, Gintaro fit attention à tout ce qui l'entourait. Il ne s'approcha pas des jarres de saké entreposées contre les murs, ni des braseros qui répandaient leur douce chaleur dans la salle, et laissa passer un homme à la bourse rebondie, accompagné par un adolescent à la longue figure boudeuse. Ces derniers se dirigèrent vers le guichet. Le marchand se présenta sous le nom de M. Fujita, accompagné de son fils, Iori, tous deux originaires de Yamaguchi, une ville portuaire située au nord de la montagne sacrée. Il expliqua que les enfants de sa famille gravissaient la Voie du Kirin à quinze ans pour marquer leur passage vers l'âge adulte. M. Fujita demandait un guide à cet effet.

Une fois son tour venu, Gintaro s'inclina devant le prêtre en charge des registres et se décrivit comme un expert en porcelâme itinérant. Il expliqua qu'il souhaitait proposer ses services au temple du Kirin, qui gardait de nombreux autels familiaux. Son interlocuteur encaissa le prix du passage sans discuter et lui rappela les règles en vigueur sur la montagne sacrée, notamment le respect absolu envers les guides. Il parlait vite, avec les intonations particulières des montagnards, qui n'accentuaient pas les mêmes syllabes qu'à la capitale, et Gintaro se concentra pour tout comprendre.

Kiyoshi se présenta comme un rōnin à la recherche de nouvelles missions. Tandis que le prêtre lui répétait les mêmes consignes qu'à Gintaro, une voix retentit derrière eux :

– Attendez !

L'expert en porcelâme se retourna, mais ce cri ne s'adressait pas à lui. Ryo Sasaki s'engouffra dans le bâtiment administratif ; il portait toujours son armure avec prestance, mais le chiffon maladroitement noué autour de son front gâchait l'effet d'ensemble. Gintaro frémit à l'idée d'un nouvel esclandre et se dissimula tant bien que mal derrière la silhouette enrobée du marchand.

Le jeune guerrier ne lui prêta aucune attention et se dirigea vers un messager. Ce dernier portait un chapeau conique abîmé par les intempéries, des guêtres poussiéreuses et une ceinture jaune pâle nouée autour des reins. Il s'approcha d'un brasero pour réchauffer ses mains calleuses et son visage tanné par le vent.

Ryo Sasaki, qui se déplaçait au sein de l'enceinte sacrée comme en terrain conquis, posa la main sur son épaule pour attirer son attention.

– Nous nous sommes croisés sur le chemin ! s'écria-t-il avec enthousiasme. Tu grimpes à une vitesse incroyable, je t'engage.

La mine de son interlocuteur se renfrogna.

– Je ne suis pas guide, mais messager, dit-il en s'approchant du comptoir.

– Eh bien, laisse-moi t'accompagner ! Je te paierai bien.

Cette altercation attira l'attention du noble prêtre qui supervisait les enregistrements. Il releva les yeux de son registre et déclara d'un ton bienveillant :

– Le prix du passage doit être versé au clan Kirin, jeune homme. Les guides ne portent pas d'argent sur eux. Si vous voulez bien patienter, je vous en assignerai un sans tarder.

Toujours aussi arrogant, Ryo Sasaki ne tint aucun compte de son intervention et s'adressa au messager :

– Alors, c'est d'accord ?

Celui-ci se tourna enfin vers lui, la mâchoire serrée. Il considéra avec dédain son armure rutilante et les deux sabres qui pesaient sur ses hanches.

– Je porte des missives officielles en un jour au lieu de trois. Tu ne tiendrais pas l'allure, avec ta carapace de métal. Je trace ma route seul.

Ryo Sasaki blanchit, puis rougit sous l'insulte. Il serra la poignée de son sabre. Le moine-guerrier posté à l'entrée s'avança aussitôt dans sa direction. Gintaro songea que la réputation pacifique du Kirin avait ses limites. Ce clan vénérait les cinq animaux sacrés et les huit-mille kami[1] plus que tous les autres, les montagnards méprisaient la culture martiale du Tigre et les intrigues du Dragon, mais ils savaient se défendre.

– Je vous le déconseille, jeune homme, déclara posément le noble prêtre. Sur la montagne, les guides tiennent votre vie entre leurs mains et ils n'apprécient guère qu'un client manque de respect au personnel du temple. Un accident serait si vite arrivé.

Cette menace à peine voilée réduisit l'ensemble des voyageurs au silence. Un frisson parcourut la salle à l'idée que la mort planait sur les cimes. Une jeune femme entra. Son obi ambrée symbolisait son statut de guide et

1. Kami : divinité ou esprit vénéré.

des regards effrayés détaillèrent son manteau brun, son kimono de voyage, son pantalon serré sous les genoux et ses sandales. Une corde était nouée en travers de sa poitrine et les sacoches accrochées à sa ceinture contenaient des outils. Dans son dos pendait le chapeau conique qui la protégeait du soleil et des intempéries. Elle ne détourna pas les yeux, ne sourit pas, et sa dignité imposa le respect.

– Il existe des femmes guides ? demanda le fils du marchand.

Gintaro sourit de sa surprise, car son révéré père lui avait appris qu'elles étaient nombreuses à parcourir la Voie du Kirin.

Le messager contourna Ryo Sasaki. Il glissa quelques mots à l'oreille du noble prêtre, signa le registre et traversa la salle en sens inverse. Lorsqu'il passa devant la guide, ils échangèrent un salut courtois :

– Bonjour Yamako-san. Je vous souhaite un doux voyage.

– Que les kami guident vos pas, répondit-elle sur le même ton.

Puis, le messager reprit sa route.

*****

Le noble prêtre Kouzaï écrivit lui-même le nom de Tomoe sur le registre et reposa son pinceau sur la pierre à encre. Il se tenait dans l'ombre derrière le guichet, mais son regard était plein de lumière et sa peau bronzée luisait comme le bois ciré. L'homme qui dirigeait le relais du Levant appréciait le contact des voyageurs. Au lieu de passer ses journées dans son cabinet privé, il menait ses affaires depuis les comptoirs du bureau d'enregistrement, toujours à l'affut des rumeurs.

– Vous voilà de retour, Yamako-san. Comment vous portez-vous ?

La jeune femme croisa les mains sur son obi pour les empêcher de trembler.

– J'ai appris des nouvelles préoccupantes…

– En effet, j'ai reçu un courrier détaillé de notre Vénérée Maîtresse.

– Qu'en pensez-vous ?

Kouzaï s'appuya contre le comptoir et sonda Tomoe, qui se sentit blêmir sous ce regard perspicace. Il s'attarda sur son chignon inhabituel et l'invita d'un geste de la main.

– Poursuivons cette conversation dans mon bureau.

La jeune femme le suivit dans une pièce à l'écart, encombrée de calligraphie, de coussins et de rouleaux. Le noble prêtre saisit l'un d'entre eux et relut son contenu avec attention. Au fur et à mesure, son visage se durcit et des rides creusèrent son front. Il ne restait de son sourire qu'une ligne pincée.

– Ainsi, la veuve noire a frappé au temple du Kirin, gronda-t-il, ce démon ne respecte rien.

Tomoe baissa la tête en silence. Elle savait que la criminelle rôdait non loin d'ici et faillit prévenir le noble prêtre, mais la peur l'assaillit et sa gorge se noua. Avec un peu de chance, le corps qu'elle avait aperçu dans un ravin passerait inaperçu pendant plusieurs jours. À ce moment-là, elle espérait que personne ne songerait à l'accuser.

– Nos moines-guerriers finiront par l'arrêter, maugréa Kouzaï, nous n'avons nul besoin de renforts.

– Vous croyez ?

– Bien sûr, Yamako-san. Les consignes interdisent d'évoquer la veuve noire devant les clients, mais le gouverneur Tora dispose d'espions à son service. Je pense qu'il utilise ce prétexte pour mettre son nez dans les affaires du clan Kirin.

Cette interprétation politique surprit Tomoe, mais elle la jugea pertinente. Pour le clan Tigre, la montagne sacrée constituait un passage obligé vers le fief du Dragon. Il n'existait aucune autre route terrestre et le clan Kirin taxait tous les échanges commerciaux. Le gouverneur Tora tentait depuis longtemps de négocier des conditions plus avantageuses, en vain.

– J'ai vu le portrait, ajouta le noble prêtre. Vous avez raison de changer de coiffure. Notre Vénérée Maîtresse ne permettrait pas l'arrestation d'une guide sans preuves, mais autant éviter les ennuis.

Son soutien toucha la jeune femme :

– Je vous remercie de bien vouloir partager votre sagesse avec moi. Éminence, que me conseillez-vous pour la prochaine ascension ?

L'expression de Kouzaï s'adoucit. Tomoe le savait sensible aux hommages bien tournés, pour l'amadouer un mot brillant valait mieux qu'une pièce.

– Rassurez-vous, je ne vous confierai pas ce jeune guerrier belliqueux. Il se montre trop indiscipliné pour suivre les instructions d'une jolie femme.

Un sourire étira les lèvres charnues du noble prêtre et Tomoe ne s'offusqua pas de ce retour de compliment. Elle y répondit d'une subtile révérence qui contrastait avec la rudesse de sa tenue.

– Je vous en suis très reconnaissante.

– Le marchand et son fils vous conviendraient parfaitement. Il s'agit d'une intronisation habituelle, l'enfant doit parcourir la Voie du Kirin et se recueillir devant le miroir sacré pour devenir un véritable adulte…

Kouzaï haussa les sourcils et la jeune femme demanda :

– Mais ?

– Vous lisez sur mes lèvres ! Le garçon me semble très timoré et vous devrez vous armer de patience.

– Cela ne me dérange pas.

– Vous en serez sans doute récompensée, car le père ne manque pas de moyens.

Le noble prêtre parcourut les dernières lignes du registre des voyageurs et son amusement laissa place à la concentration :

– Ces deux-là viennent d'Aomizu, marmonna-t-il. Ils vous intéresseront peut-être. Les manières de l'expert en porcelâme me semblent trop raffinées pour un démarcheur et le guerrier qui l'accompagne bien trop doué pour un vagabond.

– Vraiment ?

– Le messager l'a vu infliger une humiliante défaite à notre jeune guerrier. D'après lui, le rōnin l'a désarmé en moins de temps qu'il ne faut pour le dire. J'avoue que cet étrange duo m'intrigue. Voulez-vous tenter d'en apprendre davantage ?

– Avec plaisir, Éminence.

– Parfait. Vous n'auriez pas croisé Miki, par hasard ? Je l'attendais aujourd'hui.

L'image du corps désarticulé s'imposa dans l'esprit de Tomoe, qui se raidit sous le choc. C'était donc Miki. Elle détestait cette brute mal dégrossie, qui méprisait ses collègues féminines. Selon lui, leur force physique inférieure les rendait incapables d'exercer ce métier difficile, aussi la jeune femme mettait un point d'honneur à prouver le contraire. Elle guidait ses clients sur la Voie du Kirin grâce à sa connaissance intime de la montagne. Elle n'avait pas besoin de muscles proéminents pour cela. La conscience de Tomoe lui reprocha toutefois son manque de compassion. Malgré son odieux caractère, Miki ne méritait pas de finir transpercé par un sabre au détour d'un chemin.

– Yamako-san ? insista le noble prêtre.

La jeune femme força les mots à sortir :

– Je réfléchissais, mais non.

– Alors vous avez remporté la course, je lui dirai à son retour !

Kouzaï s'esclaffa et Tomoe s'inclina pour dissimuler son visage. Elle se savait pâle d'effroi. Cette phrase innocente brisait sa maîtrise d'elle-même. Pour Miki, il n'y aurait pas de retour.

*****

Une fois les formalités administratives accomplies, Kiyoshi et Gintaro s'installèrent à l'auberge. Au rez-de-chaussée, le rōnin choisit un coin de la salle facile à défendre et s'assit sur un coussin rond en paille tressée pendant que son compagnon de route se rendait au comptoir. Un groupe de montagnards discutait un peu plus loin, le dos penché vers la table basse disposée au centre. « Un meurtre », entendit Kiyoshi, mais la fin de la phrase se perdit dans le brouhaha. Il tendit l'oreille et saisit d'autres mots au vol, « la veuve noire », « le gouverneur Tora », puis son regard croisa celui d'un vieil homme qui gronda « chuuut ». Ses camarades baissèrent d'un ton et la conversation devint inaudible.

Gintaro revint accompagné d'une servante qui portait du thé et des gâteaux de riz sur un plateau. Le rōnin envisagea de l'avertir, mais ces informations partielles risquaient de l'affoler pour rien. Il préféra attendre d'en savoir davantage. L'expert en porcelâme dégustait son thé avec un plaisir manifeste. Selon lui, le liquide vert pâle dégageait une saveur fraîche et vigoureuse qui s'harmonisait avec la présence de la montagne, mais ses envolées ne passionnaient guère son interlocuteur, qui s'imprégnait plutôt de l'ambiance des lieux.

– Pendant un instant, j'ai craint que Ryo Sasaki ne me reconnaisse, soupira Gintaro.

– Ne vous inquiétez pas. Il n'est pas très dangereux.

– J'aurais dû passer mon chemin, au lieu de me vanter. Personne ne doit deviner notre véritable identité durant cette mission.

Kiyoshi ne s'attarda pas sur cet incident. Le maître de la Porcelâme lui avait expliqué l'objet de leur mission sans entrer dans les détails et il saisit cette occasion d'en apprendre un peu plus.

– Que savez-vous de la petite princesse Yūkiko ?

– Fort peu de choses, déplora son interlocuteur. Le gouverneur Tora dirige son fief d'une main de fer et ses serviteurs ne se confient pas aux inconnus. D'après mon révéré père, il ne s'entendait pas si mal avec son épouse jusqu'à la révolte du Tigre, mais pendant cette terrible période, la princesse Kaede a rompu, volontairement ou non, tout contact avec sa famille.

– Et sa porcelâme ?

– Elle exprimait une certaine tristesse depuis son mariage, mais rien de comparable avec le mal qui l'affecte aujourd'hui.

– Personne n'a réagi suite à leur décès ?

Gintaro se crispa et ses longs doigts de lettré s'enroulèrent autour de sa tasse.

– Ushio Kame, le prétendant de la petite princesse, a présenté ses condoléances d'une façon très civilisée. Les membres du clan Tortue pratiquent le commerce avant tout, ils s'entendent avec tout le monde, mais ne s'attachent à personne.

– Et l'Empereur n'a demandé aucune explication ? insista le rōnin.

– Faute de preuves, Sa Majesté n'a pas remis en cause les circonstances de l'incendie qui a dévasté le palais des Tora. En plus des malheureuses princesses, de nombreuses victimes y ont perdu la vie.

Ce désintérêt n'étonna pas Kiyoshi, qui connaissait les mœurs en vigueur à la cour impériale, mais il éprouva de la compassion envers les deux princesses abandonnées. Son propre maître se souciait plus de ses élèves que l'Empereur de sa fille.

– Il regrette de ne pas avoir réagi lorsqu'elles vivaient encore.

Sa franchise choqua Gintaro. Un samouraï ne critique jamais son seigneur, mais le rōnin n'avait prêté serment ni à l'Empereur, ni au clan Dragon. Aucune loyauté ne limitait sa liberté de parole.

Au son du tissu froissé, au parfum qui chatouilla son nez, Kiyoshi devina qu'une femme s'approchait. Aucune agressivité n'émanait d'elle, mais, poussé par la curiosité, il lui jeta un coup d'œil. Sous le col blanc de son kimono, la nuque de la guide s'inclinait avec la grâce des joncs. Son hâle doré lui donnait un charme particulier, loin de la pâleur sophistiquée des nobles dames. Tout à l'heure, la jeune femme s'était tenue bien droite, le menton levé, et ses yeux en amande n'avaient pas cillé. Il aimait la façon dont elle affrontait les regards, avec fierté, mais sans mépris. Il se demanda pourquoi cette jeune femme risquait sa vie sur la Voie du Kirin.

3

Gintaro vérifia une dernière fois le laçage de ses sandales. La Voie du Kirin commençait par une volée de marches si abrupte qu'elle en semblait verticale, si haute qu'elle s'élevait à perte de vue. Ses yeux habitués à la plaine se heurtaient aux crêtes qui barraient l'horizon et sa nervosité l'emportait sur l'exaltation. Il redoutait déjà l'ascension et n'osait imaginer ce qui l'attendait plus loin.

À ses côtés, Kiyoshi ne dit mot. Le rōnin plissait les yeux comme s'il évaluait la force d'un adversaire. Il se tenait dos au soleil et l'aurore teintait ses mèches en bataille de reflets cuivrés.

Le marchand, M. Fujita, portait un chapelet en bois sur son kimono. Il distribua une aumône à chaque mendiant et sermonna son fils :

– N'oublie jamais que l'argent se partage, Iori. Ceux du clan Tortue ne vivent que pour la richesse, mais elle ne leur apporte aucune sérénité. Au contraire, la sagesse du

Kirin nous donne la paix de l'esprit. Le dieu de la Terre protège ceux qui se montrent généreux.

Il cala son paquetage sur son dos et posa une main encourageante sur l'épaule de son fils. Quand ce dernier contempla les hauteurs, son visage pâlit au point de virer au vert et l'expert en porcelâme craignit qu'il ne s'évanouisse avant même de poser le pied sur le chemin.

«Yamako-san sera votre guide», avait dit le prêtre. La jeune femme s'activait autour de ses clients, et Gintaro rentra le ventre d'instinct lorsqu'elle passa autour de lui la corde en chanvre qui les reliait tous ensemble. Leur guide ne formula aucune remarque, mais une fossette creusa le coin de sa joue. Elle ne serra pas trop la boucle nouée autour de sa taille avant de passer à Kiyoshi, qui se laissa attacher sans protester. La distance entre chaque personne mesurait quelques pas, assez longue pour ne pas gêner leurs mouvements, assez courte pour freiner une chute.

Enfin, Tomoe frappa ses mains l'une contre l'autre et s'inclina face aux statues de pierre qui trônaient dans une alcôve, au bas du gigantesque escalier. Elles représentaient les cinq animaux sacrés : la Tortue du Nord, le Dragon de l'Est, le Phénix du Sud, le Tigre de l'Ouest et le Kirin au Milieu. De fines écailles couvraient ses flancs et son encolure de cheval, ses bois de cerf se dressaient vers les cieux, ses yeux de pierre rayonnaient de sagesse. L'expert en porcelâme le pria de bénir son ascension. En son absence, son révéré père supervisait seul l'entretien des porcelâmes impériales et cette immense responsabilité risquait de l'épuiser. Gintaro se remémora ses conseils et s'imprégna de sa sagesse. Il espérait trouver des réponses au temple du Kirin et rentrer rapidement à la capitale pour alléger son fardeau.

La guide donna le signal du départ et la corde ceinte autour de sa taille tressaillit. En posant le pied sur la première marche, Gintaro réalisa soudain que sa propre vie, la réussite de sa mission et l'avenir de la lignée impériale reposaient sur les épaules d'une jeune femme qui ignorait tout de ces enjeux. Pourtant, lorsqu'elle prit la tête de leur petit groupe et s'engagea sur la Voie du Kirin, cette idée l'effraya moins qu'il ne l'aurait cru.

*****

Kiyoshi fermait la marche, juste derrière Gintaro, tandis que le marchand et son fils suivaient la guide de près. Cette position lui permit d'observer ses compagnons et de se forger une opinion à leur sujet. Malgré sa corpulence, le marchand ne manquait pas d'assurance et gravissait les degrés d'un pas tranquille. Son fils possédait l'avantage de la jeunesse, pourtant il ne cessait de regarder autour de lui avec une nervosité croissante. Il courbait le dos sous le poids de sa besace et s'accrochait aux chaînes qui bordaient la Voie. La peur se lisait sur son visage.

En tête, Tomoe semblait à l'écoute de la montagne ; elle testait souvent la pierre du talon et les prévenait en cas d'usure des degrés. Elle nouait la corde qui les reliait tous autour des chaînes servant de rampe et la faisait coulisser au fur et à mesure de leur avancée. L'adresse et la rapidité de ses doigts fascinaient le rōnin. Pouvait-il en tirer une leçon pour son sabre ?

Une petite secousse le rappela à l'ordre et il se concentra de nouveau sur l'allure de ceux qui le précédaient. Iori, le fils du marchand, secouait la tête en tous sens tandis que la sueur roulait sur ses tempes. « Il souffre déjà du vertige, soupira Kiyoshi en son for intérieur, je me demande s'il tiendra jusqu'au bout. Wataru l'aurait traité d'avorton. »

Cette pensée raviva de vieilles tensions, qu'il évacua d'une profonde expiration. Wataru Kondô, un camarade de l'école Nakajima, le surnommait ainsi depuis toujours. Il s'agissait au début d'une moquerie basée sur sa petite taille, puis d'une différence fondamentale dans leurs valeurs. Selon Wataru, un vrai guerrier devait forcément s'engager auprès d'un seigneur. Il ne comprenait pas que Kiyoshi refuse de prêter serment à l'Empereur et au clan Dragon. Aujourd'hui, il servait le gouverneur Tora et ce choix griffait le cœur du rōnin comme un buisson de ronces.

Kiyoshi leva la tête vers la guide, qui s'était retournée pour contempler ses clients. Elle se tenait d'une main à la corde, bien campée sur ses pieds, et la brise fit claquer ses vêtements.

– Quelle muraille de pierre, soupira Gintaro.

– La Voie du Kirin emprunte des chemins arides, mais la montagne est pleine de vie. Plus loin, je connais des forêts de cèdres et de pins, des torrents, des prairies. Regardez les éperviers, dit-elle en désignant le sud. Ils ont migré vers les plaines en hiver, avant de revenir au printemps.

Les silhouettes des oiseaux se découpaient sur le ciel bleu et des piaillements secs retentirent. Iori gratta une plaque de mousse de son ongle, le visage sombre.

– Moi aussi, j'aimerais voler…

La jeune femme lui adressa un sourire encourageant. Elle semblait dans son élément, légère comme une plume, libre comme l'oiseau qui déploie ses ailes. Kiyoshi regretta soudain de marcher en dernier.

À l'approche de midi, le soleil se leva au-dessus des cimes rocheuses et ses rayons aveuglants accablèrent les marcheurs. Les escaliers s'élevaient sans fin parmi un chaos de roches usées par le vent, et le sable amoncelé les rendait glissants. Iori s'arrêta pour boire et Gintaro faillit lui rentrer dedans.

– Combien y a-t-il de marches ? balbutia le garçon.

La guide cessa de grimper quelques instants :

– Personne ne les compte. Nous les montons juste l'une après l'autre.

– Mais vous disposez bien d'une estimation ?

– La légende dit qu'il en existe autant que de kami, dit-elle à regret.

– Vous voulez dire huit-mille !

Iori pâlit et ses doigts s'accrochèrent aux degrés qui le surplombaient. Ses yeux inquiets roulèrent à la recherche de repères.

– Allons, bougonna son père, le nombre importe peu ! Le plus important, c'est qu'elles nous rapprochent du Kirin. Il faut trois jours, environ, pour arriver au temple.

– Ne regardez pas en bas, ajouta Tomoe d'un ton apaisant. Pensez juste à la prochaine marche.

Le garçon obéit péniblement, sous le regard impatient de M. Fujita.

*****

Quelques minutes plus tard, Tomoe entendit des pas en contrebas et la crainte d'une silhouette noire la saisit. Elle se retourna et reconnut Ryo Sasaki. Le jeune guerrier aperçu la veille au relais du Levant portait encore son armure. Il marchait au pas de course derrière Fuyuki, un collègue au rude visage barbu. Ce dernier ralentit dès qu'il rattrapa le groupe précédent et son client s'impatienta.

– Laissez-nous passer !

Son guide fronça les sourcils.

– Impossible de nous croiser dans un escalier, il faut attendre la prochaine intersection.

Sasaki n'insista pas et la jeune femme songea que la leçon du noble prêtre Kouzaï portait ses fruits. Elle redoubla toutefois de vigilance.

Sur la Voie du Kirin, les pèlerins du clan Dragon aiguisaient leur esprit, les savants du Phénix cherchaient de nouvelles connaissances, les samouraïs du Tigre considéraient l'ascension comme une épreuve physique et les marchands de la Tortue se procuraient des reliques pour les revendre à prix d'or. Ces rentrées d'argent permettaient aux montagnards de se procurer le riz et les aliments qu'ils ne pouvaient cultiver sur leur terre. La veuve noire risquait de les appauvrir en faisant fuir les voyageurs. Les consignes interdisaient d'en parler devant les clients, mais enjoignaient de signaler tout incident suspect aux moines-guerriers. Comment le gouverneur Tora en avait-il entendu parler ?

Tomoe serra la corde plus que nécessaire, pour conjurer la colère et l'angoisse. Derrière elle, le pas de Gintaro devenait mal assuré, il se tourna vers Sasaki et son pied rata une marche.

– Tout va bien ? demanda la guide.

– Oui, excusez-moi.

– Ne vous inquiétez pas, affirma Kiyoshi. Il n'est pas fou au point de dégainer son sabre ici.

L'expert en porcelâme acquiesça. Il poursuivit sa route et questionna la jeune femme d'un ton mal assuré :

– Votre confrère n'a qu'un client ?

Elle haussa les épaules en retour. Les lubies des voyageurs ne l'étonnaient plus depuis longtemps et elle s'efforçait de ne pas les juger.

– Je suppose qu'il a payé le clan pour quatre.

– Quelle idée ! s'esclaffa le marchand.

– Ce garçon semble très pressé d'atteindre le sommet, constata Gintaro avec une certaine tristesse.

– Dans ce cas, il en aura pour son argent. Fuyuki ne l'épargne pas.

– Jamais je ne pourrais marcher si vite, souffla le fils du marchand. Et vous ?

L'expert en porcelâme renchérit et le rōnin se tut. Tomoe le soupçonna d'en être parfaitement capable, mais elle apprécia qu'il ne s'en vante pas.

– Les guides s'adaptent aux voyageurs, répondit-elle. La Voie du Kirin n'est pas une course.

En montant les marches d'après, Tomoe sentit de nombreuses tensions dans la corde. Ses clients ne cessaient de surveiller leurs arrières et leur progression s'en ressentait. Elle devinait leur malaise, mais refusait de se laisser impressionner par un adolescent impatient. L'armure de Ryo Sasaki grinçait, ses sandales piétinaient les marches et sa gourde tintait souvent. Malgré ses fanfaronnades, le garçon souffrait de la chaleur et de la fatigue. Seule la fierté le poussait à avancer si vite.

Enfin, ils atteignirent une étroite avancée rocheuse, qui dominait les longues séries d'escaliers. Tomoe savait qu'un moment critique approchait. Elle s'essuya le visage et s'accorda quelques gorgées d'eau quand son groupe se plaqua contre la paroi pour laisser passer ceux qui les suivaient. Lorsqu'ils se croisèrent, Fuyuki salua sa consœur avec les paroles rituelles :

– Yamako-san, que les kami guident vos pas !

– Je vous souhaite un doux voyage, répondit-elle poliment.

Un grand sourire barra le visage barbu de son collègue.

– Doux, il le sera pour moi !

« Mais pas pour votre client », s'amusa la jeune femme. Elle remarqua la sueur qui ruisselait sur le visage de Ryo Sasaki, mais se garda de tout commentaire. Lorsqu'il tenta de bousculer le rōnin, ce dernier s'écarta avec la fluidité d'un poisson et le garçon ne heurta que la roche. Des petits cailloux roulèrent sur sa belle armure, désormais couverte de poussière.

– La prochaine fois, je te battrai, dit-il en montrant les dents.

– Ce lieu ne se prête guère au combat, répondit Kiyoshi sans se démonter.

– Je t'attendrai en haut ! rugit l'adolescent.

Son comportement exaspéra Tomoe. Elle mourait d'envie de l'étrangler sur place ou de le jeter dans le vide, mais une profonde expiration chassa cette impulsion. La méditation et les prières lui permettaient de canaliser les bouffées de rage qu'elle éprouvait depuis des années. Le Kirin répandait la paix et l'harmonie entre les hommes. La violence ne menait à rien.

De son côté, le rōnin affichait toujours un sourire serein.

– Si vous y tenez…

Tomoe se demanda si le prêtre et le messager disaient vrai sur son talent au sabre. Kiyoshi Nakajima ne présentait nulle trace de fatigue, il pouvait sans doute marcher plus vite, mais ne se comportait pas en guerrier.

Il évitait l'affrontement, il n'établissait aucune distance avec ses compagnons de route. Son humilité l'étonnait. Les combattants vraiment doués n'avaient aucune raison de se montrer timorés. Sa victoire contre Ryo Sasaki s'expliquait sans doute par l'inexpérience de ce dernier.

La guide entendit son collègue maugréer dans sa barbe :

– N'y pensez même pas, vous entendez ? Vos histoires de samouraïs n'ont pas leur place dans l'enceinte sacrée.

– Tu ne sais pas ce qu'ils m'ont dit. Je prouverai qu'ils se trompent.

– Sur la Voie du Kirin, je suis garant de votre sécurité.

La discussion houleuse se poursuivit, mais bientôt la distance rendit leurs paroles indistinctes. La jeune femme poussa un profond soupir. Elle attacha la corde en chanvre autour de la chaîne suivante et se tourna vers le marchand.

– En route.

– Accordons-nous une petite pause, proposa-t-il. Profitons de cette ombre rafraîchissante et de cette vue splendide !

Tomoe maudit la maladresse de M. Fujita en son for intérieur. D'ici, ils surplombaient le relais et les vertes vallées du domaine impérial. Au loin, le fleuve bleu scintillait, les champs s'étiraient à perte de vue, les sentiers disparaissaient sous le couvert des pins et les voyageurs qui se pressaient au pied du relais ressemblaient à de petites fourmis. La guide adorait ce panorama qui lui donnait l'impression de voler comme un aigle, mais Iori respirait avec peine. Ses doigts blêmes s'accrochaient à la chaîne et il collait sa joue trempée de sueur contre la paroi.

– Pas maintenant, répondit-elle fermement. Nous nous reposerons dans une halte plus confortable.

– Mais…

Le rōnin intervint juste au bon moment :

– Inutile de nous attarder. Plus nous traînerons, plus il sera difficile de repartir.

Il fixait le pauvre garçon terrorisé et Tomoe bénit son sens de l'observation. Aucun d'entre eux n'avait le choix, désormais. Il fallait continuer.

*****

Quelques pas plus loin, l'escalier débouchait sur un chemin de planches grises, à peine aussi large que les épaules d'un homme. Des pointes en métal reliaient l'étroite passerelle à la falaise et la chaîne qui servait de rampe suivait les courbes de la montagne mais, de l'autre côté, rien ne séparait les voyageurs du vide. Pour leur donner courage, des tablettes en bois énonçaient de temps à autre les premiers versets d'un poème :

« Faites le vide dans votre esprit et la sagesse du Kirin s'y déversera. »

« Que le dieu de la Terre guide vos pas. »

Tomoe vérifia d'un coup d'œil la solidité des agrafes de métal et s'avança sans se soucier des gémissements du bois. À force d'expérience, elle avait appris à repérer les planches usées et celles-ci ne l'étaient pas, malgré leur aspect rude et grisâtre. Le lien de chanvre se tendit derrière elle. Comme elle le craignait, le fils du marchand ne parvenait pas à s'engager sur cette piste vertigineuse. Blotti contre la roche, il gémit :

– Je vais tomber !

– La corde vous retiendra.

Cette fois, la patience du marchand s'épuisa. Sa main s'abattit sur l'épaule de son fils et l'arracha du flanc de la montagne.

– Avance, espèce de froussard !

Il parlait comme les guerriers du Tigre et Tomoe soupira. Ces discours martiaux ne servaient à rien contre le mal des montagnes. Le garçon fondit en larmes.

– Père, c'est tellement haut.

– Et alors ? Lors de leurs initiations, tes frères grimpaient comme des cabris et je peinais à les suivre. Toi, tu refuses de grandir. Ton attitude couvre notre famille de honte !

Incapable de se reprendre, son fils vida son estomac sur les planches disjointes. À genoux sur le sol, le corps secoué de hoquets, il s'agrippait au rebord à s'en égratigner les doigts. Le rōnin et l'expert en porcelâme détournèrent les yeux, tandis que M. Fujita fulminait :

– Tu me donnes la nausée.

Tomoe, qui guidait souvent des clients en proie au vertige, surmonta sa répugnance sans tarder. Elle s'agenouilla près du garçon et prit le temps d'essuyer sa bouche avec un mouchoir.

– Calmez-vous, ordonna-t-elle au marchand. Vous ne l'aidez pas.

La guide prit la main tremblante d'Iori entre les siennes et la mena vers la boucle de chanvre qui ceignait sa taille, par-dessus son obi ambrée.

– Accroche-toi ici et mets tes pas dans les miens. Il ne t'arrivera rien, car le dieu de la Terre te protège sur sa voie.

La compassion de la jeune femme, sa persuasion douce et ferme fonctionnèrent mieux que les réprimandes. Lorsqu'elle se releva, le bras d'Iori se tendit, il trébucha et sa jambe se projeta en avant. Sa mâchoire se serra, mais il trouva la force de lever les pieds, l'un après l'autre, et de les poser plus loin.

*****

L'heure suivante éprouva tout le monde. Iori gémissait, le marchand marmonnait des mantras, Gintaro s'accrochait à la chaîne tandis que la sueur ruisselait sur son front. Kiyoshi luttait contre lui-même. L'air pur l'enivrait et une énergie brutale coulait dans ses veines. Quand le passé et le présent se confondaient, il lui semblait voir des champs brûler entre les planches disjointes. Les coulures rouille qui marbraient les flancs de la montagne lui rappelaient des larmes sanglantes. Le vide l'appelait tel un dangereux mirage, il croyait entendre des cris venant de l'abîme. « Vive le Kirin ! », « Gloire au Dragon céleste ! », « Par la rage du Tigre ! ».

Le goût du sang envahit son palais, sa respiration s'emballa. Ses doigts se crispèrent sur la corde rugueuse qui le reliait aux autres. Il se recentra sur son corps, sur les morceaux de bois qui frémissaient sous ses pieds, sur le poids rassurant des sabres à sa ceinture et ces sensations le ramenèrent à la réalité. Non, les champs ne brûlaient pas. Les cultures en terrasses formaient une magnifique mosaïque de couleurs, du vert intense aux bruns boueux, et leur surface se teintait parfois de bleu lorsqu'elle reflétait le ciel. Les paysans, courbés vers les jeunes pousses de riz, s'affairaient sans crainte pour leur vie. À cette idée, les pas de Kiyoshi gagnèrent en assurance et ses mains se détendirent.

Enfin, ils atteignirent une bicoque encastrée dans la falaise. Son toit s'abritait sous un vieux pin tordu, sa cheminée fumait et ses craquements se mêlaient au souffle du vent. Il en émanait une savoureuse odeur de nourriture. Gintaro prit une grande inspiration. Quand le ventre d'Iori gronda, Tomoe adressa un sourire malicieux à ses clients.

– Une petite pause ? Je crois que vous l'avez bien méritée.

Avant d'entrer, la guide se recueillit devant la statue Jizō qui gardait le seuil de la petite maison. Les formes rondes gravées dans la pierre évoquaient celles d'un bébé joufflu. Kiyoshi pria pour Iori. Tomoe changea l'étoffe élimée qui dissimulait les mains jointes du kami contre un nouveau bavoir rouge, puis s'inclina.

– Il protège les voyageurs ? demanda Iori d'un ton respectueux.

– Surtout les enfants, murmura la jeune femme. Jizō les aide à trouver le salut.

À l'intérieur de la minuscule cuisine, une dame alerte veillait sur ses fourneaux. Elle les installa sur un banc face à la fenêtre, puis leur servit du thé et des fèves de soja pour les faire patienter. Enfin, elle leur apporta de grands bols de ramen. L'odeur appétissante du bouillon envahissait le moindre espace. Kiyoshi laissait aller son regard vers le paysage en contrebas. Vues d'ici, les traces de la révolte du Tigre s'estompaient, pourtant le passé ne le quittait pas.

Gintaro poussa un soupir de satisfaction.

– C'est excellent ! L'air de la montagne donne une belle fraîcheur au thé et à la nourriture.

– Ainsi, vous gravissez la Voie du Kirin pour découvrir la gastronomie locale, le taquina Tomoe.

Son interlocuteur s'esclaffa de bon cœur.

– Non, je suis un expert en porcelâme itinérant. Je me promène de village en village pour prendre soin des autels familiaux et les statuettes retrouvent leur brillant contre quelques pièces. Si vous me confiez la vôtre, je vous proposerai un bon prix !

Kiyoshi vit la jeune femme blêmir. Elle se pencha vers son bol de nouilles pour cacher son trouble, tandis que Gintaro poursuivait son boniment :

– Tout le monde parle de l'Œil du Kirin, mais cette relique m'intéresse moins que les porcelâmes qui reposent au temple. Il contient les autels familiaux de lignées prestigieuses. J'espère me rendre utile et développer mes compétences. Ce serait un grand honneur pour moi.

– Je comprends, répondit-elle d'une voix plus assurée. Et vous, Nakajima-san ? Que cherchez-vous sur la montagne sacrée ?

– J'aime voyager, répondit Kiyoshi d'un ton évasif. Je loue mes services de rōnin pour gagner ma vie.

– Nous avons sympathisé sur la route, ajouta Gintaro. Une chance pour moi, sinon Sasaki m'aurait tué !

Iori cessa d'aspirer bruyamment ses nouilles.

– Je me demande ce que l'Œil du Kirin me montrera, marmonna-t-il. Sans doute rien de spécial. J'aurais préféré voir la Griffe du Tigre.

M. Fujita leva les yeux au ciel :

– Ne blasphème pas !

Des cinq objets magiques remis par les animaux sacrés, la Griffe du Tigre était sans doute la plus redoutable. Il s'agissait d'un katana capable d'apparaître dans la main des guerriers choisis par le dieu du Métal et de guider leur bras. Sa lame blanche tranchait n'importe quelle matière. Gintaro comprenait qu'un miroir présente moins d'intérêt qu'un sabre magique pour un garçon de cet âge, mais se garda du moindre commentaire. Tomoe reprit d'un ton indulgent :

– L'Œil du Kirin reflète vraiment l'âme de ceux qui s'y contemplent. Leurs désirs, leurs craintes, leur passé… ces visions personnelles les aident à trouver leur voie. D'après la légende, le dieu de la Terre l'offrit à sa première

Héritière en des temps immémoriaux, et le temple veille sur lui depuis.

Le garçon fronça les sourcils.

– Je me demande si le Kirin prête ses pouvoirs à la Grande Prêtresse.

– Je ne pense pas, répondit la guide d'un ton hésitant. Notre Vénérée Maîtresse gouverne avec sagesse, mais je n'ai jamais entendu parler de miracles.

Gintaro toussota.

– Cet animal sacré choisit ses Héritiers parmi les cinq clans, et il ne favorise pas forcément les puissants.

– Je sais ! répondit Iori avec enthousiasme. Moi aussi, je voudrais provoquer des tremblements de terre et déplacer des rochers.

– Que les dieux nous en préservent, maugréa son père.

Kiyoshi réprima un éclat de rire et Gintaro dissimula son amusement dans sa tasse.

Le marchand envoya le garçon chercher une autre théière et se pencha vers ses compagnons.

– Je me demande s'il atteindra le temple du Kirin.

– Sans le moindre doute, répondit la guide.

– La porcelâme d'Iori n'évolue plus, expliqua M. Fujita. Elle reste bloquée depuis des mois, comme s'il refusait de devenir un homme.

– C'est courant chez les jeunes, le rassura Gintaro.

– Je crains de l'avoir trop couvé. Sa mère le traite encore comme un bébé et il ne possède pas le courage de ses aînés.

– Le vrai courage n'ignore pas la peur, ajouta Tomoe. Il sait craindre ce qui doit l'être, mais aussi se dépasser quand les circonstances l'exigent.

Le rōnin jeta un coup d'œil par-dessus son épaule et vit Iori planté non loin, sa théière vide à la main. Bien sûr, le sujet de conversation ne lui avait pas échappé. En posant ses baguettes sur son bol, Kiyoshi songea aux paroles de la guide et leur justesse le frappa. « Cette femme en sait autant qu'un guerrier sur le courage », pensa-t-il.

4

Après une longue après-midi de marche, les pas devenaient mécaniques et l'esprit divaguait. L'intensité de l'effort physique dissipait la peur de Gintaro. Il ne pensait plus au bout du chemin, à la fragilité des planches, au vide sous ses pieds, seulement à l'instant présent.

– Nous arrivons bientôt ? haleta Iori.

Ses mains ne quittaient pas la corde et l'expert en porcelâme le soupçonna de se laisser tracter par la guide. Celle-ci ne s'en plaignait pas. La sueur perlait sur sa nuque, mais elle gardait son port de tête altier et sa démarche légère.

– Bientôt n'existe pas, répondit-elle d'un ton malicieux. Personne ne sait ce qui nous arrivera jusqu'à la dernière marche, jusqu'au dernier pas.

– Mais nous n'allons pas grimper toute la nuit !

– Si les kami le permettent, nous atteindrons le refuge suspendu ce soir.

Tomoe tendit le doigt vers le haut, et Gintaro renversa la tête en arrière. Alors, il vit les longues perches en bois et la maçonnerie peinte en rouge qui s'appuyaient sur les reliefs de la falaise. Ces supports soutenaient un ensemble de pavillons dont les balcons et les parois sculptées s'accrochaient sous un surplomb rocheux. Les Kirins qui ornaient les toits retroussés semblaient brodés sur la montagne comme des fils d'or sur la soie d'un kimono.

Tout à son émerveillement, il ne se soucia plus de ses pieds endoloris et de la corde qui lui sciait les reins. Il oublia également les doutes qui le taraudaient. Ce refuge n'était que la première étape de la Voie du Kirin. Une fois parvenu à destination, saurait-il percer les secrets de la princesse Kaede et de sa fille en étudiant la porcelâme de cette enfant ? Saurait-il répondre aux attentes de son révéré père ? L'Empereur risquait de punir sa famille si les résultats lui déplaisaient. Les huit-mille kami mettaient à l'épreuve son courage physique, mais aussi sa force de caractère.

Leur longue ascension les rapprochait de leur but, dont les détails se dévoilaient peu à peu. Gintaro fixait avec espoir le torii rouge qui marquait l'entrée du refuge et les balustrades en bois sur lesquelles s'accoudaient les voyageurs. La perspective d'une tasse de thé lui semblait merveilleuse. Enfin, ils atteignirent l'ultime lacet. « Plus qu'un dernier effort », pensa-t-il avec espoir.

Soudain, un cri de guerre retentit. Un choc terrible ébranla le chemin de planches quand Ryo Sasaki s'y réceptionna le sabre au clair, en armure, le visage grimaçant. Il avait sauté du balcon qui surplombait leur passerelle.

Kiyoshi bondit en avant pour esquiver l'attaque censée lui fracasser le crâne et bouscula Gintaro. L'expert en porcelâme perdit l'équilibre. Il roula sur le côté, se sentit tomber, battit des bras en direction du lien de chanvre... Puis l'abîme l'avala.

*****

Le hurlement d'effroi de Gintaro résonna contre la muraille rocheuse. Le lien de chanvre se tendit, tirant sur la taille du marchand, dont les doigts poisseux lâchèrent la chaîne. Il trébucha, se rattrapa désespérément au rebord d'une planche, tandis que ses jambes battaient dans le vide. Une plainte jaillit de sa bouche grande ouverte. Il ne tiendrait pas longtemps ainsi.

Malgré sa terreur, Iori tendit la main vers son père pour l'aider à se redresser, mais le piton le plus proche lâcha et la chaîne s'écarta de la falaise. Le poids imposant du marchand entraînait son fils vers le précipice. Au même instant, Ryo Sasaki abattit son sabre en direction du rōnin, qui bondit en arrière pour l'éviter. Il perdit l'équilibre, retenu par la corde, et tomba sur le chemin suspendu.

– Assez ! cria Tomoe. Vous allez tous nous tuer !

Les deux combattants ne l'écoutaient pas, plongés dans leur duel. Après la chute de son adversaire, Ryo Sasaki arma son bras pour décocher un coup fatal. Kiyoshi saisit la corde et s'en servit pour lui faucher les jambes. Le jeune guerrier lâcha son sabre et roula sur lui-même. Juste avant de tomber dans le vide, il se retint à une poutrelle en bois du bout des doigts. Il essaya de remonter plusieurs fois, mais son armure pesait trop lourd.

Tomoe entendit le claquement sec d'un second piton descellé. La chaîne pendait davantage. En bas, Gintaro descendit d'un cran. Le rōnin saisit une prise pour résister à cette traction mortelle. Le marchand gémit de douleur, toujours accroché aux planches. Iori dérapait, incapable de supporter sa masse. La guide réalisa qu'un seul piton les retenait encore, celui qui se trouvait juste à côté d'elle. Ils couraient droit à la catastrophe.

Le temps d'un battement de cœur, l'image de Miki passa devant ses yeux. Elle imagina son groupe écrasé en bas, leurs corps sanglants toujours attachés dans la mort. Elle faillit s'abandonner à la fatalité. Puis, une rage furieuse balaya ses pensées funestes. Son honneur de guide se révolta, elle s'entendit hurler :

– Accrochez-vous ! Ne bougez pas !

Sa voix résonna comme un rugissement. Elle tendit la main vers Iori et tira de toutes ses forces pour le rabattre contre la falaise. Des doigts, des ongles, le gamin se cramponna aux aspérités de la paroi. La guide se posta derrière lui et plaça ses bras de chaque côté de son corps pour l'empêcher de glisser. Lorsqu'elle s'agrippa à la chaîne des deux mains, de la poussière roula autour du dernier anneau de métal qui les retenait tous. Alors, Tomoe dégaina son piolet et le planta dans la falaise pour soulager le piton dont leur vie dépendait. Le sang battait follement dans ses tempes. Son instinct de survie décuplait sa vigueur et lui dictait sa conduite.

Elle vérifia qu'Iori tenait bon et passa au marchand. Grâce à son aide, Fujita parvint à se relever malgré le poids de Gintaro. Il attrapa la chaîne, livide, et se plaqua contre la falaise.

– Tenez bon, lui ordonna-t-elle, je vais le remonter.

En effet, l'expert en porcelâme constituait un terrible poids mort pour le reste du groupe. Il gisait quelques mètres plus bas, inerte, et Tomoe pria pour que sa tête n'ait pas heurté la muraille lors de sa chute. La jeune femme saisit la corde et tira. La douleur irradiait dans ses épaules et ses bras, son dos ployait sous son fardeau, mais elle arracha peu à peu Gintaro au vide. Les dents serrées, les paumes égratignées par les fibres rugueuses du chanvre, elle gagnait pouce par pouce sa bataille contre les dangers de la montagne.

Soudain, deux mains d'homme se posèrent devant les siennes et sa charge s'allégea. Quand Kiyoshi joignit ses efforts aux siens, Tomoe sut que le pire était passé. Elle continua par fierté, mais les muscles du rōnin s'avéraient bien plus puissants que les siens. Dès que le corps de l'expert en porcelâme atteignit le rebord, elle lâcha la corde et se pencha vers lui.

La jeune femme passa ses bras sous ses aisselles, le fit basculer sur le chemin, puis elle posa sa tête sur ses genoux et chercha une trace de vie. L'épaule et le flanc de Gintaro avaient été meurtris par les rochers, la boucle en chanvre étranglait sa taille, mais son pouls battait encore. Un souffle rapide franchissait ses lèvres et nulle trace de choc ne marbrait son crâne. Tomoe faillit pleurer de soulagement, mais un guide ne pouvait se permettre la moindre faiblesse devant ses clients. Elle se contenta de remercier les huit-mille kami.

Le marchand serra son fils dans ses bras, heureux d'être encore en vie, puis il se tourna vers elle.

– Comment va-t-il ?

– Je ne décèle aucune blessure grave, mais il a perdu conscience sous le coup de la frayeur. Il faudrait qu'un médecin l'examine.

Le marchand posa une main réconfortante sur l'épaule de son fils et désigna Ryo Sasaki, qui s'accrochait toujours à la poutrelle en bois.

– Que faisons-nous de cet homme ?

Pendant un instant, une folle colère envahit Tomoe. Cet imbécile avait failli les tuer. Elle mourait d'envie de le mordre, de le griffer jusqu'au sang, mais elle repoussa ses mauvaises pensées dans un coin de son esprit.

– Remontons-le.

Kiyoshi se pencha vers l'apprenti samouraï et leurs regards farouches se croisèrent. Tomoe ne lut aucune pitié sur les traits du rōnin. Allait-il piétiner les doigts de son ennemi pour qu'il lâche prise ? Ryo Sasaki n'était pas encordé. Finalement, Kiyoshi saisit son poignet et le hissa sur les planches. Il le tint en respect avec son sabre court, tandis que M. Fujita l'attachait.

Tomoe vérifia les nœuds par précaution :

– Continuons sans lui. Son guide viendra le chercher.

– Et Hayashi-san ? demanda Iori.

– Nous sommes presque arrivés au refuge, constata Kiyoshi. Laissez-moi le porter.

La jeune femme connaissait désormais la force qu'il dissimulait sous son apparence désinvolte et ne prostesta pas. Elle installa Gintaro sur son dos, puis reprit la tête du groupe.

*****

Dans la grande salle du refuge, les dos courbés et les visages fatigués ployaient au-dessus des tables basses. Les montagnards se mêlaient aux pèlerins, les religieux côtoyaient les marchands dont les précieux sacs de riz étaient portés à dos d'homme jusqu'au temple du Kirin. Le rude climat de la montagne sacrée ne permettait pas de le cultiver, raison pour laquelle le clan Kirin l'achetait à ses deux voisins, le Dragon à l'est et le Tigre à l'ouest.

Tomoe traversa la salle à pas discrets, pour dîner en paix, mais des regards curieux s'attardèrent sur elle. Elle vit M. Fujita saluer une noble dame du clan Tortue, reconnaissable à son maquillage traditionnel. Les femmes des îles dessinaient toujours une fleur au milieu de leur front, juste au-dessus du nez, et la sienne représentait une opulente pivoine.

– Madame Kame, quelle surprise de vous rencontrer ici ! s'exclama le marchand.

Les yeux fardés de son interlocutrice se plissèrent en retour.

– Rassurez-vous, mon cher, je ne me rends pas au temple du Kirin pour affaires, mais en pèlerinage.

– Et votre flotte ?

– Les capitaines peuvent se passer de moi un certain temps. Je voudrais à nouveau contempler le fameux miroir du Kirin et méditer sur les changements qui s'annoncent.

– Des changements ?

La noble dame écarta ce sujet du revers de la main :

– Je ne rajeunis pas !

– Vous ne vieillissez pas non plus, protesta M. Fujita.

– Quel galant homme !

Mme Kame lui proposa de partager sa table, ce qu'il accepta sans tarder. Tomoe se désintéressa de leur discussion. Elle la jugeait d'une insoutenable hypocrisie, car ces démonstrations d'amitié dissimulaient de part et d'autre des relations purement commerciales.

Elle vit Gintaro et ses autres clients qui dînaient ensemble, mais elle ne se joignit pas à eux. Ce soir, tenir une conversation lui semblait insurmontable. Autour d'elle, parmi les bruits de mastication, les mêmes paroles s'échangeaient sans cesse.

– Savez-vous ce qui s'est passé ce soir ?

– Un dénommé Sasaki a attaqué d'autres voyageurs par surprise.

– Quel lâche ! crachaient ceux du Tigre.

Ceux du Dragon répandaient le commérage avec délice :

– Les moines-guerriers l'ont suspendu là-bas, avec une pancarte qui raconte toute l'histoire. Je l'ai lue de mes propres yeux.

– Cet imprudent a failli les tuer, répondaient les montagnards. Il mérite son sort.

Tomoe se dissimula derrière un paravent, loin de la lumière des lampes à huile. Elle aurait préféré se retirer dans la solitude plutôt qu'affronter la curiosité ambiante, mais son estomac criait famine. Elle avait besoin de reprendre des forces. Ses mains écorchées la faisaient souffrir et ses bras ankylosés lui semblaient durs comme du bois. La jeune femme plongea sa cuillère dans son bol de soupe miso et tenta de la porter à sa bouche, mais ses doigts tremblaient sous l'effet de la douleur. Épuisée, elle baissa la tête vers son plateau.

Le guide en charge de Ryo Sasaki se fraya un passage entre les tables, bientôt suivi par un concert de chuchotis. Fuyuki écarta l'écran de papier, révélant la présence de Tomoe. Sous sa barbe touffue, elle vit le rouge de la honte colorer ses joues, mais il ne se déroba pas. Devant toute l'assemblée réunie pour dîner, il s'agenouilla sur le sol en terre battue et se prosterna par trois fois.

Un grand silence tomba sur la salle et le trouble de la jeune femme atteint son comble. Son confrère n'avait pas mérité cette humiliation et elle ne savait comment le réconforter.

– Relevez-vous, Fuyuki, supplia-t-elle.

L'homme écarta ses faibles protestations d'un geste décidé.

– Yamako-san, je vous dois huit-mille excuses.

– Vous aviez conduit ce jeune homme en toute sécurité jusqu'au refuge. Qui l'aurait cru capable d'une telle bêtise ? Personne, en vérité.

– Je vous remercie pour votre bonté, mais j'ai failli à mon devoir en mettant votre groupe en danger. J'aurais dû le surveiller.

– Grâce au Kirin, cet incident se termine bien. Du moins pour nous. Votre client est toujours pendu sur le chemin, quel sort lui réservez-vous ?

– J'ai décidé de le mener jusqu'au temple désarmé et les mains liées. Ce misérable a violé les règles sacrées de la montagne. Il ne mérite pas de porter le sabre et son attitude déshonore son école. Notre Vénérée Maîtresse choisira elle-même la punition appropriée.

– Vous avez raison. Sa sagesse nous éclairera sur la conduite à tenir.

Ils échangèrent un sourire fatigué et se souhaitèrent une bonne route avant de se séparer.

Tomoe plongea à nouveau sa cuillère dans la soupe, mais, sous l'effet de la nervosité, ses doigts tremblaient encore plus qu'avant. Elle abandonna et tâcha de manger ses beignets de taranome sans se donner en spectacle. Elle appréciait leur légère amertume et leur croquant, d'ordinaire, mais ce soir les pousses vert tendre refusaient de tenir entre ses baguettes malhabiles.

*****

Non loin de là, Kiyoshi contempla les robustes épaules de l'homme qui venait de se prosterner devant Tomoe. La jeune femme semblait bien frêle en comparaison, mais il ne fallait pas la sous-estimer. La grâce de ses gestes dissimulait une résistance étonnante. « Elle est forte et souple comme un saule, pensa-t-il. Elle a remonté cet homme seule pendant que je m'accrochais à la falaise. »

Kiyoshi avait vu du sang sur la corde et regrettait de ne pas avoir réagi plus tôt. En bousculant son compagnon de voyage dans le vide, il avait mis tout le groupe en danger. La voix moqueuse de Wataru le traita d'avorton en son for intérieur.

Ce mot le ramenait une dizaine d'années en arrière, quand son sabre en bois pesait lourd au bout de son bras. Il sentait encore les reliefs du vieux plancher sous ses pieds nus, tandis que la lumière tamisée du dojo dessinait des raies d'ombre autour de lui. Wataru se tenait en face de lui, un sourire arrogant aux lèvres. À cette époque, l'adolescent mesurait une tête de plus que Kiyoshi et des muscles puissants gonflaient ses bras. Il s'était à peine incliné lors du salut rituel.

– Hajime ! avait crié le maître.

Dès la première syllabe, Wataru avait couru vers son adversaire, le sabre brandi. Kiyoshi avait reculé précipitamment pour se mettre hors de portée.

– Alors, l'avorton, toujours en train de fuir !

Les élèves de l'école, assis en tailleur sur le côté, pouffaient plus ou moins discrètement. Le maître se tenait sur l'estrade, bras croisés. Son visage ne trahissait aucune émotion et elle n'avait pas intimé le silence. Kiyoshi avait compris qu'elle ne prendrait pas sa défense. Son adversaire ne respectait pas les règles, mais seule la loi du plus fort régissait les véritables combats. Il ne pouvait compter que sur lui-même.

Wataru s'était avancé d'un pas conquérant, mais n'avait trouvé aucune faille dans la garde de son adversaire. Il lui tournait autour, le provoquait de la pointe de son arme, pourtant Kiyoshi tenait bon. Il luttait surtout contre sa propre nervosité, contre la faiblesse de son corps, contre la colère qui le faisait trembler. En ce temps-là, il n'avait jamais gagné contre Wataru, à cause de leur différence d'âge et de carrure, mais cet espoir ne le quittait pas. Un jour, il prendrait sa revanche !

La poignée du sabre en bois de Kiyoshi vibrait entre ses doigts poisseux, tant son adversaire frappait fort. Il avait raffermi sa prise pour ne pas la lâcher. Wataru avait profité de son hésitation pour tourner sur lui-même et contre-attaquer d'un mouvement ample, à la hauteur du ventre.

Au lieu de se baisser comme il en avait l'habitude, Kiyoshi avait sauté très haut. Genoux pliés, dos courbé, il formait une boule de rage et de violence au-dessus de son adversaire. Un cri avait jailli de sa gorge, tandis que son sabre allait s'abattre sur le crâne de Wataru. Soudain, le maître avait bondi de l'estrade pour le bousculer en plein vol. Sous le choc, il avait chuté sur le sol, tout étourdi, tandis qu'Izumi retombait sur ses pieds.

– Assez, avait-elle grondé. Tu as perdu, Kiyoshi.

Wataru avait haussé les épaules d'un air moqueur :

– Bien essayé, l'avorton, mais tu ne me surpasseras jamais.

Un long frisson secoua Kiyoshi. Non, il n'avait pas perdu, et cette sentence injuste le hantait encore après toutes ces années. Aujourd'hui, il avait failli. Heureusement, le sang-froid de la guide les avait tous sauvés.

En face du rōnin, Iori écoutait Gintaro raconter sa mésaventure. Le médecin avait bandé l'épaule du blessé, mais celui-ci demeurait sous le choc. Il évoquait sans cesse sa chute interminable, sa crainte de la mort, et sa douleur quand la corde lui avait cisaillé la poitrine.

– Pensez-vous que Sasaki soit animé par la rage du Tigre ? souffla le garçon.

Un pâle sourire étira les lèvres de l'expert.

– Non, mon jeune ami. Quand le Tigre sacré s'incarne dans le corps de son Guerrier, il lui donne une force surnaturelle. Ses pouvoirs le rendent sauvage comme un fauve et puissant comme un dieu. Un Guerrier sous l'emprise de la rage divine devient presque invincible. Je comprends qu'elle te fascine, mais ce Ryo Sasaki n'est qu'un idiot sans cervelle. Nakajima-san l'a déjà vaincu deux fois.

La culpabilité du rōnin refit surface.

– Je vous dois mille excuses. En vous bousculant, j'ai provoqué votre chute.

– Ce samouraï allait vous fendre le crâne ! s'écria Gintaro. Je ne vous reproche rien.

De son côté, M. Fujita racontait leur mésaventure à la noble dame du clan Tortue. Peu à peu, il retrouvait contenance et parvenait à rire du jeune homme suspendu à sa corde tel un ballot.

– Quelle vigueur ! expliquait-il. Cette jeune femme a remonté le malheureux à la seule force de ses bras.

Une moue dubitative déforma les lèvres peintes de son auditrice. Sous ses dehors affables, Mme Kame n'oubliait pas son rang, ni son sens critique, durant son pèlerinage au temple du Kirin.

– En même temps, peut-on vraiment parler d'une femme ? déclara-t-elle en désignant Tomoe d'un coup de menton. Avez-vous vu sa peau brûlée ? Et ses mains de paysan ?

Cette réponse embarrassa fort le marchand, qui ne voulait désobliger ni la guide, ni son interlocutrice.

– Je suppose qu'elle n'a sans doute pas la délicatesse des courtisanes, mais elle ne manque pas de courage. C'est une question de métier.

– Eh bien, je suis d'avis que le métier de guide ne convient pas à son sexe !

La noble dame détailla d'une voix perçante les qualités féminines nécessaires à une jeune fille de bonne famille, non sans toiser le profil de Tomoe. Il s'agissait d'une véritable provocation et la main de Kiyoshi se posa machinalement sur la poignée de son sabre. Pendant un instant, il caressa l'idée de rabattre le caquet de l'impertinente, puis se reprit. La violence, fût-elle verbale, n'apporterait aucun soulagement à la guide.

À l'école Nakajima, les plaies et les bosses survenaient souvent, malgré les précautions en vigueur. Après un bain brûlant, Wataru, Kiyoshi et les autres pensionnaires se soignaient mutuellement. Ils enduisaient les contusions d'onguent, désinfectaient les égratignures, commentaient les combats et finissaient par un bon repas avec leur maître. Cette rivalité complice lui manquait parfois et il se demanda si la guide se sentait seule en cet instant.

Cette dernière se leva soudain, en abandonnant son plateau sur la table. Elle se tourna vers la noble dame et leurs regards s'affrontèrent un instant. Tomoe ne cilla pas. Ses pupilles d'un noir d'encre recelaient une beauté cachée, sans rapport avec la blancheur du teint ou la finesse des mains. Après son départ, Kiyoshi passa devant sa table. Les coupelles étaient pleines et il vit des traces de sang sur ses baguettes.

*****

Tomoe se réfugia sous les toits. L'aubergiste en charge du refuge lui avait cédé une chambre individuelle, ce dont elle l'avait chaleureusement remercié. D'habitude, partager le dortoir des guides ne la dérangeait pas, mais, ce soir, elle avait besoin d'intimité.

Épuisée par sa longue journée, la jeune femme s'agenouilla sur les tatamis. Elle regrettait de n'avoir rien mangé, même si les commentaires de la vieille pie lui avaient coupé l'appétit sur le coup. Shizuka, son amie guide, aurait certainement riposté à sa place et Tomoe lui envia sa langue acérée. Aïko, la fille adoptive d'une famille de prêtres et de miko, n'inspirait jamais ce genre de critique. Elle possédait toutes les qualités des nobles demoiselles, avec son élégance fragile, son charme et son goût parfait.

Tomoe tenta de se bander les mains, mais la douleur la rendait maladroite et des larmes de dépit roulèrent sur son visage. D'une petite sacoche, elle sortit une bourse en brocart élimée qui contenait une statuette enroulée dans un linge. Elle la posa sur ses genoux après l'avoir dégagée de sa gangue de tissu. Face à sa propre porcelâme, une vague de tristesse s'abattit sur elle. Encore et toujours bloquée. Elle n'évoluait plus, malgré le passage des années et ses efforts pour devenir une guide accomplie.

Quelqu'un toqua doucement à la porte. Tomoe envisagea de ne pas répondre, mais elle ne pouvait se permettre une telle impolitesse. Alors, elle rangea la statuette, essuya ses joues, cacha ses doigts ensanglantés sous les manches de son kimono et se plaça dans l'ombre pour que l'importun ne puisse distinguer son visage.

Quand la porte coulissa, elle vit tout d'abord les boulettes de riz disposées sur un plat. Puis, le rōnin franchit le seuil de la pièce et referma derrière lui. Surprise par cette intrusion inconvenante, la jeune femme s'exprima d'un ton sec :

– Que voulez-vous ?

Loin de s'en offusquer, Kiyoshi lui sourit. Il posa ses deux sabres sur le seuil en signe de paix, et s'inclina poliment.

– Je suis venu soigner vos mains.

– Vous n'êtes pas médecin.

– Mais je sais m'occuper des blessures simples. Regardez, j'ai apporté le nécessaire.

Lorsqu'il lui montra la bassine d'eau, les linges propres, le baume et les bandages disposés sur un plateau, Tomoe plaqua ses manches contre sa ceinture. À la simple idée d'un guerrier dans sa chambre, son cœur s'affolait. Si elle criait, quelqu'un l'entendrait-il ?

– J'ai vu du sang sur vos baguettes, insista-t-il. Il ne faut pas que les plaies s'infectent.

Soudain, il s'avança vers elle, trop près, beaucoup trop près, et s'agenouilla à ses côtés. Elle se souvint de sa force, envisagea de le rabrouer, mais il parla le premier :

– Ne craignez rien. Je vous en prie, laissez-moi vous aider.

Tomoe se méfiait, mais ces douces paroles ne lui laissaient aucune raison de protester. Lorsqu'il tendit sa paume ouverte dans sa direction, elle finit par y poser la sienne. Kiyoshi saisit son poignet gauche d'un geste ferme, mais pas brutal, et le tira vers lui. La jeune femme se mordit la lèvre, saisie par une bouffée de rage. Toutefois, le rōnin nettoya la chair à vif avec une délicatesse étrange de la part d'un guerrier, et ce sentiment s'évanouit. Il se montrait tellement attentionné, elle refusait de paraître désobligeante ou de se ridiculiser. Tomoe songea aux paroles désagréables de la vieille pie. Elle avait honte, soudain, des cals sur ses paumes.

Kiyoshi ne formula aucun commentaire. Il étala le baume cicatrisant et banda ses doigts. À sa dextérité, Tomoe comprit qu'il avait déjà pratiqué cet exercice de nombreuses fois. Il la frôlait, concentré sur sa tâche, et sa proximité la troubla. Le rōnin sentait le savon du bain, le fer et le bois ; son odeur lui rappela la chaleur de ses bras lorsqu'il tirait sur la corde avec elle.

– J'ai fini, dit-il en la relâchant délicatement.

Tomoe craignit que ses yeux trop vifs ne discernent la trace des larmes sur ses joues, mais il se contenta de sourire à nouveau.

– Vos mains ont sauvé des vies aujourd'hui. Peu de nobles dames peuvent en dire autant.

*****

– La voilà !

– Ne la laissez pas s'enfuir. Elle m'appartient !

Un soldat glissa ses doigts brutaux sous son menton pour la forcer à relever la tête. Elle portait un kimono de servante et une natte au lieu d'un chignon, mais son visage n'avait pas changé. Elle se figea, les larmes aux yeux, désespérée. Puis, une fureur bestiale repoussa la terreur qui la paralysait. Une brume rouge voila son regard. Elle griffa le visage de l'ennemi, plongeant ses ongles dans ses yeux.

– Putain !

Elle esquiva la gifle et lui frappa l'entrejambe. Le soldat se plia en deux. Elle sentit un sabre courbe sous sa paume. La lame blanche semblait immense au bout de son bras, mais elle ne pesait presque rien.

L'insulte suivante se transforma en gargouillis tandis qu'elle lui tranchait la gorge. Le mort la fixait encore de ses yeux incrédules lorsqu'elle s'avança vers ses camarades. Une frénésie monstrueuse prenait possession de son corps. Elle ne craignait plus les guerriers qui lui barraient le passage. Elle tourbillonnait, légère, et tailladait leur chair. Sa langue goûtait le sang de ses ennemis, un sourire fou étirait ses lèvres. Les faibles s'enfuirent en hurlant. Elle massacra les sentinelles et franchit la porte extérieure.

Deux samouraïs la poursuivirent à cheval dans la rue. Malgré l'arc qui pendait dans leur dos, ils n'osaient tirer des flèches, car le seigneur la voulait vivante. Un rugissement de défi jaillit de sa gorge et les passants s'enfuirent. Quand le premier cavalier la rattrapa, elle bondit sur le côté au dernier moment et trancha le genou de sa monture. Le pauvre animal s'effondra sur place, projetant son maître au sol. Le deuxième soldat arrivait. Elle reprit sa course folle, bondit sur le muret d'une détente surhumaine et lui trancha le cou au vol. Puis, elle poussa son cadavre de côté, sauta sur la selle et s'enfuit à bride abattue.

5

À l'aube, Tomoe se réveilla avec les mains pleines de sang. Un mal de crâne lui comprimait les tempes. Elle avait rêvé de massacres, de soldats démembrés, et une colère monstrueuse grondait encore dans son cœur. La jeune femme lutta pour retrouver son calme. Elle repoussa ces images affreuses au fond de son esprit, régula sa respiration pour atténuer la nausée et déroula les bandages. Certaines croûtes mal cicatrisées s'arrachèrent avec le tissu et elle serra les dents. Laver ses mains la soulagea. Ses plaies s'étaient juste rouvertes pendant la nuit. Ces tueries n'existaient pas. Il s'agissait d'un simple cauchemar.

Tomoe étouffait dans cette chambre exiguë. Elle sortit, longea les galeries extérieures sans réveiller les voyageurs et se dirigea vers la petite chapelle qui s'élevait à l'écart du pavillon principal. Dehors, l'air pur emplit ses poumons, et la vue des cimes altières l'apaisa.

La source qui jaillissait de la montagne permettait aux fidèles de se purifier les mains et la bouche. Au chevet du bassin, une rangée de Jizō veillait, vêtus de leurs bavoirs rouges. Certains d'entre eux semblaient neufs et Tomoe songea à Shizuka, qui les remplaçait toujours en souvenir de son enfant mort-né. L'idée que son amie guide la précède sur la Voie du Kirin la réconforta.

Tomoe ôta ses sandales et pénétra sous l'auvent. Les piliers et les boiseries vermillon flamboyaient, les lanternes en papier se balançaient au gré du vent. La jeune femme fit sonner la clochette pour attirer l'attention du Kirin. Quand le son clair tinta à ses oreilles, elle s'avança vers l'autel et s'inclina par deux fois. Le dieu de la Terre l'accueillit avec sa sérénité coutumière. Il se tenait sur un rocher, sa crinière dorée cascadait sur son encolure, ses écailles minuscules scintillaient sur ses flancs et son regard sculpté dans le bois semblait plein de compassion.

Tomoe s'agenouilla sur le parquet ciré. Elle cherchait en son cœur la force de poursuivre sa route. Ses rêves sanglants, l'attaque de Ryo Sasaki, la chute de l'expert en porcelâme et la gentillesse du rōnin la perturbaient. Kiyoshi Nakajima passait inaperçu au lieu d'adopter l'arrogance virile des guerriers, mais il observait tout et sa prévenance la touchait plus qu'une démonstration de force. La veuve noire rôdait toujours et la guide s'inquiétait pour ses clients. Sur la Voie du Kirin, ces émotions ne devaient pas altérer son jugement, aussi pria-t-elle le dieu de la Terre de lui accorder sa bénédiction. Peu à peu, sa détermination reprit vie, tel le soleil triomphant de la nuit.

*****

Gintaro savourait une gorgée de thé dans la salle commune du refuge. Dans sa chute, son épaule gauche avait heurté la paroi, mais il pouvait encore se servir de son bras droit. Il tâta les plis de son kimono du bout des doigts, à l'emplacement de son estomac, et décida de ne pas informer son révéré père de cette mésaventure pour lui épargner toute inquiétude inutile.

Il régnait un joyeux brouhaha dans l'auberge et de nombreux regards scrutaient le blessé en coulisse. M. Fujita bavardait avec la noble dame du clan Tortue. Iori couvait Gintaro des yeux. Le garçon semblait très impressionné par sa mésaventure et l'expert en porcelâme appréciait sa sollicitude.

– Bonjour !

Kiyoshi posa sur la table les plateaux contenant de copieux petits-déjeuners. Ils se composaient de saumon grillé et d'un gruau de riz aux sept plantes du printemps. Gintaro saisit sa cuillère et dévora son repas, bientôt imité par le reste du groupe. Les effluves des herbes aromatiques se mêlaient au piquant du radis noir et à la douce tiédeur du riz. L'oignon sauvage, les pousses de fougère et le persil des montagnes lui donnaient un parfum acidulé. Ces plats n'égalaient pas les saveurs complexes élaborées par les cuisiniers du palais impérial, mais leur simplicité rustique le revigorait.

Quand M. Fujita les rejoignit, Gintaro lui demanda d'un ton innocent :

– Vous connaissez cette noble dame ?

– Les commerçants se connaissent tous plus ou moins, à force de transporter leurs marchandises d'un fief à l'autre, et les Kame possèdent une flotte importante.

– En effet ! Mais je ne pensais pas qu'ils voyageaient si loin dans les terres.

– Vous avez raison. En général, les armateurs du clan Tortue livrent leur cargaison au port de Yamaguchi et les marchands locaux, comme moi, se chargent de l'acheminement sur la montagne sacrée. Toutefois, Mme Kame se rend au temple du Kirin pour des raisons personnelles.

– De quoi s'agit-il ? D'une porcelâme, peut-être.

– Je n'en sais pas davantage, répondit M. Fujita. Sa famille dispose d'une bonne réputation dans le monde des affaires et leurs navires sillonnent toutes les mers de l'empire, mais personne ne connaît leur vie privée. Les Kame se montrent discrets sur ce sujet et, finalement, cela ne nous concerne pas.

Gintaro cacha sa déception de son mieux. Le clan Tortue gardait ses secrets et il n'avait rien appris de plus sur Ushio Kame, le prétendant de la petite princesse.

À la fin du repas, une gracieuse silhouette vêtue d'une obi ambrée s'avança vers eux. Tomoe les salua joyeusement :

– Vous voilà tous levés ! Comment vous portez-vous ?

– Bien mieux que je ne l'espérais hier, répondit Gintaro. D'après le médecin, mon épaule guérira vite, si je la ménage.

– Vous gêne-t-elle pour marcher ?

– Non, répondit l'expert en porcelâme d'un ton insouciant. Une fois bandée, je ne la sens plus.

– Alors nous repartirons sans tarder.

Pendant un instant, Gintaro crut qu'elle plaisantait. Puis, il croisa son regard sérieux et se liquéfia sur place.

– J'ai failli mourir hier, vous ne pouvez pas me demander…

– De poursuivre votre route sur la Voie du Kirin ? le coupa-t-elle. Comptez-vous finir votre vie ici ?

– Non, bien sûr. Laissez-moi juste le temps de me remettre.

– La peur ne guérit pas avec le temps, le corrigea calmement Tomoe. Elle ne disparaît qu'en l'affrontant.

À bout d'arguments, Gintaro la fixa d'un air égaré. Il espérait se reposer, visiter le refuge suspendu, et l'idée de remettre les pieds sur les planches grises l'emplissait d'effroi. Iori jeta violemment ses baguettes sur la table.

– Je ne veux pas marcher aujourd'hui !

La guide lui tapota gentiment l'épaule.

– Repousser l'épreuve à demain ne la rendra pas plus facile.

– Facile à dire pour vous ! Vous connaissez la montagne ! Vous ne craignez pas de tomber !

– Si tu tombes, je te rattraperai.

– Certains voyageurs ne parviennent jamais au sommet, s'emporta le garçon. Je parie que vous en perdez souvent !

La gifle de son père l'interrompit dans son élan ; il avala péniblement sa salive, les yeux humides, la bouche ouverte, et sa main tremblante effleura sa joue.

– Comment oses-tu manquer de respect à notre guide ? gronda M. Fujita. Sans elle, nous ne serions pas arrivés jusqu'ici. Ton insolence et ta lâcheté me déshonorent !

– Je n'ai jamais perdu personne, conclut Tomoe d'un ton ferme. Vous atteindrez tous le temple, je le garantis sur ma vie.

Le garçon marmonna une excuse, mais son regard suppliait Gintaro de ne pas céder. Ce dernier hésitait encore, partagé entre sa fatigue et l'importance de sa mission. Il remarqua les mains bandées de Tomoe. La jeune femme souffrait sans doute, elle aussi, pourtant sa volonté ne fléchissait pas.

– Très bien, soupira-t-il, nous repartons ce matin.

*****

Dans la réserve de l'auberge, Tomoe vérifiait la solidité des cordes et remplissait sa sacoche de pitons. L'odeur du chanvre et du cuir, le matériel bien rangé créaient un semblant d'ordre dans cette ascension pleine d'imprévus. Elle profitait de ce refuge paisible, quand Fuyuki entra en coup de vent.

– Yamako-san, connaissez-vous la nouvelle ?

Son ton catastrophé alerta la jeune femme.

– Laquelle ?

– La veuve noire a tué Miki. Selon la gérante de l'auberge, son corps a été retrouvé près du relais du Levant, au pied du chemin de corde.

Tomoe blêmit et son collègue hocha vigoureusement la tête.

– Moi non plus, je ne m'y attendais pas ! Jusqu'à maintenant, elle n'attaquait que des misérables et des dépravés, mais un guide !

– Quelle horreur, murmura-t-elle.

– Personne n'est à l'abri et les consignes n'empêcheront pas la rumeur de se répandre. Ce secret me met mal à l'aise vis-à-vis des voyageurs. Nous ne devrions pas leur mentir ainsi.

Un frisson glacé secoua Tomoe des pieds à la tête. Elle avait promis à ses clients qu'ils atteindraient tous le temple du Kirin en vie, mais cette menace s'ajoutait aux dangers de la montagne et la guide mesurait sa faiblesse face à une criminelle endurcie. Les membres de son groupe ne correspondaient pas aux portraits des précédentes victimes, car ils ne maltraitaient pas les femmes, mais cette protection s'avérait bien mince. La veuve noire ne risquait-elle pas d'assassiner n'importe qui ?

– Vous n'avez rien remarqué lors de votre descente au relais du Levant ? demanda Fuyuki d'un ton pressant. Vous avez pris le même chemin que Miki, je me trompe ?

– Sans doute… mais non.

– Vous n'avez croisé personne ?

– Personne, répéta la jeune femme d'une voix blanche.

– Il se trouvait au pied des échelles de corde, en contrebas du sentier.

– Non !

Gênée par l'insistance de son collègue, Tomoe répondit dans un état second. Elle luttait pour repousser ces images affreuses et les enfouir au fond de sa conscience. Elle serrait un piton, dont la pointe s'incrustait dans sa paume douloureuse. Une brume voilait ses yeux.

– Il vivait encore, ou vous êtes passée à côté de lui sans le voir, maugréa Fuyuki. En tout cas, la veuve noire ne se trouvait pas loin.

Il se tenait penché sur elle et, soudain, sa large carrure lui sembla menaçante. Une part de son esprit se préparait à bondir. En cas d'attaque, elle lui planterait la pointe du piton dans l'œil.

Puis son collègue changea de ton et son expression s'adoucit.

– Je vous effraie, pardonnez-moi. En vérité, je ne m'inquiète pas pour mon imbécile de client mais pour votre sécurité. Soyez prudente, Yamako-san, je vous en prie.

Tomoe réalisa soudain l'étendue de son erreur. Fuyuki ne l'accusait nullement, mais l'angoisse le rendait maladroit. Il souhaitait la protéger de la veuve noire, sans savoir comment. Dans ses yeux bruns, elle reconnut l'écho de sa propre impuissance.

*****

En fin de matinée, la chaleur pesait déjà sur les épaules de Gintaro, qui massa machinalement son bras. Des élancements le traversaient de temps en temps, mais il n'osait se plaindre de la fatigue et retarder ses compagnons. L'expert en porcelâme regrettait déjà sa décision. Pourquoi s'était-il laissé convaincre par cette guide impitoyable ? Tomoe ne ralentissait jamais. Infatigable, elle testait la solidité des planches, enfonçait ses pitons, nouait et dénouait la corde, insensible aux bourrasques, aux grincements des chaînes et aux cris sinistres des oiseaux de proie.

Gintaro perdait ses repères. Il craignait parfois de tourner en rond sur ces chemins en lacets. Il déchiffra le sûtra gravé sur une tablette usée : « Les formes ne sont pas différentes du vide, le vide n'est pas différent des formes, les formes sont le vide, le vide est les formes. » Il grignota une boulette de riz, but une gorgée d'eau et s'arrêta sans y prendre garde. Quand la corde nouée autour de son ventre le rappela à l'ordre, le découragement le gagna. Le souffle lui manquait, la sueur imprégnait son kimono et ses jambes pesaient si lourd ! Entre deux poutres disjointes, il aperçut l'à-pic sous lui et une bouffée de vertige le gagna. « Ce vide sans forme m'appelle, pensa-t-il. Je vais encore tomber ! »

– J'ai faim ! s'exclama Iori. Si on s'arrêtait pour déjeuner ?

L'expert en porcelâme le bénit de poser la question à sa place.

– Nous nous reposerons au prochain refuge, répondit Tomoe. Ici, la falaise ne comporte pas le moindre abri.

– Il se trouve encore loin ? demanda le garçon.

– Nous le verrons au prochain tournant.

Gintaro espérait une bonne nouvelle, mais une terrible déception le frappa quand la jeune femme tendit le doigt vers un pic élevé. Des pavillons rouges s'enroulaient autour de cette pointe et une tour la surmontait, telle une flèche tendue vers les cieux. Le Kirin qui se cabrait à son sommet étincelait comme un second soleil. Cette destination lointaine découragea l'expert en porcelâme.

Les voyageurs s'immobilisèrent à la suite de leur guide, qui les consulta sur la marche à suivre.

– À partir d'ici, deux choix s'offrent à nous. Continuer sur les passerelles, ou couper par les échelles.

– Vous ne m'aviez pas dit qu'il faudrait grimper ! s'écria Gintaro d'un ton accusateur.

– Je vous conseille le chemin de planches, répondit Tomoe. Il ne nécessite aucune escalade.

– J'ai déjà mal à l'épaule et il nous reste encore des heures de montée, sans la moindre pause. Vous vous êtes bien gardée de me prévenir, ce matin !

Face à la véhémence de son interlocuteur, la jeune femme recula d'un pas.

– Nous aurions rencontré les mêmes difficultés demain.

– Je me serais beaucoup mieux porté après une journée de repos. Si je tombe, nous serons tous en danger. Je regrette de vous avoir écoutée !

– En effet, votre blessure ne se prête guère à l'escalade, soupira le marchand. Nous arriverons plus tard au sommet.

Gintaro plissa les yeux pour distinguer le sentier qui s'enroulait autour de l'aiguille et comprit son interlocuteur. Les échelles formaient un puits vertical qui s'élevait tout droit dans les entrailles de la montagne, tandis que les circonvolutions du chemin semblaient sans fin.

– Tant pis. Prenons les échelles.

M. Fujita l'approuva, mais Kiyoshi fronça les sourcils et Tomoe ne dissimula pas sa surprise.

– Votre épaule…

– De toute façon, elle souffrira du voyage, alors autant en finir. Vous nous avez menés jusqu'ici aujourd'hui, à vous de nous en sortir !

Le visage de la guide se durcit.

– Très bien. En route.

*****

Le vent tourbillonnait dans la cheminée minérale. Sa plainte évoquait parfois des clochettes lointaines, parfois une stridulation qui vibrait à l'intérieur de l'oreille. Les vêtements claquaient, les lanières des bagages se tendaient, le sable cinglait la peau et les paupières des voyageurs. Le petit groupe progressait toujours dans le même ordre, Tomoe en tête, puis Iori, M. Fujita, Gintaro et Kiyoshi.

Le corps du rōnin pesait de plus en plus lourd. À chaque degré, il luttait contre l'appel de la terre. Sa respiration accélérait avec l'altitude et il expira profondément pour éviter que son cœur ne s'emballe. En tête, la guide progressait avec une agilité étonnante, mais ses lèvres n'esquissaient pas le moindre sourire. Les reproches de Gintaro la souciaient-ils ? Le rōnin regrettait sa bonne humeur et ses encouragements.

Entre deux rafales, il entendit Iori gémir. Sur ses mains d'enfant oisif, les ampoules éclataient à force de serrer les chaînes, la corde et les montants des échelles. Ni les imprécations de son père, ni les conseils de Tomoe n'empêchaient les larmes de rouler sur ses joues et Kiyoshi regrettait de ne pouvoir l'aider. Le marchand peinait trop pour soutenir son fils ; accroché des deux mains aux barreaux métalliques, le souffle court, les veines saillantes, il se hissait lourdement vers le haut.

Gintaro s'immobilisa au beau milieu d'une faille, stoppant le groupe tout entier.

– Je n'y arriverai jamais !

– Moi non plus ! renchérit Iori.

Kiyoshi poussa un soupir exaspéré. La rage du Tigre, les séismes du Kirin, les tornades du Dragon… ces deux-là parlaient d'exploits à tous les repas, mais il ne fallait pas compter sur eux pour en accomplir. Leurs voix plaintives résonnèrent entre les parois et M. Fujita gronda en retour :

– Ne vous arrêtez pas maintenant !

– J'ai mal au bras.

– Il ne fallait pas choisir les échelles.

Le marchand monta d'un barreau supplémentaire à la suite de son fils et la corde nouée autour de la taille de Gintaro se tendit. Cette réponse implacable le mit hors de lui.

– C'est injuste ! Je ne voulais pas continuer aujourd'hui !

– Ne vous énervez pas, intervint Tomoe.

Il lui coupa sèchement la parole :

– Ne pas m'énerver ? Personne ne comprend ce que je ressens. D'ailleurs, vous vous en moquez bien !

– Nous ne pouvons pas rester ici. Buvez un peu, reprenez votre souffle et nous repartons.

– Pas question, je n'en peux plus ! s'obstina l'expert.

Au lieu de suivre le conseil de la guide, il s'appuya contre l'échelle sans bouger, les paupières closes, tel un poids mort. M. Fujita le considéra d'un air furibond. Kiyoshi mourait d'envie de le secouer comme un prunier.

– Au lieu de crier, gardez vos forces pour grimper !

– Après ce passage difficile, nous arriverons bientôt, ajouta la guide.

– Je ne vous crois plus ! répondit Gintaro d'un ton boudeur. Continuez sans moi !

Personne ne releva cette réponse absurde. Cette crise survenait au pire moment. Ils se trouvaient dans une impasse, suspendus entre ciel et terre à une hauteur vertigineuse. Tomoe ferma les yeux un instant, puis déclara d'une voix mortellement calme :

– Écoutez, le vent se lève.

Désormais, l'air s'engouffrait dans la crevasse en bourrasques agressives. Ces lames invisibles tourbillonnaient autour des grimpeurs pour mieux les arracher à la paroi. Un hennissement rauque retentit.

– Le cri du Kirin, gémit le marchand, il annonce la mort !

Son mouchoir s'échappa de sa manche, mais il ne tenta pas de le rattraper, incapable de lâcher la corde. Le tissu blanc virevolta, puis une violente rafale l'aspira vers le haut. Elle coupa le souffle des voyageurs, battit leurs membres lourds et fouetta leur visage.

– Le dieu de la Terre nous avertit, insista la guide. Il ne faut pas rester ici.

Le rōnin entendit dans sa voix affleurer une angoisse qui renforça la sienne. Gintaro gémit. Malgré la douleur, il s'éleva d'un cran, puis d'un autre. La peur lui donnait des ailes.

Kiyoshi guida son pied vers l'échelon suivant et leva la tête. Une fois parvenue au sommet de l'échelle, leur guide tendit la main à Iori, puis saisit la corde. En observant Gintaro, le rōnin remarqua qu'il se reposait contre la boucle de chanvre serrée autour de sa poitrine. Comme son épaule l'empêchait d'utiliser son bras gauche, cet appui lui permettait d'économiser ses forces. Kiyoshi comprit soudain que Tomoe ne se contentait pas d'enrouler la corde sur le sol, elle tirait aussi les plus faibles vers le haut pour faciliter leur ascension.

– Non ! cria-t-il.

La jeune femme ne cessa pas pour autant et une étrange colère s'empara de lui. Dès qu'il atteignit le surplomb rocheux qui menait à l'échelle suivante, Kiyoshi s'empara de ses mains d'un geste autoritaire.

– Non, répéta-t-il, vous ne pouvez pas continuer ainsi. Regardez vos bandages. Vos blessures se rouvrent déjà.

La jeune femme tenta de cacher ses paumes derrière son dos, comme une enfant prise en faute, mais il les retint sans peine. Les fibres souillées, usées par le frottement, révélaient les efforts qu'elle fournissait depuis le début.

– C'est mon métier ! protesta-t-elle.

– Je le sais, et vous nous guiderez jusqu'au bout, mais ne vous malmenez pas pour autant. Laissez-moi les soutenir à votre place.

Tomoe se redressa, très digne, et le considéra de ses yeux d'encre. Les mèches qui s'échappaient de son chignon la nimbaient d'une auréole noire. Puis, sa nuque fléchit.

– Très bien, Nakajima-san, nous changeons de place. Désormais, vous passerez juste derrière moi pour aider les autres.

*****

Lorsqu'elle atteignit le sommet de la faille, Tomoe se redressa et tendit la main sans réfléchir. Kiyoshi lui adressa un sourire amusé. Il ne dédaigna pas son geste, mais l'effleura sans serrer sa paume meurtrie ; ses doigts enveloppèrent le poignet de la guide, le réchauffèrent et le relâchèrent une fois parvenu en haut par ses propres moyens. Tandis qu'il assistait Iori, la jeune femme se détourna le temps de retrouver son calme. Le vent s'engouffra dans sa gorge nouée. Avait-elle eu tort d'insister ce matin ? Elle n'avait pas pensé que Gintaro choisirait les échelles. La guide avait proposé les deux possibilités à ses clients par habitude, mais cette fois, elle le regrettait. Ils peinaient dans la montée et elle leur cria :

– Nous avons surmonté le plus difficile. Après les échelles, il ne reste qu'une promenade d'enfant !

Gintaro essuya la sueur qui ruisselait dans ses yeux avec sa manche droite. Il contempla la tour perchée au sommet et les pavillons enroulés autour du pic comme un collier de perles écarlates. Entre deux inspirations haletantes, il avoua au rōnin :

– Je n'y serais jamais arrivé sans vous.

– N'hésitez pas à vous appuyer sur moi.

Kiyoshi répondait à l'expert, mais son regard fixait Tomoe, qui se sentit rougir. Les attentions du rōnin la touchaient, elle aimait sa façon de veiller sur les autres sans se prendre au sérieux.

– Par beau temps, on aperçoit la mer…, dit-elle pour cacher son trouble.

Ils tournèrent leur visage poussiéreux vers le nord, après les flancs pelés de la montagne sacrée. Au loin, la surface de l'eau se confondait avec le ciel. Iori posa sa main en visière sur son front.

– Papa, c'est la route maritime du Nord-Ouest ?

– Oui, les jonques du clan Tortue assurent la liaison vers les terres du clan Dragon, puis des navires à fond plat remontent le fleuve bleu pour acheminer les marchandises jusqu'à la capitale.

– Que transportent-elles, papa ?

– Sans doute des produits du clan Tigre comme des céréales, du bambou, des métaux précieux… ils ont des forêts et des mines là-bas.

Le garçon tritura les plis de son kimono d'un air contrarié.

– Mais pas nous. Le riz ne pousse pas sur la montagne sacrée.

– Dans sa grande sagesse, répondit Gintaro d'un ton docte, l'Empereur impose aux clans Tigre et Dragon de vendre leurs céréales à un prix raisonnable, pour nourrir ceux qui ne peuvent en produire.

– Oui, mais les paysans détestent cette règle, déplora le marchand. Ceux de l'Est tentent de nous duper et ceux de l'Ouest nous menacent. Le gouverneur Tora réclamait sa suppression pendant la révolte du Tigre. S'enrichir aux dépens de gens affamés, quelle affreuse cupidité ! Mon garçon, quand tu seconderas ton frère, n'oublie jamais de surveiller les cours.

Iori grimaça d'un air peu convaincu.

– L'Empereur est vieux, que se passera-t-il à sa mort ?

Sa familiarité et la teneur de ses propos amusèrent Tomoe, mais ils choquèrent Gintaro.

– Son héritier lui succédera ! s'exclama-t-il.

– Lequel, voilà toute la question, grommela M. Fujita.

L'expert en porcelâme protesta d'un ton véhément :

– Il n'existe qu'un héritier légitime, le prince Ichiro !

– Aucune règle ne précise que le premier fils de l'Empereur monte sur le trône après lui, le contredit le marchand. Il s'agit d'une simple coutume.

– Pour que la paix règne dans l'empire, il faut respecter l'ordre en vigueur.

– Le prince Ichiro se moque bien de la paix, il souhaite juste centraliser le pouvoir impérial pour affaiblir les cinq clans. En plus, il n'a toujours pas d'enfant, ce n'est pas bon signe pour la lignée du Dragon.

Tomoe savait que tous les animaux sacrés ne procédaient pas de la même manière. Le Kirin choisissait ses Héritiers parmi les sages des cinq clans, la Tortue sélectionnait toujours son Porte-Parole dans le sien, le Tigre marquait ses Guerriers en secret, le Phénix s'incarnait dans un seul avatar et le Dragon transmettait ses pouvoirs par le sang. Toute la famille impériale en bénéficiait, sans distinction entre filles et garçons, mais la puissance de chaque personne variait en fonction de ses affinités avec le dieu de l'Air. Sans descendants, la magie ne pouvait se perpétuer.

– Tout le monde connaît la stérilité de sa femme. Vous ne soutenez tout de même pas le prince Daïjiro pour cette raison !

La virulence de Gintaro alerta Tomoe ; affronter les dangers de la montagne nécessitait une bonne entente dans le groupe et elle ne pouvait laisser deux clients encordés se quereller sur la Voie du Kirin.

– Vous oubliez qu'il a remporté de nombreuses batailles lors de la révolte du Tigre, lui rappela-t-elle. Sur la montagne sacrée, les gens le considèrent comme un héros.

– Le prince Daïjiro est un guerrier respecté, mais il possède également de grandes qualités diplomatiques, ajouta M. Fujita. Grâce à sa victoire, il a établi de très bonnes relations avec le clan Kirin. Je suis persuadé que les hasards de la naissance ne garantissent en rien les compétences.

L'expert en porcelâme ouvrit la bouche, ne trouva pas ses mots, puis la referma. Très digne, le marchand tapota l'épaule de son fils et lui rappela de bien boire avant de repartir. Celui-ci obtempéra d'un air songeur.

– En tout cas, j'espère que cette succession ne déclenchera pas une nouvelle guerre civile, conclut Kiyoshi.

Il posa sa main sur la poignée de son sabre et un frisson secoua Tomoe. Elle contempla les vagues lointaines et se cramponna à la chaîne pour résister à l'appel du vide.

*****

Pas après pas, les voyageurs parcoururent le chemin en lacets qui menait au refuge de l'aiguille. Le vent soufflait toujours, mais se montrait moins dangereux que dans les cheminées. Tomoe remercia le Kirin en son for intérieur, car ils avaient escaladé les échelles sans encombre. Sans le rōnin, elle aurait dû soutenir Gintaro, au risque de se blesser davantage les mains.

Ils se retrouvèrent pour un déjeuner bien mérité après avoir pris le temps de se laver et de panser leurs blessures. La salle commune du refuge se trouvait au troisième étage de la tour construite au sommet du pic. Les voyageurs profitaient d'un panorama splendide par les fenêtres grandes ouvertes ; ils surplombaient les niveaux inférieurs et le chemin qui serpentait en contrebas. Des tuiles en forme d'animaux décoraient les toits pentus. Iori souffrait encore du vertige et sa bouche s'arrondit quand Tomoe passa la main sous la rambarde pour caresser la croupe d'un Kirin. La jeune femme crut sentir un frémissement tant l'animal fabuleux semblait vivant. Les yeux vifs, la tête dressée, il rayonnait et son corps gracieux dégageait une chaleur intense.

Gintaro délaissa ses légumes grillés et donna un petit coup de coude à son voisin.

– Regardez en bas, Nakajima-san ! N'est-ce pas Ryo Sasaki ?

– En effet, et il marche toujours les mains liées.

– Comme un criminel ! J'espère que nous ne croiserons pas sa route, cette fois.

– Oui, autant éviter les ennuis.

– Pourquoi n'êtes-vous pas samouraï ? lui demanda Iori en toute innocence.

Le marchand s'aplatit sur la table et tenta d'excuser l'impolitesse de son fils. Tomoe jeta un coup d'œil en direction de Kiyoshi. Un combattant susceptible aurait embroché l'insolent, mais lui répondit d'un ton malicieux :

– Aucun seigneur n'a voulu m'employer.

– Impossible, rétorqua le garçon. Vous avez gagné contre Ryo Sasaki ! Tout le monde vous trouve très fort.

Kiyoshi lui jeta un regard en coin.

– Alors, c'est à cause du tatouage. J'ai terriblement peur des aiguilles.

Gintaro avala de travers et Tomoe dissimula un éclat de rire derrière la manche de son kimono. Décidément, le rōnin ne manquait pas de répartie. Il ne se vexait jamais, ne menaçait personne et ne brandissait pas son sabre à la moindre offense. Jamais elle ne s'était sentie si détendue en présence d'un guerrier.

Iori comprit que son interlocuteur se jouait de lui et s'indigna :

– Les samouraïs n'ont peur de rien !

– Ne crois pas cela, mon jeune ami. Les samouraïs confient leur vie au fil de leur lame, ils acceptent de la perdre à tout instant, mais leur véritable trésor, c'est leur honneur. Ils craignent sans cesse de paraître lâches, de déplaire à leur seigneur ou que sais-je encore ! Pour un homme comme Ryo Sasaki, le ridicule tue.

Cette fois, le rōnin ne plaisantait plus, et le garçon ne lut aucune moquerie sur son visage. Il cessa d'engouffrer son riz et posa ses baguettes.

– Sasaki ne vous pardonnera jamais d'avoir détruit sa réputation. Maintenant, tout le monde se moque de lui.

– Exactement. Une fois libre, il me défiera à nouveau.

– Et vous n'avez pas peur ?

– Pas vraiment, répondit Kiyoshi. Je pense que mon existence n'a pas beaucoup d'importance.

Tomoe frissonna. Cet homme parlait de sa propre mort comme d'une fleur coupée ou d'un oiseau transpercé en vol, et son insouciance lui donna froid dans le dos.

*****

À la tombée de la nuit, un concert de soupirs et de ronflements emplit les dortoirs. Kiyoshi enjamba les dormeurs en silence afin d'emprunter les escaliers qui menaient au sommet de la tour. Il gravit les trois étages et croisa un prêtre en charge du refuge, qui lui révéla l'existence d'un balcon tout en haut.

Derrière un lourd panneau en bois, le rōnin découvrit une terrasse protégée par l'avancée du toit. La porte coulissante crissa sur ses rails lorsqu'il la referma derrière lui et une silhouette féminine se tourna dans sa direction. Tomoe se tenait déjà là, appuyée contre la rambarde. Elle portait un long kimono bleu nuit, sa tresse noire serpentait sur son épaule, et il eut l'impression d'interrompre un moment intime.

– Pardonnez-moi, dit-il en s'inclinant très bas. Je regrette de vous déranger.

La jeune femme lui adressa un sourire qui brilla dans l'obscurité tel un mince croissant de lune.

– La nuit ne m'appartient pas. Libre à vous de l'admirer.

Pendant quelques instants, ils contemplèrent les silhouettes immobiles des cimes qui se découpaient sous la voûte céleste. Le vent soufflait dans les branches et le parfum pénétrant de la terre emplissait leur nez.

– Les étoiles semblent si proches, murmura Kiyoshi.

Lorsqu'il tendit la main vers le ciel, la guide le mit gentiment en garde.

– Ceux qui tentent de les attraper finissent par tomber.

– Je ne vous infligerai pas une chute maintenant, dit-il en riant.

– Merci infiniment, celle de Hayashi-san me cause assez de soucis.

– Vous n'en êtes pas responsable…

– Certes, mais je ne l'ai pas assez ménagé. Je l'ai croisé tout à l'heure, assis sur une marche d'escalier, il parlait tout seul d'une porcelâme impossible à guérir et de sa blessure. Je l'ai trouvé… abattu.

– Son métier le tracasse sans doute, soupira Kiyoshi. Je ne pensais pas qu'il choisirait d'emprunter les échelles au lieu du chemin.

– Moi non plus, quelle idée !

Tomoe s'accouda à la rambarde et poursuivit d'un ton plus grave :

– Ryo Sasaki pourrait vous attirer de nouveaux ennuis.

– Oui, pourtant je ne peux me résoudre à le tuer. Il fut un temps où je n'étais pas si différent de lui.

– Je n'arrive pas à vous imaginer vindicatif et arrogant.

Quand leurs épaules se frôlèrent, Kiyoshi sentit le parfum délicat du camélia. Les paroles de la guide le touchèrent et il se dévoila tout naturellement.

– J'étais doué au sabre et pressé de devenir samouraï. Je me croyais promis à un grand avenir, et cette illusion m'aveuglait au point de trahir les enseignements de l'école Nakajima.

– Quelle est sa philosophie ?

– D'après mon maître, la pratique du sabre passe par la maîtrise de soi, le respect des autres et de la nature. Il ne s'agit pas de prouver sa force, mais de la cultiver. Moi, je ne suis qu'un élève en quête de sagesse. Il me semble parfois entendre les échos du passé en marchant ici.

– La Voie du Kirin force les voyageurs à puiser au plus profond d'eux-mêmes. Ne vous étonnez pas si vos souvenirs reviennent.

La guide inclina la tête et ses longs cheveux caressèrent la joue du rōnin, qui savoura ce contact soyeux. Il aimait sa présence paisible, et la profondeur de ses pensées lui inspirait un immense respect.

– Ils me tourmentent plus qu'un adolescent à la poursuite d'un rêve illusoire, avoua Kiyoshi. À l'âge de Sasaki, j'ai commis une terrible erreur.

– À ce point ?

– J'ai désobéi à mon maître et répondu à l'appel de l'Empereur avant même de prêter serment, pour mater la révolte du Tigre.

La jeune femme poussa un petit cri et ses mains bandées se posèrent sur sa bouche.

– Vous avez participé à ce bain de sang ? Impossible. À l'époque, je n'étais qu'une enfant.

– Moi aussi, j'étais trop jeune. À quatorze ans, je me croyais un homme, alors que ma formation n'était pas terminée. Au lieu de me mesurer aux samouraïs du clan Tigre, j'ai massacré des paysans à tour de bras.

– Ce n'étaient que de pauvres gens manipulés par le gouverneur Tora ! Comment avez-vous pu ?

Kiyoshi garda le silence un instant. Sous ses paupières fermées dansaient les fantômes du passé. Les flammes dévorantes, le tranchant des sabres contre les piques et les fourches, les corps déchiquetés… les cris des femmes et les pleurs des enfants. L'odeur du sang imprégnait encore sa peau et ses vêtements.

– J'ai appliqué les ordres, répondit-il avec amertume. Le prince Daïjiro n'est-il pas considéré comme un héros sur la montagne sacrée ?

– Beaucoup de gens pensent ainsi, mais pas moi.

L'horreur peinte sur les traits de Tomoe ramena brusquement le rōnin au présent. En la voyant bouleversée, il regretta de s'être confié et se retira sans un mot de plus.

6

L'Empereur s'inclina devant la statuette comme aucun Fils du Dragon ne s'était jamais incliné. Il porta ses mains à son front, puis à son cœur, avant de poser les yeux sur la porcelâme de sa fille. Le chignon défait de la princesse Kaede exprimait sa détresse, ses paupières baissées débordaient de larmes et ses longs cheveux se mêlaient à l'ombre qui la dévorait. Un sang noir comme l'encre coulait sur sa poitrine, un sang qui ruisselait du poignard planté dans son cœur, un poignard dont le manche représentait un Tigre.

– Ma fille, chuchota l'Empereur, chair de ma chair, sang de mon sang, je me suis comporté en bon roi mais en mauvais père. Je refusais d'y croire pour éviter la guerre. Me pardonnerez-vous ?

Le pavillon des porcelâmes retenait son souffle. Gikan demeurait prosterné, le front posé sur un tatami, et le sang battait dans ses oreilles. L'apparition de ce poignard sur la statuette de la princesse Kaede accusait le clan Tigre, et il en avait informé Sa Majesté tôt ce matin.

L'Empereur poursuivit d'une voix étranglée :

– J'ai envoyé un expert examiner la porcelâme de la princesse Yūkiko. Si elle dénonce aussi le gouverneur Tora, cela prouvera qu'il vous a tuées toutes les deux. Par le Dragon céleste, je jure que ce misérable paiera pour ses crimes !

Il s'emporta et sa respiration devint sifflante.

– Le prince Ichiro ignore tout de cette affaire mais il aura besoin de votre soutien et de celui de tous ses ancêtres pour me succéder. Les porcelâmes de la famille impériale seront exposées lors de son sacre. Au moindre signe néfaste, les partisans du prince Daïjiro remettront sa légitimité en cause. Certains chefs de clan refuseront de lui prêter allégeance et notre chère nation risque de tomber dans la guerre civile. Ma fille, je vous supplie de retrouver la paix. Bientôt, justice sera rendue.

Une brise parfumée emplit le palais de la Sérénité Céleste, telle une caresse printanière, mais la petite statuette ne montra pas le moindre signe d'émotion. Au contraire, le vieil expert en porcelâme remarqua que son visage se détournait lentement, d'un geste indiscernable à l'œil, mais pourtant bien réel. « Que le dieu de l'Air nous protège, songea-t-il, aucune excuse ne lui suffira. La princesse Kaede ne renoncera pas avant d'obtenir sa vengeance. »

*****

Le matin venu, Tomoe retrouva ses clients dans la salle commune à l'heure du départ. Lorsqu'elle les salua, Kiyoshi répondit d'un simple signe de tête et cette réserve à son égard la frappa. Les confidences du rōnin résonnaient encore à son oreille, mais elle ignorait comment se comporter en retour. La jeune femme ne se sentait pas capable d'assumer le rôle de guide spirituel, elle qui rêvait de carnages chaque nuit. La présence de cette violence dans son esprit l'effrayait. Par ailleurs, elle ne savait interpréter ses propres visions dans l'Œil du Kirin. Le miroir lui montrait les cinq animaux sacrés, ils la fixaient avec une attention insoutenable et elle ne comprenait pas leurs attentes. Elle se jugeait trop insignifiante pour mériter l'attention des dieux.

Dehors, une brume légère recouvrait la vallée et le refuge semblait flotter dans les airs. Avant de le quitter, la jeune femme s'inclina devant le torii, les mains jointes, et pria pour que le reste du chemin se déroule bien. Puis, elle vérifia la solidité de la corde et des nœuds qui reliaient les voyageurs entre eux.

– Quelle épreuve nous réservez-vous aujourd'hui ? demanda l'expert en porcelâme d'un ton ambigu. Des marches, des échelles ?

Tomoe secoua la tête et le marchand répondit à sa place :

– Bientôt, mon ami, nous affronterons la passe du Dragon.

– Pardon ?

– À partir d'ici, la paroi ondule et se creuse comme un dragon enroulé sur lui-même. Il faut toujours regarder où vous posez les pieds.

Sa voix trahissait une certaine anxiété et la guide lui adressa un sourire encourageant.

– Avec l'aide du Kirin, nous arriverons au temple ce soir.

Le brouillard se leva peu à peu et les enveloppa dans sa vapeur cotonneuse. En fin de matinée, ils ne distinguaient plus le sol et Iori regarda en bas sans frémir pour la première fois.

– Les nuages semblent si doux, dit-il en ouvrant les bras. J'aimerais m'y blottir comme dans un lit !

– Tu dériverais au gré du vent ? demanda la guide.

– Oui, comme les Fils du Dragon céleste ! J'aimerais aussi créer des tornades et des ouragans.

– Que le dieu de l'Air nous en préserve, grommela son père en saisissant son chapelet.

Tomoe sourit sans relâcher sa vigilance. Le brouillard atténuait le vertige du garçon, mais pas le danger. Les planches grises disparaissaient, la mousse glissait, l'humidité étouffait les sons. Heureusement, la guide connaissait les méandres de la passe. Elle guettait le craquement des planches, les grincements de la chaîne, attentive aux tensions de la corde qui la reliait à ses compagnons.

Ils arrivèrent au bout d'un éperon rocheux dont la forme évoquait une griffe. Tomoe tâta la paroi du bout des doigts. Elle cherchait la suite de la passerelle du bout du pied, lorsqu'un petit cri de surprise retentit. Elle se retourna et vit Iori battre des bras. Il avait poursuivi tout droit, sans prendre garde au décrochement, et n'avait trouvé que le vide. La jeune femme tira sur la corde juste à temps. D'un coup vers l'avant, elle lui permit de retrouver son équilibre. Ses mains l'élançaient de nouveau, mais elle lui dit calmement :

– Par ce temps, il ne faut pas lâcher la chaîne. Sinon tu risques de perdre le chemin.

Le garçon s'agrippa au kimono de Tomoe. Ses dents claquaient sous le coup de la frayeur et il faillit tomber sur les planches. La guide le soutint encore. Une onde de souffrance parcourut ses paumes, le sang coula sous ses bandages et elle serra les dents pour ne pas crier.

– Courage, lui dit-elle. Continuons à avancer ensemble.

– Je n'y arriverai jamais, balbutia-t-il. Tout à l'heure, un pas de plus et…

– Tu flottais dans les nuages, poursuivit la jeune femme. Malheureusement, je t'aurais rattrapé avant que le vent ne t'emmène en voyage.

Elle sourit malgré la fatigue, Iori grimaça en retour, et ils se remirent en marche.

Les nuages ne se dissipèrent pas, même sous le soleil de midi. Le cœur de Tomoe pesait comme une pierre dans sa poitrine. Elle s'inquiétait du temps, de l'épuisement de ses clients, mais aussi de ce qui l'attendait au temple du Kirin. Y trouverait-elle un refuge ou un piège ?

Des vibrations retentirent sous ses pieds, elle se figea juste à temps.

– Des soldats !

La petite troupe en armure faillit l'emboutir, car ils ne s'attendaient pas à la présence de voyageurs de l'autre côté de la saillie rocheuse. Ils descendaient du temple vers l'est, tous encordés.

– Qui va là ? s'écria le caporal qui marchait en tête.

Il vit une jeune femme aux longs cheveux noirs et dégaina son sabre. En apercevant le Tigre tatoué sur son bras, Tomoe frémit de tout son être. Elle s'inclina très bas et répondit d'une petite voix :

– Je suis guide, Monsieur le samouraï.

Son interlocuteur considéra la couleur ambrée de son obi, la corde et les sacoches qui ceignaient sa taille, puis s'adressa à M. Fujita :

– Elle dit la vérité ?

Le marchand ne dissimula pas sa surprise.

– Bien sûr. Yamako-san nous conduit du relais du Levant jusqu'au temple du Kirin. Nous ne serions pas arrivés jusqu'ici sans elle.

Le caporal rengaina son sabre et dévisagea Tomoe une nouvelle fois. Elle sentit son regard suspicieux jauger son chignon sage, la forme de son visage, son nez, ses yeux, sa bouche, et il conclut d'un ton brusque :

– Guide ou pas guide, le portrait correspond. Je ne te laisserai pas filer.

Un frisson glacé parcourut l'échine de Tomoe et son cœur s'emballa. Ses pires craintes se réalisaient dès la première rencontre !

– Suivons-les jusqu'en haut ! ordonna le caporal à ses hommes.

Lorsqu'il s'avança d'un pas conquérant, la jeune femme n'osa protester et s'aplatit contre la falaise tandis que les hommes foulaient lourdement les planches. Le temps de se croiser, ils lui marchèrent sur les pieds et leur présence brutale la révulsa. L'envie de se débattre, de crier son innocence, lui griffait la peau de l'intérieur, mais les années passées à dompter sa peur sur la Voie du Kirin lui permirent de se contenir.

– Que se passe-t-il ? souffla M. Fujita d'un ton stupéfait.

– Aucune idée, répondit Gintaro, tout aussi effaré. Pourquoi des samouraïs du clan Tigre patrouillent-ils sur la Voie du Kirin ?

Tomoe fit semblant de ne pas les entendre. Elle repartit avec les soldats aux trousses de son petit groupe. La jeune femme s'efforçait de respecter les cinq animaux sacrés, mais elle éprouvait une affection particulière pour le Kirin, et une grande méfiance envers le Tigre. En cet instant, elle détestait le dieu du Métal. Ses guerriers la suivaient quelques pas plus loin, pleins d'assurance et d'orgueil, ils foulaient ce chemin périlleux sans la moindre déférence.

La guide ne savait comment expliquer cette situation absurde à ses clients. La tête lui tournait sous l'effet de l'angoisse et de la colère. Elle n'avait tué personne. Elle refusait de finir capturée, jugée sans procès, emprisonnée, et bien pire encore. Ses doigts tremblaient en manipulant la corde, ses jambes accéléraient pour fuir les pas lourds qui résonnaient dans son dos. Cet écho menaçant la rendait folle.

– Je ne te conseille pas d'essayer de nous fausser compagnie ! vociféra le caporal.

Une volée de rires gras et de menaces la souilla comme un crachat.

En vérité, le samouraï ne se trompait pas. Tomoe voulait se fondre dans le brouillard, profiter des contours tortueux de la passe pour les semer. L'anneau tordu, la prise en forme de coquillage, la planche au bout fissuré, ses doigts connaissaient les repères, tandis que ses poursuivants progressaient en aveugles. Elle pria pour qu'ils la laissent tranquille. Qu'ils disparaissent comme des fantômes !

Ses clients la comprirent sans un mot. Malgré leur souffle rapide, ils ne protestaient pas. Ils accéléraient avec elle.

Un peu plus vite. Encore un peu. La distance se creusait.

– Sale peste, tu le paieras à l'arrivée !

Déjà, la brume atténuait les voix grossières. Tomoe contourna une pointe, avertit Iori d'un geste, et le reste du groupe suivit. Ils poursuivirent leur route au même rythme infernal.

Soudain, des cris retentirent derrière eux.

– Au secours !

*****

Gikan s'extirpa péniblement du palanquin qu'il avait emprunté pour sortir de la cité impériale. Ses vieux os souffraient encore des secousses du voyage et il chargea l'un des porteurs de frapper à sa place sur l'épais portail gravé avec les caractères « école Nakajima ». Les portes s'ouvrirent aussitôt et un jeune kendoka l'accueillit d'une courbette.

– Bienvenue, le maître vous attend.

Le vieil expert en porcelâme boitilla à sa suite sur l'allée qui longeait le dojo. Le sol et les murs en bois vibraient sous les pas des élèves, dont les cris rythmaient les exercices.

– Tête ! Côté ! Poignet ! annonçaient-ils à chaque frappe.

De l'autre côté de la cour intérieure, un vieux cerisier déployait ses branches noueuses. Le bois sombre semblait mort, pourtant de jeunes bourgeons annonçaient le retour du printemps.

Enfin, Gikan atteignit la maison tout en longueur qui se situait face au portail. À l'arrière, une galerie protégée par une avancée du toit donnait sur un petit jardin. Les rochers, les arbustes et les buissons en fleurs formaient un paysage miniature et le vieil homme apprécia le calme qui régnait ici.

Izumi Nakajima se leva pour le saluer. Elle portait un kimono blanc et un sabre court pendait à la ceinture de son large pantalon plissé. Quelques fils d'argent striaient ses longs cheveux noirs, des rides marquaient ses traits, mais ses yeux avaient gardé leur sombre éclat. Ils ne cillèrent pas quand le maître de la Porcelâme annonça :

– Je viens au nom de l'Empereur, qui m'a chargé de vous remettre ce document en main propre. Il compte sur votre discrétion.

Ils s'inclinèrent tous deux devant le sceau impérial avant que le précieux rouleau ne change de main. Sa destinataire l'ouvrit d'un geste décidé et le lut sans attendre.

– Connaissez-vous son contenu ?

– Je le devine, soupira Gikan. Sa Majesté soupçonne le gouverneur Tora d'assassinat.

– S'agit-il de simples racontars ou d'informations crédibles ?

Le vieil homme frissonna d'horreur.

– La porcelâme de la princesse Kaede l'accuse formellement. Un poignard du clan Tigre lui transperce le cœur ! Je n'ai jamais rien vu de tel durant ma longue carrière.

– Je vous crois, mais ce témoignage suffit-il ?

– Tout dépend de la porcelâme de la petite princesse Yūkiko. Mon fils et votre disciple, Kiyoshi Nakajima, sont partis au temple du Kirin pour l'examiner. Si elle porte la même accusation que sa mère, cela prouvera la culpabilité du gouverneur Tora.

– Que disent les témoins de l'époque ?

– Personne n'en parle. La terreur règne à la cour du clan Tigre. Ce silence imposé par la force renforce la conviction de l'Empereur. Dans sa colère, le Fils du Dragon a juré de punir l'assassin de sa fille, mais une accusation officielle mènerait à la guerre civile. Il a choisi une autre voie.

– Faire de moi l'instrument de sa vengeance.

– Ou de la justice divine.

Un sourire ironique étira les lèvres d'Izumi Nakajima.

– Le Tigre sacré ne protège-t-il pas le gouverneur Tora ?

Gikan détourna les yeux, embarrassé par cette question délicate.

– Je l'ignore. Seuls les guerriers choisis par le dieu du Métal se reconnaissent entre eux, marmonna-t-il, la marque est invisible pour les autres.

– Allons, maître Hayashi, vous connaissez les signes aussi bien que moi, ricana le maître en retour. Le gouverneur Tora n'est-il pas réputé pour ses colères dévastatrices ? Cette fureur, cette frénésie meurtrière correspondent aux descriptions de la rage divine.

– Sans doute, concéda le vieil homme.

– La plupart des combattants n'ont aucune chance de vaincre un guerrier armé de la Griffe du Tigre. Celui qui la porte est possédé par un dieu.

– Vous n'êtes pas n'importe quel combattant.

– Ne me flattez pas ! gronda le maître.

Gikan se redressa, fâché par cette accusation. Certes, il trichait souvent avec la vérité pour survivre à la cour impériale, mais pas ici, pas maintenant.

– Il s'agit d'un constat irréfutable, protesta-t-il. Sa Majesté n'ignore pas que pour ses samouraïs, même les plus doués, affronter un tel ennemi relève du suicide. Le prince Daïjiro, peut-être… mais une telle mission ne se confie pas au fils de l'Empereur.

– Dans quel pétrin mon disciple s'est-il encore fourré ? soupira le maître.

– Si vous acceptez, vous le retrouverez sans doute au temple du Kirin.

– J'y compte bien.

Le maître acquiesça. Ses yeux fixaient le papier de riz, mais son expression lointaine reflétait une profonde réflexion. Gikan comprit qu'elle sondait son propre cœur et garda le silence, impressionné par son calme et sa dignité. Allait-elle prétexter son âge, ou sa conscience, pour décliner ? Préférait-elle affronter le courroux du gouverneur Tora ou celui de l'Empereur ?

– Soit, conclut-elle, je pars combattre le Tigre.

*****

– Remontez-nous !

– Je glisse !

Des cailloux ricochèrent, puis les voix des soldats s'éteignirent d'un coup. Tomoe se figea, aux aguets. Ses clients l'imitèrent. Ils sondaient le brouillard sans rien voir, mais ces cris, ces raclements, ce choc mou ne laissaient aucune place au doute. Le dieu de la Terre avait frappé.

– Vous nous entendez ? tenta le marchand.

Il proposa de retourner en arrière et la guide obtempéra sans protester. Un peu plus loin, l'extrémité de la planche fissurée avait craqué, la chaîne et son piton raclaient le sol en bois. Le soldat qui marchait en tête avait poursuivi tout droit dans le vide au lieu de longer le bord sinueux de la falaise. La corde qui le reliait à ses camarades les avait entraînés avec lui. Tomoe se pencha, le cœur au bord des lèvres, mais personne ne s'accrochait à la paroi.

– Il y a quelqu'un ? lança Gintaro.

Un silence sinistre lui répondit. Il lança un regard hagard à Tomoe, qui tremblait sous le choc. Cette mort, elle l'avait souhaitée. Les guides protégeaient les voyageurs des dangers de la montagne et elle avait failli. Ces hommes ne s'étaient pas comportés comme des clients, mais elle culpabilisait tout de même.

– Ils sont morts, souffla Iori. Qu'allons-nous faire ?

La voix de Tomoe s'étouffa dans sa gorge. Désemparée, elle n'arrivait pas à reprendre le contrôle de la situation.

– Nous devons continuer, affirma le rōnin d'un ton grave.

– Mais les soldats ?

– Nous ne pouvons rien pour eux.

– J'ai peur de tomber, avoua le garçon.

Cette fois, M. Fujita ne s'emporta pas contre son fils. Il lui serra l'épaule d'un geste plein d'affection et se racla la gorge.

– Ne t'inquiète pas, le Kirin punit seulement ceux qui l'offensent.

Le petit groupe se rassembla près de Tomoe. Ils comptaient sur elle, et leur confiance lui donna la force de se reprendre. Elle connaissait le chemin. Elle ne se perdrait pas. Malgré ses jambes tremblantes et la sueur glacée qui trempait son dos, elle leur promit à nouveau :

– Nous arriverons tous ensemble au sommet.

Ses clients reprirent leur place derrière elle et la jeune femme donna le signal du départ, inquiète à l'idée de ce qui l'attendait là-haut.

*****

Après plusieurs heures de marche et une succession de tournants, les contours du temple du Kirin apparurent à travers le brouillard. Kiyoshi admira tout d'abord les toits audacieux, la majesté des toriis et des arbres noueux. Puis il remarqua les affiches officielles collées sur le moindre espace disponible. Ces placards en mauvais papier, déchirés par le vent, trempés par la pluie, expliquaient la présence des soldats.

Le gouverneur Tora cherchait la veuve noire, une redoutable criminelle dont le portrait fixait les passants. Il promettait une grosse récompense pour sa capture. Le rōnin étudia ce visage de femme aux yeux d'encre et aux longs cheveux noirs, puis son regard s'attarda sur Tomoe. Très droite, le menton levé, la guide n'émit pas le moindre commentaire, mais ses épaules et sa nuque trahissaient la tension qui l'habitait.

La vigilance de Kiyoshi redoubla. Il ne doutait pas de son innocence, mais sa ressemblance avec le portrait l'inquiétait. Derrière lui, Gintaro hoqueta :

– Des meurtres, sur la montagne sacrée !

– Voilà pourquoi les soldats nous suivaient, réalisa M. Fujita. Ils suspectaient Yamako-san.

– Je ne comprends pas, reprit l'expert d'un ton véhément, personne ne nous a prévenus.

Cette accusation implicite visait leur guide, qui s'immobilisa au milieu du chemin. Sa nuque courbée et sa voix hésitante trahissaient sa détresse.

– Ce portrait me ressemble, mais je n'ai tué...

La jeune femme buta sur les mots et le marchand se précipita à son secours.

– Yamako-san, personne n'en doute. Nous sommes juste surpris qu'un assassin ose souiller un tel sanctuaire. Je regrette d'exposer mon fils à ce danger supplémentaire.

– Cette criminelle me donne froid dans le dos, poursuivit Gintaro d'un air effrayé.

– Moi aussi, avoua Tomoe, mais les consignes interdisent d'en parler aux voyageurs pour ne pas répandre une panique inutile.

– Inutile ? s'étrangla Gintaro.

– Jusqu'à maintenant, la veuve noire s'attaque à des cibles très particulières. Il s'agit d'hommes violents, qui maltraitent les femmes de leur entourage. Vous n'avez donc rien à craindre.

La jeune femme se remit en marche d'un air sombre, tandis que ses clients échangeaient leurs impressions. Kiyoshi ne craignait pas cette étrange meurtrière, le danger qui menaçait la guide lui semblait beaucoup plus pressant. Après la mort des soldats, leurs camarades risquaient de réclamer vengeance et elle incarnait le coupable idéal. Il ne savait comment l'aider.

Les voyageurs se purifièrent auprès d'une fontaine, et l'eau vive qui jaillissait du bambou nettoya la poussière incrustée dans leur peau. Ils franchirent les toriis avant d'atteindre l'édifice consacré à la vie civile et administrative, dont les deux ailes délimitaient une cour intérieure très animée. Tous les bâtiments s'élevaient sur un plateau cerné par la montagne et les entrepôts construits en parallèle s'adossaient aux rochers. Parfois, le rōnin ne savait distinguer où s'achevait la montagne et où commençaient les constructions.

Le temple grouillait de soldats du Tigre qui circulaient en armure, les deux sabres à la ceinture. Les moines-guerriers considéraient ces intrus avec une hostilité manifeste et la tension ambiante frappa Kiyoshi. « Il s'agit de bien jouer notre rôle et de passer inaperçus », pensa-t-il. Gintaro se tourna vers lui avec inquiétude et il lui répondit d'un signe de tête rassurant.

– Yama-chan !

Une femme vêtue d'une obi ambrée et d'un kimono de voyage se précipita vers la guide, qui l'accueillit d'un ton chaleureux.

– Shizuka, j'ai suivi ta route de près. J'ai vu les nouveaux bavoirs des Jizō.

La collègue de Tomoe repoussa son grand chapeau conique dans son dos, dévoilant des boucles en bataille et un teint cuivré par le grand air. Ses yeux bruns remarquèrent les traits tirés de son amie, les bandages noués autour de ses mains, et ses sourcils se froncèrent.

– Je suis arrivée hier soir. Comment vas-tu ?

– J'ai croisé des soldats.

– Ces scarabées bousiers fouinent partout. Pour qui se prennent-ils ?

Tomoe décrivit leur fin tragique à voix basse et le visage de son amie se figea.

– Ils l'ont bien mérité, grommela-t-elle, mais leur chef ne l'entendra pas de cette oreille.

– Cette veuve noire, demanda le marchand, est-ce une véritable femme ou un démon ?

Les deux guides échangèrent un regard angoissé. Shizuka inclina la tête vers Tomoe, les lèvres pincées sous le coup de la contrariété.

– Personne ne le sait, répondit-elle d'un ton farouche. Soyez prudents.

Glacés par cet avertissement, les voyageurs s'avancèrent dans la cour principale.

– Cette Shizuka me rappelle quelqu'un, marmonna Gintaro à l'oreille de Kiyoshi, mais je ne me souviens plus qui.

– Nous voilà arrivés, dit Tomoe avec un sourire fatigué. Je vais détacher les cordes et, à partir de cet instant, vous ne serez plus sous ma responsabilité.

– Votre bonté nous manquera, s'écria le marchand.

Kiyoshi n'en pensait pas moins, mais il garda ses sentiments pour lui.

– Merci infiniment, répondit-elle. J'avoue que ce voyage fut très mouvementé.

La jeune femme joignit les mains et s'inclina vers ses clients avec la grâce d'un saule pleureur. M. Fujita lui rendit la pareille, puis il sortit une bourse rebondie de sa poche et glissa le cordon de soie autour de ses poignets. Malgré sa corpulence, il ne manquait ni de souplesse ni de vivacité, et les joues de Tomoe rougirent d'embarras.

– Votre générosité me touche, mais je ne peux accepter tant d'argent… Pourquoi ne pas l'offrir au Kirin ?

– Je tiens à vous exprimer toute ma gratitude. Vous avez sauvé mon fils dans la passe du Dragon.

– C'est mon métier, protesta-t-elle.

– J'insiste. Si vous souhaitez solliciter les faveurs des huit-mille kami, faites-le en votre nom. Sans vous, jamais Iori ne serait parvenu jusqu'ici.

Le garçon s'inclina profondément face à la guide, qui lui tapota l'épaule en retour.

– Te voici un homme à présent. Félicitations !

– Attention, murmura Kiyoshi.

Des soldats se ruaient vers eux, leur sergent désigna Tomoe et la jeune femme recula d'un pas. Ses joues pâles comme la mort trahissaient sa peur. Le rōnin s'avança, prêt à dégainer.

*****

Depuis leur mort, elle ne vivait que pour se venger. Elle n'avait pas versé une larme, ni poussé le moindre cri durant les rites funéraires, et sa froideur repoussait les marques d'affection. Une fureur glacée lui donnait la force de tenir. Ils avaient tué ses parents et son fiancé. Ils lui avaient tout pris. Ils allaient payer.

Elle se présenta devant le portail du dojo tôt le matin, toute de noir vêtue sous son chapeau conique. Les deux battants en bois accueillaient les élèves à bras ouverts, mais le portier refusa de la laisser passer.

– Toi, tu n'as rien à faire ici. Va-t'en !

Un sourire narquois étira ses lèvres et ses dents brillèrent comme une lame de sabre.

– Au contraire, j'ai une leçon à vous donner.

Elle lui trancha la gorge avant qu'il ne dégaine son katana, sous les yeux horrifiés des enfants. Un professeur accourut, sabre au clair. Elle s'effaça au dernier moment et lui coupa le bras.

La crainte de mourir l'avait quittée. Elle se sentait lucide et détachée. Son esprit anticipait les gestes de l'ennemi et son corps réagissait de lui-même. Elle épargna les élèves trop jeunes pour défendre l'école, ceux qui fuyaient comme des lapins poursuivis par un loup.

Elle ne ressentait toutefois aucune pitié pour tous ceux qui s'interposaient. Elle les massacra en l'honneur de ses chers défunts, par groupes ou un par un.

Le vieux maître sortit enfin du dojo. Elle s'approcha de lui sans hâte, sourde à ses paroles raisonnables. Il se trompait à son sujet, elle n'était ni folle de rage, ni possédée par le Tigre. Elle s'entraînait depuis son plus jeune âge et son honneur de guerrière lui imposait de punir les assassins de sa propre main. Insensible aux blessures de son corps, elle entendait réparer son âme. Ceux qui tentèrent de protéger leur maître périrent à ses pieds. Lui-même mourut dignement, d'un coup de sabre dans le ventre. Pourtant, cette juste vengeance n'apaisa pas son cœur glacé.

7

Les samouraïs du Tigre fondaient sur eux comme un oiseau de proie. Kiyoshi se plaça sur leur trajectoire et Shizuka l'imita, prête à en découdre. Derrière eux, la guide ne bougeait pas, la tête basse, le dos voûté.

– Arrêtez-la ! cria le sergent.

– Écartez-vous ! ordonnèrent les moines-guerriers au même moment.

À la surprise générale, le son des flûtes et des tambours s'éleva, puis deux files de miko jaillirent du bâtiment principal. Les prêtresses vêtues de kimonos blancs et de larges pantalons rouges se déployèrent autour des voyageurs. Tandis qu'elles s'inclinaient face à la grande porte du temple, les soldats n'osèrent offenser le Kirin en les bousculant. Ils s'immobilisèrent parmi la foule des curieux, incapables de s'en extraire.

Enfin, la Grande Prêtresse s'avança. Malgré sa petite taille, son charisme inspirait le respect. Un dégradé de kimonos de toutes les nuances de jaune couvrait ses épaules, des peignes dorés ornaient son chignon neigeux et sa main droite tenait un élégant rameau de pin. L'immense Kirin brodé sur son manteau indiquait son rang, et toutes les têtes se courbèrent face à elle.

La noble dame s'avança vers Tomoe. Elle considéra la jeune femme agenouillée devant elle, ses doigts meurtris, ses traits marqués, et sa voix s'éleva :

– Les rumeurs vous ont devancée, ma fille. J'ai appris que le dénommé Ryo Sasaki, un jeune guerrier venu prêter serment au clan Tigre, s'est permis d'attaquer l'un de vos clients. Son comportement offense le dieu de la Terre, et je me chargerai de purifier son âme, mais dans ces circonstances difficiles, vous avez accompli un travail remarquable. Grâce à vous, le sang des innocents n'a pas coulé sur la montagne sacrée.

La Grande Prêtresse leva un rameau de pin vers le ciel, récita une prière, puis l'abaissa doucement vers la nuque de Tomoe.

– Bienvenue chez vous. Que le Kirin vous accompagne sur les chemins de la montagne.

– Merci infiniment, souffla la jeune femme.

Lorsqu'elle se releva, une miko rompit les rangs et les rejoignit à petits pas pressés. Aïko dissimula son sourire radieux derrière sa manche. Avec sa frange, sa taille menue et ses manières raffinées, elle alliait la candeur de l'enfance et la grâce des nobles demoiselles.

– Yama-chan, comme tu m'as manqué ! J'ai acheté des mochis et du thé pour fêter ton retour.

Shizuka posa ses mains sur ses hanches d'un air théâtral.

– Et le mien, tout le monde s'en fiche !

– Ne te fâche pas, j'en ai assez pour trois. Ce soir, Yama-chan nous racontera ses aventures. Au temple, les voyageurs parlent tous de sa bravoure !

– Je ne le mérite pas, protesta Tomoe.

– Cesse de te torturer, gronda Shizuka. Nous ne pouvons rien contre la bêtise humaine.

Tomoe secoua la tête d'un air sombre et Kiyoshi comprit qu'elle songeait aux hommes tombés derrière elle. La vie ou la mort se jouait à peu de chose sur la Voie du Kirin. Un faux pas, une erreur d'inattention, de mauvais réflexes, leurs poursuivants avaient pêché par arrogance. Pendant que les amies de Tomoe la réconfortaient, les soldats s'éloignèrent prudemment. « Ils n'osent pas défier l'autorité de la Grande Prêtresse, pensa Kiyoshi avec une certaine admiration. Notre guide dispose d'un précieux appui. »

*****

Assis sur une natte dans la cour principale, Gintaro nettoyait une porcelâme attaquée par la moisissure. Son bras blessé le gênait un peu mais il composait avec, car la statuette ne nécessitait pas de traitement compliqué. Avec un pinceau imprégné de vinaigre, il désinfecta les taches verdâtres qui maculaient la cape en paille du paysan, puis les frotta sans relâche avec un chiffon. Enfin, il enduisit la statuette d'un vernis protecteur pour lui rendre son éclat, sous les yeux curieux de son client. Au début, les montagnards le considéraient avec une certaine méfiance, mais la veille il avait soigné plusieurs porcelâmes ternies et gagné leur confiance.

Jouer son rôle d'expert itinérant ne représentait toutefois que le cadet de ses soucis. L'étendue des bâtiments, la hauteur de la pagode, les moines-guerriers qui gardaient toutes les portes l'inquiétaient. Dans ce dédale, il ne savait comment trouver l'autel familial du gouverneur Tora pour examiner la porcelâme de la petite princesse Yūkiko. Son nom lui ouvrait toutes les portes en temps normal mais, cette fois, sa mission lui imposait d'agir en toute discrétion. Gintaro enveloppa la porcelâme dans son carré de soie avant de la rendre à son client, qui lui versa aussitôt la somme convenue. Les montagnards, contrairement aux membres du clan Tortue, ne négociaient pas les prix.

Avec le retour du printemps, le calme laissait place à une certaine animation dans la grande cour rectangulaire, bordée sur trois côtés par les dortoirs et les bâtiments administratifs. Des voyageurs passaient, des marchandises s'entassaient, des colporteurs vendaient des tissus, des porte-bonheur, des fromages et des herbes de la montagne. M. Fujita longea les murs en bois vermillon et s'accroupit près de Gintaro.

– Je vous ai apporté du thé pour vous réchauffer.

– Merci ! Comment allez-vous ?

Le marchand poussa un soupir perplexe.

– Ce matin, mon fils et moi sommes allés consulter l'Œil du Kirin. Je crains toutefois qu'il n'en ressorte rien de bon.

– Pourquoi donc ?

– Ces étranges visions m'embrouillent l'esprit au lieu de l'éclaircir. Mes enfants, ma femme, les affaires, tout s'emmêlait et je courais après Iori sans jamais l'attraper.

– Le miroir sacré n'est pas facile à interpréter, renchérit Gintaro.

– J'ignore ce qu'il lui a montré, ce chenapan refuse de m'en parler, mais sa porcelâme n'évolue toujours pas. Je l'ai portée jusqu'ici pour consulter un spécialiste. Voulez-vous l'examiner ?

L'expert en porcelâme souffla sur son thé brûlant.

– Avec plaisir. Les blocages sont courants chez les jeunes, certains s'accrochent à l'enfance car l'âge adulte les effraie. Toutefois, un petit bilan ne fait pas de mal.

M. Fujita posa un coffret en bois laqué sur la natte, puis déroula la soie bleue qui protégeait la porcelâme de son fils. Ses gestes tendres et minutieux confortèrent Gintaro dans l'idée qu'il fallait considérer son irritation comme une marque d'amour paternel. Il dégusta une gorgée de thé, puis s'inclina devant la statuette.

– Regardez, s'écria M. Fujita, il boude encore ! Par les huit-mille kami, quelle attitude insupportable. Je n'en tirerai rien !

L'expert considéra la statuette avec un sourire en coin. Elle ne souffrait d'aucune maladie, pourriture, déformation et les couleurs vives montraient la vitalité cachée du garçon. Toutefois, sa posture maussade trahissait un profond malaise. Le dos courbé, la tête penchée, il fixait ses pieds d'un air malheureux. Vêtu d'un kimono court, avec ses maigres jambes nues et les cheveux ras, il ressemblait à une sauterelle dégingandée.

– L'âme de votre fils ne présente aucun signe de maladie ou de blessure, commenta prudemment Gintaro, mais il semble indécis et troublé. Peut-être n'ose-t-il pas vous faire face ?

– Et pourquoi donc ? demanda le marchand d'un air surpris. Je ne souhaite que son bonheur. Depuis sa naissance, je lui réserve une place auprès de son frère dans le commerce familial. La suite ne dépend que de lui !

– Iori connaît vos attentes et votre déception le touche sans doute plus que vous ne le croyez. Je le soupçonne de se refermer sur lui-même par crainte des remontrances.

M. Fujita se frotta le menton d'un air perplexe.

– J'espérais que ce voyage nous rapprocherait, mais ce garçon m'échappe. Je lui ai offert une belle amulette qui favorise l'ardeur au travail, il refuse de la porter. À son âge, ses aînés apprenaient déjà les bases du métier. Qu'attend-il pour se prendre en main ?

– Je vous conseille de l'encourager pour qu'il s'ouvre à vous. Grâce à la bienveillance de Yamako-san, Iori a grimpé jusqu'ici malgré le vertige. Laissez-lui le temps de prendre confiance en lui.

Gintaro dégusta son thé à petites gorgées, et le liquide bienfaisant réchauffa son corps endolori. Il n'avait pas l'habitude de travailler dehors, mais dans un atelier confortable, loin des montagnes altières. Près de lui, son client réfléchissait en poussant de profonds soupirs. Il avait sans doute besoin de digérer ses recommandations.

Dans un coin ensoleillé de la cour, des enfants vêtus d'un uniforme noir s'amusaient avec des bâtons, mimant des combats imaginaires sous les yeux indulgents des domestiques. Iori voulut s'en mêler mais, malgré son allonge supérieure, ses coups maladroits ne touchaient que le vide. Les petits se moquèrent de lui. Vexé, il lança son bâton par terre et son père grimaça. M. Fujita faillit intervenir, mais Kiyoshi le devança.

Le rōnin ramassa l'arme improvisée et la rapporta au garçon dépité. Il corrigea le placement de ses mains et lui montra les techniques de base, puis ils échangèrent des frappes amicales. Quelques minutes plus tard, des cris de joie montèrent de la cour quand Kiyoshi affronta tous les enfants en même temps. Il grognait comme un démon, tournait, sautillait, agitait son bâton en tous sens, tandis que ses petits adversaires s'acharnaient sur lui. Enfin, le rōnin s'effondra sur le sol avec une terrible grimace.

Les éclats de rire parvinrent jusqu'aux oreilles de Gintaro, qui leva les yeux au ciel. «À quoi ressemble la porcelâme de cet homme ? se demanda-t-il. Nakajima-san combat en guerrier expérimenté, puis il joue comme un gosse insouciant. L'honneur et la dignité ne signifient donc rien pour lui ? Sa nature profonde demeure un vrai mystère. »

Absorbé par ses pensées, l'expert en porcelâme sursauta lorsqu'un prêtre s'inclina devant lui.

– Messieurs ? La Grande Prêtresse vous prie de lui rendre visite dans ses appartements.

La quiétude de Gintaro s'envola en un instant. La formulation polie de cette invitation dissimulait un ordre auquel il ne pouvait se soustraire.

– Savez-vous ce qui motive cet honneur ? demanda M. Fujita.

– Il s'agit d'une affaire compliquée. Ma Vénérée Maîtresse souhaite la résoudre en privé.

– Dans ce cas, nous vous suivons.

Le marchand versa une somme généreuse à l'expert en porcelâme et rangea la statuette d'Iori dans son coffret. Gintaro se leva avec la peur au ventre. La chute des soldats donnait sans doute lieu à une enquête qui menaçait son anonymat. Était-il déjà démasqué ?

*****

La source sacrée ruisselait sur les épaules de Tomoe, cascadait sur sa tunique blanche, et son chant l'isolait du reste du monde. Plongée dans sa méditation, la jeune femme ne sentait plus le froid qui lui avait coupé le souffle au début. L'eau vive grondait à son oreille et la voix de la montagne emplissait son cœur. Elle priait le

Kirin de purifier son corps et son esprit pour atteindre la sérénité. La violence qui bouillonnait en elle l'effrayait. Comment s'en débarrasser ? Elle récita un mantra qui l'emporta loin, très loin, sous la surface de son âme. Une paix profonde l'envahit.

Soudain, une main secoua son épaule. Cette interruption brisa son rêve et elle regagna brusquement son corps, qui vacilla sous le choc. Quand ses paupières s'ouvrirent, ses yeux tombèrent sur les traits soucieux de Shizuka. Son amie tentait de lui parler, mais le grondement de l'eau brouillait sa voix.

Une fois sur la berge, Shizuka lui expliqua :

– Désolée d'interrompre ton misogi, mais la Grande Prêtresse exige ta présence immédiatement.

– Si tôt ? balbutia Tomoe.

Le sang se retira de son visage et ses dents se mirent à claquer. Shizuka s'empressa de l'envelopper dans un drap. Elle la frictionna avec énergie, puis l'aida à enfiler son kimono.

– Notre Vénérée Maîtresse reçoit un officier en ce moment. Saletés de bousiers !

Une fois réchauffée, Tomoe reprit ses esprits et décela l'extrême nervosité qui rendait si brusques les gestes de son amie.

– Il t'est arrivé quelque chose ?

Celle-ci s'immobilisa en plein mouvement. Elle tordit ses boucles aux reflets bronze, les emmêla davantage, et les mots sortirent de sa bouche comme un geyser :

– Ma tante est revenue. Mais nous en parlerons plus tard, la Grande Prêtresse t'attend.

– Non, je t'écoute, insista Tomoe.

Elle savait que son amie dissimulait sa détresse et son amertume derrière une façade enjouée. Si cet instant lui échappait, Shizuka ne se confierait jamais.

– Officiellement, cracha celle-ci, ma tante s'inquiète des meurtres commis sur la montagne sacrée cet hiver. Elle me propose de rentrer au bercail en toute sécurité. D'après elle, mon père tolérera ma présence si j'accepte d'épouser mon cousin. Quelle chance !

Les mains de Shizuka se tordirent devant sa ceinture de guide. Elle plissa les yeux et des larmes rageuses roulèrent sur ses joues.

– Cette méduse se croit maline, mais elle ne comprend rien ! Quand Père m'a jetée dehors, aucun d'entre eux ne m'a défendue. Je les hais tous !

– Vraiment ? souffla son amie.

– Ils ne comprennent pas qui je suis ! Ma chère tante critique mes mains calleuses, mon visage cuit par le soleil et mon langage trop vulgaire pour une noble dame. Elle prétend que mon métier ne convient pas à une femme, mais je me moque bien de son avis.

– Tu es la nièce de Mme Kame ! réalisa Tomoe.

– Comment l'as-tu deviné ?

La jeune femme leva les yeux au ciel.

– Elle m'a reproché la même chose au refuge suspendu.

– Comment ose-t-elle ? s'emporta Shizuka. Cette vieille peau me le paiera !

Sa respiration rapide trahissait la force de ses émotions et Tomoe passa un bras autour de ses épaules. Le son de la cascade et la brume matinale les isolaient du reste du monde. Peu à peu, le souffle de son amie s'apaisa.

– Je savais que tu venais du clan Tortue, mais pas de la famille Kame, lui dit Tomoe.

– C'est la sœur de ma mère. Elle possède assez d'argent et de noblesse pour se croire tout permis. Tu le sais, maintenant !

Shizuka posa les mains sur ses hanches d'un air provocateur, elle refusait toute commisération, et Tomoe lui sourit en retour.

– Ta confiance m'honore, mais je suis curieuse. Pourquoi cherche-t-elle une épouse pour son fils si loin des îles ? Ne s'agit-il pas d'un bon parti ?

– Certes, mais il préfère les hommes. Ushio ne le cache pas et le clan tout entier le sait, mais son ignoble mère continue ses manigances derrière son dos, pour le marier contre son gré. J'ai refusé l'année dernière, mais elle revient à la charge.

– Ushio Kame n'aime pas les femmes ! répéta Tomoe avec une stupéfaction sans borne.

Son amie la considéra d'un air désabusé.

– Oui, quelle ironie ! Je refuse de revenir dans ces conditions. Ces gens se comportent comme des serpents venimeux.

– Je comprends mieux…

La jeune femme ne prononça pas un mot de plus, mais Shizuka suivit le cours de ses pensées et conclut d'un ton grave :

– Aïko, toi et moi, nous ne sommes pas gâtées en matière de famille. Mais pendant que nous bavardons, la Grande Prêtresse nous attend. Dépêchons-nous !

Elle entraîna Tomoe sur le chemin qui menait vers le temple. Les appartements privés de la Grande Prêtresse se trouvaient dans la partie religieuse du sanctuaire, loin des dortoirs réservés aux voyageurs. Ils comportaient une entrée principale mais aussi des accès réservés au personnel du temple, et les deux femmes empruntèrent des passages discrets, loin de l'allée principale. Avant d'ouvrir une porte coulissante, Shizuka retint son amie par la manche.

– Courage, ils n'ont aucune preuve contre toi. Surtout, sois prudente et tiens ta langue.

*****

Le corps de Kiyoshi frémissait sous l'effet de la tension qui régnait dans le bureau de la Grande Prêtresse. Il avait laissé son katana à l'entrée en signe de respect, mais son sabre court demeurait à sa ceinture et ses doigts se tendaient machinalement vers lui. À sa gauche, Gintaro se morfondait près du marchand, qui tâchait de se montrer digne. À sa droite, le sergent Bunta s'impatientait, incapable de se tenir tranquille, tandis que la noble dame agenouillée sur son estrade ne trahissait pas la moindre agitation. Elle dégustait son thé, nullement pressée d'entrer dans le vif du sujet.

Le rōnin apprécia la sobriété de la pièce. Le mobilier se composait de deux braseros, d'une petite table et d'un nécessaire pour écrire, sans oublier une branche de prunier gracieusement disposée dans un vase, dont les fleurs roses diffusaient un parfum de printemps.

Enfin, Tomoe entra. Des gouttelettes d'eau luisaient dans son chignon et sur le col de son kimono, tels des diamants éphémères. Le rōnin contempla ses joues hâlées par le soleil ; sa peau n'avait pas la blancheur diaphane de celle des courtisanes, mais il lui trouvait le charme des fleurs sauvages. Sa beauté s'épanouissait au grand air, puisant sa force parmi les rocs et les rivières.

Quand la jeune femme salua les personnes présentes, le sergent lui répondit d'un ton hostile. Kiyoshi se permit un sourire et elle y répondit d'un battement de cil.

– Vénérée Maîtresse, je vous prie de pardonner mon retard. Je pratiquais misogi.

– Voilà une excellente habitude, Yamako-san, et je regrette de vous avoir interrompue, mais l'urgence de la situation l'exige.

La noble dame reposa sa tasse et son regard bienveillant enveloppa ses visiteurs.

– Hier, l'escouade commandée par le caporal Endo n'a pas atteint le refuge. Lui et ses hommes sont malheureusement portés disparus. Je vous ai rassemblés ici pour savoir si vous les avez croisés hier, avant d'arriver au temple du Kirin.

– Ils sont tombés entre les Griffes du Dragon, déplora Tomoe. Juste derrière nous.

– Je n'en crois pas un mot ! gronda le sergent. Cette femme est le portrait craché de la veuve noire, elle les a tous assassinés !

Devant tant de bêtise, le rōnin éclata de rire. Cette manifestation d'insolence tourna le réquisitoire de Bunta en ridicule. Furibond, il perdit son sang-froid et bondit sur ses pieds. Il allait dégainer son sabre, quand la voix de la Grande Prêtresse claqua :

– Un peu de tenue, je vous prie.

– Cet homme insulte mes camarades !

– Je déplore leur perte, répondit Kiyoshi d'un ton plus sérieux, mais votre accusation ne tient pas debout. Comment Yamako-san aurait-elle pu les tuer sous nos yeux ?

– Elle a profité du brouillard pour cacher son crime.

Le marchand secoua la tête en signe de dénégation.

– Nous étions tous encordés, Monsieur l'officier, et elle marchait en premier. L'absence de visibilité rendait la Voie du Kirin encore plus dangereuse que d'habitude et mon fils a failli tomber. Sans guide, nous n'aurions jamais atteint le temple.

– Vous la protégez ?

– C'est vous qui refusez d'admettre la vérité, insista M. Fujita. Le dieu de la Terre ne tolère pas les insultes.

– Ils étaient encordés, précisa la jeune femme, vous comprenez ce que cela signifie ? Si plusieurs membres du groupe tombent en même temps, leur poids entraîne tous les autres. Vénérée Maîtresse, je propose de partir à leur recherche. Au mieux, nous trouverons des survivants, au pire, nous verrons si leurs dépouilles portent la trace de blessures par le sabre.

La noble dame hocha la tête avec satisfaction. Elle ne doutait pas de sa protégée et la parole des témoins réduisait le sergent à l'impuissance.

– Étant donné les circonstances, vos collègues se chargeront de ce travail.

– Je m'en occuperai moi-même ! gronda le samouraï.

La Grande Prêtresse le foudroya du regard.

– Personne, civil ou soldat, ne parcourt la Voie du Kirin sans guide. Je ne vous laisserai pas commettre deux fois la même erreur.

*****

En sortant, Kiyoshi se tenait toujours aux aguets. Il se méfiait du clan Tigre, de ses espions et de ses samouraïs. Les voyageurs se placèrent en cercle pour se protéger des oreilles indiscrètes et Gintaro demanda à voix basse :

– Que signifie cette intrusion ? Le sergent se conduit sur la montagne sacrée comme en terrain conquis.

– Le prêtre en charge du relais du Levant pense que le gouverneur Tora utilise la veuve noire pour remettre en cause l'indépendance de la Grande Prêtresse, murmura Tomoe.

Le marchand égrena son chapelet d'un air pensif.

– Ma chère amie, vous voilà dans une position dangereuse !

– Je le crains.

La jeune femme baissa la tête et Kiyoshi éprouva l'envie de lui toucher le bras pour la réconforter. Mais elle se redressa aussitôt, sa force de caractère reprenant le dessus, et il n'osa même pas effleurer sa manche.

– Merci à tous pour votre aide, souffla-t-elle. Sans vous, le sergent m'aurait arrêtée sans preuves. Il se base simplement sur ma ressemblance avec ce maudit portrait !

– Ne restez jamais seule, lui conseilla le rōnin, et méfiez-vous de lui. Il cherche un coupable, n'importe lequel, et la vérité lui importe peu.

La guide acquiesça lentement. Une douleur insondable voilait son regard mais elle ne s'appesantit pas sur sa situation.

– N'oubliez pas vos propres problèmes, Nakajima-san. La Grande Prêtresse a prononcé la sentence de Ryo Sasaki : durant trois jours et trois nuits, il doit implorer le pardon du Kirin et purifier son âme. Mais je crains que ses intentions belliqueuses ne disparaissent pas si vite.

– Une punition bien légère ! s'offusqua M. Fujita.

Malgré sa colère, Gintaro reconnut :

– Ce garçon n'est pas entièrement responsable de ses actes. L'état déplorable de sa porcelâme altère son esprit.

– Connaissez-vous la cause de cette blessure ?

Les voyageurs répondirent tous par la négative, puis une petite voix ajouta :

– Moi, je le sais. J'ai parlé avec lui.

Ils se tournèrent vers Aïko, qui dissimula ses joues rougissantes derrière sa manche. Elle les avait rejoints discrètement et son intervention les surprit. Avec son kimono fleuri et son visage rond, elle évoquait une poupée précieuse.

– Méfie-toi de cet homme, lui recommanda Tomoe. Il est dangereux.

Son amie haussa les épaules d'un geste insouciant.

– Je ne crains rien, il aime juste m'entendre jouer de la flûte.

– Alors, demanda Gintaro, sa porcelâme ?

– À trois ans, Sasaki-san s'est soulagé sur l'armure cérémonielle de son père. Sous l'emprise de l'alcool, ce dernier a frappé sa porcelâme pour le punir. Il lui a enfoncé l'arrière du crâne et le pauvre petit a perdu conscience durant plusieurs jours.

– Quelle horreur ! murmura l'expert.

Sous le choc, Tomoe joignit les mains. Aïko battit des cils pour contenir les larmes qui perlaient au coin de ses yeux.

– Oui, il espère encore guérir et devenir samouraï, alors que nul ne sait comment le soigner.

– Où se trouve-t-il exactement ?

– Au sanctuaire, sous la surveillance des prêtres. Durant cette période, il se chargera des corvées le jour et se recueillera la nuit.

– Quelle paisible activité pour un futur guerrier, commenta Gintaro d'un ton dubitatif.

– Justement, répondit la frêle jeune femme. Il s'agit de l'en détourner tout en douceur, pour qu'il trouve une autre voie conforme à ses capacités.

Kiyoshi éprouvait une immense pitié en pensant à Ryo Sasaki, mais ses doigts n'en serraient pas moins la poignée de son sabre. Il savait que les jeunes guerriers n'apprennent pas facilement l'humilité.

*****

La nuit, les huit-mille kami veillaient, infatigables, sur la montagne assoupie. Allongé sur son futon, Kiyoshi ne dormait pas. Il écoutait le vent souffler, la charpente grincer, les dormeurs ronfler, et les moines-guerriers patrouiller dans le couloir. Lorsqu'ils s'éloignèrent, le rōnin repoussa sa couverture et quitta le dortoir.

Depuis son arrivée, il explorait le temple et ses dépendances, sous prétexte d'une commission, en jouant avec les enfants, ou en se cachant parmi les ombres. Il descendit les marches en évitant celles qui grinçaient. Son pantalon plissé et sa veste noire se fondaient dans l'obscurité, ses sandales glissaient silencieusement sur le plancher. Sa carte des lieux s'étoffait, mais il avait conscience de parcourir un labyrinthe dont l'ordre apparent dissimulait des passages secrets.

La porcelâme de la petite princesse Yūkiko ne se trouvait ni dans le pavillon où les experts soignaient les porcelâmes abîmées, ni dans les chapelles dédiées aux kami. Aussi, Kiyoshi avait-il décidé de fouiller la grande pagode. Il longea les murs extérieurs du dortoir et se dissimula sous le couvert des arbres. Il savait par expérience que les cailloux de l'allée bruissaient sous les pas tels les remous d'une rivière. Ce clapotis l'avertit de l'approche d'une petite troupe de soldats du Tigre, qui piétinaient le sol sans se préoccuper de discrétion. Kiyoshi attendit qu'ils s'éloignent, puis il prit le temps de se rincer les mains et la bouche au bassin dédié aux purifications rituelles pour ne pas offenser le dieu de la Terre. Ses pieds foulaient les racines et la rocaille, ses yeux scrutaient la pénombre pour repérer les moines-guerriers en faction.

Il dépassa sans encombre la chapelle qui vendait des amulettes et des plaques votives. Les premières protégeaient leurs porteurs et, via les secondes, les pèlerins demandaient aux kami de réaliser leurs vœux. À la moindre brise, les petites bourses en tissu brodé et les rectangles en bois peint bruissaient comme les feuilles d'un arbre.

Enfin, le rōnin atteignit la grande pagode, dont les cinq toits jaunes se perdaient dans l'obscurité. Deux gardes en surveillaient l'entrée, le bras appuyé sur leur bâton, et l'un d'entre eux portait un trousseau de clés à la ceinture. Kiyoshi contourna le bâtiment. Il s'inclina profondément avant de franchir la corde en paille de riz tressée qui repoussait les mauvais esprits, puis s'accroupit sous une fenêtre.

À travers les croisillons, il vit la lueur des bougies et des bâtons d'encens incandescents posés sur l'autel central. Ils éclairaient faiblement la figure d'une prêtresse assise en tailleur, les yeux mi-clos, plongée dans une profonde méditation. Un miroir en forme d'amande, suspendu au plafond par des cordelettes, oscillait doucement.

Le rōnin n'avait pas l'intention de s'attarder, mais son corps refusa de se redresser. Une présence écrasante le cloua sur place. L'Œil du Kirin se tourna vers lui. L'animal sacré fixait Kiyoshi et son regard divin plongeait au plus profond de son âme. Pendant un instant, il crut que le dieu lui reprochait son intrusion, et sa gorge se noua. Puis, la surface opaline s'éclaira de l'intérieur et des images naquirent dans son esprit.

Une adolescente déposa un petit ballot enveloppé dans une couverture à la porte de l'école Nakajima. Elle posa près de lui une porcelâme en forme de nourrisson qui luisait faiblement sous la lune. Kiyoshi entendit le claquement de ses mains. Le murmure d'une prière. Puis sa silhouette courbée s'éloigna sans se retourner.

Ses pleurs de bébé brisèrent le silence nocturne. Une angoisse familière terrassa Kiyoshi. Sa mère l'abandonnait. Il ne valait pas la peine qu'elle s'occupe de lui. Personne en ce monde ne se souciait de son existence.

Puis, le portail s'ouvrit. Kiyoshi vit les caractères « école Nakajima » gravés dans le bois. Il crut sentir sous ses mains les reliefs polis par les ans, dont le grain lisse signifiait pour lui « je suis de retour à la maison ». Ensuite, le plan s'élargit, et des couleurs vives apparurent. Le Tigre affrontait le Dragon au-dessus de la montagne sacrée ; leurs rugissements ébranlaient la terre, leurs griffes lacéraient le ciel sanglant. Des soldats s'affrontaient sur les cimes et les flammes de la guerre civile s'élevaient vers le temple. Le Kirin se tenait à l'écart de la bataille, levant sa tête cornue vers les divins combattants. Une petite fille pleurait près de lui, à genoux sur les cendres rougeoyantes, les bras tendus vers une silhouette invisible. Plus Kiyoshi la fixait, plus ses traits lui semblaient familiers.

Enfin, l'animal sacré relâcha son emprise. Le miroir retrouva sa position initiale et le rêve éveillé du rōnin se dissipa. Il reprit lentement ses esprits et remercia le Kirin pour cette vision. Il ne s'agissait pas d'un châtiment. Dans sa sagesse, le dieu de la Terre l'aidait à comprendre sa mission.

Pour gagner le premier étage, Kiyoshi prit son élan sur l'estrade en pierre, s'accrocha à une poutre et sauta sur les tuiles. Il s'immobilisa un instant, vérifia que les gardes ne réagissaient pas, puis reprit sa course sur les toits. Il gagna la galerie extérieure, se posta près d'une ouverture et tenta à nouveau de percer les secrets de la pagode. À l'intérieur, une foule de silhouettes blanches se tenaient sur les autels sculptés.

8

La nuit suivante, Gintaro luttait contre le sommeil dans son lit en attendant que Kiyoshi lui donne le signal du départ. Il somnolait malgré lui quand des bruits de pas précipités retentirent dans le couloir.

– Iori, reviens ici ! maugréa M. Fujita.

Il parlait fort et ses mots traversaient sans peine les cloisons en bois.

– Ingrat, comment oses-tu cracher sur ce métier ? Je te garde depuis toujours une bonne place près de ton frère et tu remets tout en question sur un coup de tête.

– Je ne crache sur personne, riposta le garçon, mais le commerce ne m'intéresse pas.

– Et quel travail envisages-tu ? Tu écris comme un porc et n'importe quel paysan compte mieux que toi.

– Je ne sais pas...

– Alors comment gagneras-tu ton riz, sombre idiot ? Tu n'y as jamais pensé ?

– Je vais y réfléchir. J'ai encore le temps.

Le son d'une gifle claqua.

– Combien d'années vivras-tu aux crochets de ta famille ? Ton attitude déshonore toute notre lignée. Quelle honte, espèce de paresseux, de bon à rien !

Le marchand assomma son fils de reproches cinglants, plus ou moins justifiés selon Gintaro. L'expert en porcelaine comprenait sa déception, mais il déplorait que son client ne suive pas ses conseils. Ce flot de colère n'arrangeait pas la situation et le garçon risquait de se refermer davantage sur lui-même.

Après cette dispute, M. Fujita et Iori se couchèrent dans le dortoir. Le premier se tournait et se retournait sur son futon, le second étouffait ses pleurs sous la couette. Enfin, Kiyoshi s'approcha à pas de chat. Gintaro se leva d'un bond. Il saisit la pochette dissimulée sous ses couvertures et tenta de quitter la pièce en toute discrétion. Accomplir cette mission capitale le rendait fébrile. Malgré ses efforts, son cœur tambourinait dans sa poitrine et les marches grinçaient sous ses pas.

Ils parvinrent à sortir du bâtiment en évitant les patrouilles, contournèrent la chapelle pleine d'amulettes et de plaques votives. Le rōnin s'immobilisa à l'angle du temple dédié au Chat porte-bonheur. Du doigt, il désigna la silhouette de Ryo Sasaki, qui s'entraînait non loin de là. Armé d'un balai en guise de sabre, il levait les bras au-dessus de sa tête et les abattait face à lui en comptant entre ses dents. Son front couvert de sueur scintillait au clair de lune, ses muscles se gonflaient au rythme des exercices et ses yeux fixaient un papier collé sur un mur : l'avis de recherche de la veuve noire.

Cette scène emplit Gintaro de pitié. Le jeune guerrier ne renonçait pas, il continuait à s'entraîner en cachette pour réaliser son rêve. L'expert craignait qu'il ne découvre leur présence. Il retenait son souffle, se tenait courbé, et sursautait au moindre craquement. Le temps s'écoulait avec une lenteur insoutenable.

Soudain, Ryo Sasaki pointa son balai vers le portrait de la veuve noire et mima un féroce combat. Il attaqua, sauta en arrière, para une attaque imaginaire, puis s'immobilisa en fente, le bras tendu devant lui.

– Les Griffes du Tigre ! gronda-t-il.

Le jeune guerrier cracha sur le portrait, l'arracha du mur et le déchira en mille morceaux. Son visage exprimait une rage effrayante, comme s'il partageait les griefs du clan Tigre avant même d'avoir prêté serment. Enfin, il alla se rafraîchir à la fontaine destinée aux purifications rituelles.

– Maintenant ! souffla le rōnin.

Il entraîna son compagnon dans une course éperdue vers le couvert des arbres. Les herbes crissaient sous les sandales de Gintaro, sa respiration haletante emplissait ses oreilles. Il s'attendait au pire, pourtant ils franchirent sans se faire remarquer la longue corde en paille de riz qui entourait la pagode.

Au moment de s'élever vers le premier étage, le rōnin fit la courte échelle à son compagnon. Les doigts de

Gintaro s'accrochèrent aux tuiles et il se hissa de toutes ses forces. Un élancement traversa son épaule blessée. Une plainte rauque lui échappa. Les deux hommes se figèrent, mais il était trop tard pour rattraper le son qui venait de les trahir. Un moine-guerrier accourait déjà. Gintaro plaqua ses doigts sur sa bouche et s'aplatit contre le toit. Il ne vit pas Kiyoshi frapper, mais un corps s'effondra sur le sol.

– Attendez-moi ici, chuchota le rōnin. Je libère le passage.

Il s'éloigna, le sabre à la main, et Gintaro guetta le son de ses pas. Il entendit peu après des cris étouffés, puis le froissement de tas de chiffon qui s'effondrent. Son compagnon revint vers lui et l'aida à descendre.

– Finalement, nous ne passerons pas par les toits.

– Vous avez volé les clés au gardien !

– Oui, ce sera plus facile pour vous.

– Je suis désolé...

Le rōnin ouvrit la lourde porte en bois qui menait à l'intérieur de la pagode.

– Nous avons de la chance, personne ne prie le Kirin ce soir. Montez au premier étage. Je vous rejoins.

Gintaro ne s'attarda pas au rez-de-chaussée, il s'inclina devant le miroir sacré sans y plonger le regard, avant d'emprunter l'escalier qui menait au premier étage. Dès que la cloison intérieure coulissa devant lui, son visage s'éclaira face aux porcelâmes soigneusement disposées sur les autels familiaux. Il se promena dans la salle, émerveillé par leur nombre et leur variété. L'expert admira la coiffure élaborée d'une courtisane, l'ancienneté d'un paysan courbé sur son bâton, la sérénité d'une famille de miko, et se pencha vers les mille-et-un détails de ces précieux témoins du passé.

– Avez-vous trouvé celui du gouverneur Tora ? demanda le rōnin.

Son interlocuteur secoua la tête d'un air coupable. L'admiration lui avait fait perdre la notion du temps, il en oubliait sa mission. Il parcourut la salle de long en large, cette fois sans se laisser distraire par les merveilles qu'elle contenait, mais ne trouva pas l'objet de leurs recherches.

– Je crains qu'il ne se cache pas ici.

– Au deuxième étage, peut-être ?

Ils reprirent leur ascension d'un commun accord et pénétrèrent dans une salle quasiment déserte. Au fond, des fleurs fraîches et des bâtonnets d'encens entouraient un énorme cabinet en bois sculpté. Son toit aux bords retroussés évoquait un temple, mais des volets fermés en dissimulaient le contenu. Le Tigre gravé dessus fixait les intrus de ses yeux d'or ; de ses crocs et de ses griffes, le dieu du Métal protégeait les ancêtres contre les mauvais esprits.

Les deux compagnons échangèrent un regard entendu. Kiyoshi ferma la porte et se posta près de l'entrée. Gintaro étudia la serrure.

– Pourvu que mes crochets fonctionnent. J'ai déjà forcé de vieux autels dont les familles avaient perdu la clé, mais…

Au lieu de rendre service, cette nuit, il se comportait comme un voleur de porcelâme. Il repoussa cette pensée gênante et sortit les outils qu'il portait dans un petit sac, emmaillotés dans des chiffons. Après de longues minutes de tâtonnement, un cliquetis retentit. L'expert en porcelâme ouvrit l'autel d'une main mal assurée. Il examina les statuettes du regard et trouva rapidement celle qu'il cherchait.

– La voilà, souffla-t-il d'une voix émue. L'âme de notre petite princesse.

Gintaro leva les mains vers le ciel, puis les abaissa, paumes tournées vers le bas. Il s'inclina profondément avant de poser son regard sur l'objet sacré. La figurine représentait une jolie petite fille dont les nattes ornées d'épingles montraient le noble rang. Aucune noirceur n'altérait la blancheur neigeuse de son teint, aucune fissure ne cassait les plis de son kimono. Son éventail doré dissimulait un mystérieux sourire qui décontenança le visiteur. Les tourments de la mère ne touchaient donc pas la fille ?

– Princesse, je suis Gintaro Hayashi, un humble expert en porcelâme, et l'Empereur m'envoie vous consulter.

Gintaro attendit une réaction qui ne se produisit pas. Aucune lumière n'éclaira les yeux en amande, les lèvres délicates ne frémirent pas. La gracieuse figure semblait vide, dépourvue d'émotion et d'énergie. En désespoir de cause, il tendit la main vers le bas de la robe pour établir la communication, et sursauta. La matière laiteuse était froide sous ses doigts, elle ne possédait ni la tiédeur, ni la souplesse attendue.

Gintaro recula d'un pas, horrifié par sa découverte. Cette chose n'était pas une porcelâme !

– Une fausse ? répéta Kiyoshi d'un air perplexe.

L'expert tournait dans la pièce comme un tigre en cage, incapable de se contenir.

– Cet objet ne contient pas d'âme ! Elle ne reflète en rien l'état d'esprit de la petite princesse. L'autel sacré du clan Tigre abrite une simple statuette en porcelaine.

– Dans ce cas, où se trouve la vraie ?

– Je l'ignore. Sa belle-famille la cache peut-être.

Gintaro s'inclina devant les porcelâmes du clan Tigre, dont les yeux luisaient de colère. « J'ai surpris leur secret, pensa-t-il, et ils ne me pardonneront jamais cette offense. » Il referma les panneaux en bois sculptés en frissonnant. Le Tigre qu'ils représentaient lui semblait encore plus redoutable.

– L'ont-ils détruite ? insista le rōnin.

– Vous sous-estimez la porcelâme. Cette matière ébrèche les sabres les plus solides, elle est plus résistante qu'un rocher. Je connais de nombreuses méthodes pour l'abîmer, mais aucune ne l'anéantit.

Le rōnin se tenait toujours debout à côté de la porte. Il acquiesça en signe de compréhension, puis conclut d'un ton déterminé :

– Si le clan Tigre dissimule la vraie, nous devons la trouver.

*****

Soudain, la porte s'entrouvrit et le sabre du rōnin jaillit de son fourreau. Gintaro retint son souffle, fasciné par le cri de l'acier. Quatre moines-guerriers pénétrèrent dans la pièce, armés de leurs solides bâtons. Ils précédaient la Grande Prêtresse, qui s'appuyait d'une main sur le bras d'Aïko et de l'autre sur sa canne. Elle foudroya les importuns du regard, tandis que son lourd chignon tremblait d'indignation.

L'expert en porcelâme se prosterna face à elle.

– Pardonnez-nous cette intrusion, nous sommes poussés par une impérieuse nécessité.

– Une nécessité qui vous permet d'assassiner mon personnel ?

Un filet de sueur glacée roula le long de la colonne vertébrale de Gintaro. Son compagnon de route avait-il commis ce crime impardonnable ?

Kiyoshi rengaina son sabre et s'inclina profondément.

– Je les ai ligotés, Noble Dame, mais pas tués. Vous les trouverez cachés dans les fourrés.

La vieille dame se redressa, toujours en colère, mais soulagée d'un grand poids. Son kimono noir, enfilé sur ses vêtements de nuit, contrastait avec sa pâleur.

– Comment osez-vous profaner ce lieu sacré ? fulmina-t-elle en tendant un doigt noueux vers eux. Sur les terres du Kirin, le vol de porcelâme est puni de mort.

Gintaro frissonna. Cette terrible accusation le révulsait, car il vouait une haine féroce à ceux qui enlevaient les figurines pour faire chanter la famille ou lui extorquer une rançon.

– Vénérée Maîtresse, vous vous trompez sur nos intentions.

– Qui êtes-vous ? Que cherchez-vous ici ?

À chaque phrase, la Grande Prêtresse martelait le sol de sa canne. Son autorité frappa Gintaro de plein fouet et il s'aplatit contre la paille de riz.

– Notre mission nous impose le plus grand secret.

– Trêve de simagrées. Parlez maintenant, ou je vous jette du haut de la falaise !

Son interlocuteur revécut aussitôt cette chute interminable, le ciel immense, le sol qui se précipitait vers lui, et cette douleur...

– En vérité, je m'appelle Gintaro Hayashi.

L'index accusateur de la Grande Prêtresse retomba, elle scruta le visage de son interlocuteur et vacilla. Aïko saisit son bras d'un geste vif. Sa silhouette menue flottait dans son large pantalon rouge, mais la jeune fille supportait sans faiblir le poids de la vieille dame.

– Tout va bien, Vénérée Maîtresse ?

Cette dernière se reprit en un instant :

– Ces hommes ne sont pas ce qu'ils prétendent. Les moines se chargeront de délivrer leurs collègues et votre service s'achève ici, vous pouvez disposer.

– Je vous en prie, laissez-moi rester !

– Il ne s'agit pas de pillards, et je dois m'entretenir avec eux sans la moindre oreille indiscrète. Je ne risque rien. Une enfant comme vous ne saura comprendre ces discussions politiques. Vous ne vous intéressez qu'aux parures et à la danse.

La jeune fille recula, toute pâle, les yeux écarquillés. Elle s'inclina sans un mot de plus, sortit de la salle à petits pas rapides et les moines-guerriers l'imitèrent.

*****

Elle choisissait toujours ses cibles avec grand soin. Il ne s'agissait pas de tuer au hasard, guidé par une colère absurde. Les avis de recherche se trompaient à son sujet. Elle pesait soigneusement chaque vie en son for intérieur avant de l'ôter. Pas de regrets, pas de témoins, pas de traces. Ce code moral rigoureux donnait un sens au sang versé.

Cette nuit-là, elle montait la garde dans l'ombre, intriguée par l'effraction de la pagode. Le rōnin connaissait son affaire. Les moines-guerriers s'étaient effondrés comme des bûches et, poussée par la curiosité, elle n'était pas intervenue pour en apprendre davantage. S'agissait-il d'un simple vol ? D'un enlèvement de porcelâme ?

La Grande Prêtresse semblait furieuse. Poussée par la curiosité, elle aurait aimé savoir ce qui se passait à l'intérieur, mais de nouveaux moines-guerriers montaient la garde en bas. Elle n'avait aucune raison valable de les tuer et choisit de rester fidèle à sa ligne de conduite.

Une silhouette blanche jaillit de la pagode à petits pas pressés. Une miko seule en pleine nuit. Elle écouta son instinct et décida de la suivre, à la recherche d'une victime conforme à ses critères. La jeune femme s'immobilisa sur le seuil du palais de la danse, se purifia à la fontaine et leva les mains vers la lune. Ses manches flottèrent dans la brise nocturne. Un pas de côté, un tour sur elle-même, ses pieds légers glissaient sur le plancher, ses doigts gracieux évoquaient l'envol d'un oiseau.

Tapie derrière un buisson, elle savourait ce ballet silencieux quand deux soldats en patrouille lui bouchèrent la vue. Ils s'arrêtèrent sur le chemin de cailloux blancs et elle les entendit se disputer.

– J'irais bien faire sa connaissance, commenta le plus grand d'un ton graveleux.

Il assortit ses paroles d'un geste obscène qui alerta son camarade.

– Non, il faut finir notre tour de garde.

– Tu ne sais pas t'amuser.

Le premier soldat s'avança vers le temple, mais le second le retint par le bras.

– Laissez-la tranquille ! C'est une miko.

– Moi, je ne suis pas un moine.

– Je ne veux pas d'ennuis.

– Alors dégage, espèce de lâche ! Si tu parles, je m'occuperai de toi.

Le soldat attendit que son camarade s'éloigne avant de s'avancer vers le palais de la danse. Elle quitta son buisson et sauta par-dessus les graviers pour qu'il ne l'entende pas. Silencieuse comme une ombre, toute de noir vêtue sous son chapeau conique, elle plaqua sa main gauche sur sa bouche et l'égorgea de la droite. Il lui jeta un dernier regard horrifié, se débattit dans le vide, puis s'effondra sans un bruit.

La miko virevoltait toujours, absorbée par sa danse, et elle sourit dans la pénombre. C'était un travail propre et bien exécuté. Il ne lui restait plus qu'à cacher le corps. Elle savoura la terreur qui marquait encore les traits du soldat. La peur des innocents ne lui inspirait aucune satisfaction, par contre, elle aimait qu'ils la craignent et tremblent à sa vue, ces monstres à visage d'homme.

*****

La Grande Prêtresse se voûta sur sa canne. Kiyoshi remarqua sa raideur douloureuse et l'aida à s'asseoir sur les tatamis. Elle ne lui accorda toutefois aucune attention.

– Je vous reconnais, fils de Gikan. Ainsi, vous marchez sur les traces de votre père.

– Oui, jusqu'à maintenant, je veillais sur les porcelâmes impériales sous ses ordres.

– Une simple recommandation vous aurait ouvert cette porte sans difficulté, fulmina-t-elle. Pourquoi vous introduire ici comme des bandits ?

– L'Empereur nous a confié une mission confidentielle. Je vous supplie de ne pas dévoiler notre présence au temple du Kirin.

La vieille dame considéra la pièce quasi vide et prit une grande inspiration.

– Avez-vous ouvert l'autel du gouverneur Tora ?

– Oui, reconnut l'expert en porcelâme.

– Et vous avez compris ce qu'il contient.

– Ou plutôt, ce qu'il ne contient pas…, souligna Kiyoshi avec sa douceur coutumière.

– La porcelâme de la petite princesse est fausse ! s'écria Gintaro. Je dois en informer l'Empereur.

Soudain, il bouillait d'indignation à l'idée que la Grande Prêtresse dissimule l'abjecte conduite du Gouverneur. Elle en devenait la complice ! Les mains de la vieille dame se crispèrent sur le pommeau de sa canne.

– Au risque de déclencher une nouvelle guerre civile ? le coupa-t-elle d'un ton sévère. Le peuple n'a-t-il pas déjà assez souffert des querelles entre l'Empereur et le clan Tigre ?

– Il souffrira bien davantage si la prochaine succession s'avère contestable. Le prince Ichiro aura besoin du soutien de tous ses ancêtres pour monter sur le trône.

Quand l'expert en porcelâme évoqua l'apparition du poignard planté dans la figurine de la princesse Kaede, la vieille dame se rembrunit, ses rides devinrent plus profondes et ses paupières se fermèrent à demi.

– Savez-vous où se trouve la véritable porcelâme de la petite princesse ? demanda Gintaro d'un ton pressant. Nous espérons en apprendre davantage à son sujet.

– Vous vous souciez bien tard du sort de cette pauvre enfant. J'ai averti l'Empereur que ce mariage tournerait au désastre, mais il a préféré croire votre « révéré » père et ses promesses d'avenir radieux.

– Mon père soutenait ce mariage ? bredouilla Gintaro, stupéfait. J'ai toujours cru le contraire.

La colère de la Grande Prêtresse, endormie durant des années, jaillit telle l'éruption d'un vieux volcan.

– Gikan Hayashi est venu ici même pour examiner la porcelâme du gouverneur Tora. Malgré mes objections, il certifiait que les signes annonçaient une heureuse union. Quelle erreur ! Son silence d'aujourd'hui ne me surprend pas, il faut du courage pour assumer les conséquences de ses actes.

Cette accusation décontenança Gintaro. Dans ce portrait sarcastique, il ne reconnaissait pas l'homme auquel il vouait une profonde estime.

– Je ne comprends pas, c'est un malentendu. Pourquoi ne pas vous entretenir avec lui afin de l'éclaircir ?

– Impossible, conclut la Grande Prêtresse d'un ton sans réplique. Je quitte rarement la montagne sacrée et lui n'y remettra jamais les pieds.

Elle s'appuya sur sa canne pour se relever, mais l'expert en porcelâme la retint ; il fouilla frénétiquement les plis de son kimono, afin d'en extraire le cordon pendu à son cou.

– Attendez ! Je dispose d'un moyen de le contacter à distance. Il me l'a confié avant mon départ, pour les situations délicates.

La Grande Prêtresse écarquilla les yeux et son attention se focalisa sur l'objet sacré.

– Une Écaille du Dragon, souffla-t-elle.

Au bout du lacet oscillait l'écaille bleue, d'une nuance profonde comme un ciel d'été, quand les premières étoiles se profilent à l'horizon. Sa surface bombée scintillait à la lumière des bougies, tandis que l'expert en porcelâme la posait sur sa paume avec précaution. Sa forme d'éventail tenait bien au creux de la main.

Gintaro glissa sur les genoux jusqu'à la Grande Prêtresse.

– Mon père porte sur lui une écaille semblable. Ces deux jumelles appartiennent au trésor impérial, mais le Fils du Dragon nous a permis de les emprunter pour lui communiquer sans délai les résultats de notre enquête.

– Voilà donc la source de vos envies pressantes, plaisanta Kiyoshi.

La vieille dame se rembrunit et son intérêt se transforma en répugnance, à l'idée que l'œil de l'Empereur explore les secrets du temple du Kirin.

– Un espion, voilà ce que vous êtes.

– Vénérée Maîtresse, je sers l'empire de mon mieux !

– Chez les Hayashi, cette loyauté aveugle provoque surtout des catastrophes.

À ces mots, l'écaille devint tiède et les traits de Gikan tremblotèrent à sa surface. Il fixa ses interlocuteurs d'un regard plus las que surpris, et les sillons de sa peau parcheminée se creusèrent davantage.

– Noble Dame, souffla-t-il d'une voix lointaine, vous portez de graves accusations à l'encontre de mon fils.

– La communication est établie, annonça ce dernier d'un ton malheureux. Tâchons de résoudre ensemble cette affaire complexe.

– Que se passe-t-il ?

– Père, l'autel du gouverneur Tora ne contient pas la porcelâme de la petite princesse, expliqua Gintaro en choisissant ses mots avec soin. Elle ne se trouve pas au temple du Kirin.

– Le Gouverneur la dissimule donc en son palais. Il essaie de nous la cacher.

Malgré sa déception, Gikan ne formula aucun reproche à l'adresse de la Grande Prêtresse, qui ne lui rendit pas la politesse.

– Les deux princesses ont perdu la vie depuis longtemps, dans l'indifférence générale.

– Il est tard, reconnut le maître de la Porcelâme, trop tard pour sauver leur corps, mais peut-être pas leur âme.

– Comment osez-vous parler ainsi, après avoir instigué ce mariage sans tenir compte de mes avertissements ?

Le vieil homme toussota.

– Je croyais œuvrer pour la paix, en toute sincérité. Je ne nie pas ma part de responsabilité concernant cette union.

Quelque chose se brisa en Gintaro. Loin de protester, son révéré père avouait une faute dont son propre fils ignorait l'existence. Pourquoi ne pas lui en avoir parlé avant son départ ? Par crainte de l'humiliation, de la culpabilité ? L'écaille vacilla dans sa main tremblante et les doigts noueux de la vieille dame vinrent stabiliser les siens.

– Au moins, vous le reconnaissez franchement, bougonna-t-elle. Mais je ne comprends toujours pas d'où vous teniez cette assurance inébranlable.

Gikan se caressa la barbe d'un air mélancolique.

– Dans le miroir sacré, j'ai vu l'empire pacifié, la fin des famines et des guerres de clan, la bénédiction des cinq animaux sacrés. Voilà ce que l'Œil du Kirin m'annonçait et je n'imaginais pas qu'il puisse mentir, ni se tromper.

La Grande Prêtresse écarta cette explication du revers de la main. Ses yeux plissés exprimaient son dédain tandis qu'elle se penchait au-dessus de l'écaille.

– Un érudit comme vous sait pertinemment que l'Œil du Kirin ne montre pas l'avenir. À celui qui s'y plonge, il révèle les secrets de son propre cœur. Vous rêviez d'un empire en paix, mais ce mariage n'a rien arrangé.

– Il est facile de me juger aujourd'hui mais, à l'époque, je ne connaissais pas l'avenir. Cette chance d'apaiser la situation, même minime, il fallait la saisir !

– Vous avez surtout saisi l'opportunité d'écarter la princesse Kaede, car elle possédait un talent rare en matière de porcelâme. Elle aurait pu vous remplacer auprès de l'Empereur et vous écarter du pouvoir une fois adulte. Vous avez sacrifié une innocente par ambition personnelle.

Gintaro blêmit, choqué par cette terrible accusation, et de nouvelles rides creusèrent le visage de son père. Ce dernier fronça les sourcils d'un air agacé.

– Prêtez-moi tous les vices si vous y tenez. Toutefois, ressasser le passé ne nous aide en rien.

– Soit, conclut sèchement son interlocutrice. Racontez-moi ce qui vous préoccupe maintenant.

Gikan décrivit le mal qui dévastait les porcelâmes impériales. Il évoqua son impuissance et la détresse de l'Empereur face aux accusations muettes de sa fille et les risques pour le futur héritier.

– Savez-vous ce qui se joue ici en ce moment ? l'interrogea la Grande Prêtresse. Sous prétexte de poursuivre une criminelle, le clan Tigre envahit la montagne sacrée. Je devine son véritable objectif : contrôler la Voie du Kirin afin que ses troupes circulent librement sur la route qui mène aux terres impériales. Pour l'instant, la montagne et les guides résistent, mais cette ingérence sur mon domaine met en péril un équilibre délicat. La princesse Kaede, qui connaît bien les ambitions du gouverneur Tora, nous avertit de la menace qui pèse sur l'empire. Le Fils du Dragon me soutiendra-t-il, pour préserver la paix ?

L'interprétation de la vieille dame stupéfia Gintaro, qui se reprocha de n'y avoir pas pensé lui-même. Pendant tout ce temps, il s'était focalisé sur un vieux crime, sans saisir la stratégie d'envergure qui se déroulait sous son nez. Le visage de son père s'éclaira à la surface de l'écaille sacrée.

– Je ne puis parler en son nom, mais vos paroles me semblent pleines de sagesse. Le Traité de porcelâme montre bien l'agressivité du Tigre à l'égard du Kirin, qui se prépare au combat. De plus, la princesse Kaede n'avait jamais accusé son mari jusqu'ici et ce revirement tardif m'étonnait.

– Elle ne se soucie pas de vengeance, chuchota la Grande Prêtresse avec émotion. C'est un appel au secours.

Gikan se pencha, son regard sombre et ses sourcils emplirent toute la surface de l'écaille.

– Et comment se porte la porcelâme du gouverneur Tora ? glissa-t-il.

La vieille dame blêmit. Ses traits se crispèrent et elle reconnut d'un ton sec :

– C'est une fausse. Il n'oserait pas s'en prendre au clan Kirin, si je détenais la vraie.

– Vous avez donc accepté de veiller sur une contrefaçon ?

– Non, le Gouverneur nous avait confié des porcelâmes authentiques lors d'une grande cérémonie, mais la sienne et celle de sa fille ont été remplacées par deux imitations juste avant la révolte du Tigre.

Gikan hocha la tête d'un air entendu, mais ne formula pas le moindre commentaire. Gintaro comprit que la Grande Prêtresse avait gardé le silence pour préserver la réputation du temple du Kirin. Elle refusait d'admettre en public qu'un intrus pouvait subtiliser des porcelâmes sous sa garde.

– Il a tout de même laissé celle de son épouse, remarqua-t-il.

– Oui, et celles de ses parents défunts. Je suppose que leur sort lui importe peu.

– Il se trompe. L'âme de la princesse Kaede nous met en garde contre une nouvelle révolte du Tigre, conclut le maître de la Porcelâme. Je vous promets d'avertir le Fils du Dragon à l'aube.

– Le soleil se lèvera bientôt, constata son interlocutrice, mais cette nuit fut riche en enseignements.

– N'hésitez pas à me recontacter par l'intermédiaire de mon fils. Je vous tiendrai au courant de la même façon.

L'image se brouilla et Gintaro rangea l'écaille sacrée sous son kimono.

– Savez-vous ce qui est arrivé à la petite princesse ? glissa Kiyoshi.

Sa question demeura en suspens, puis la vieille dame poussa un soupir amer :

– Vous connaissez les rumeurs aussi bien que moi concernant le gouverneur Tora.

– De simples rumeurs ne suffisent pas, poursuivit Gintaro. Il nous faudrait des preuves !

– Je doute qu'il en existe. Quant à vous, réfléchissez bien à vos prochaines actions. Le moindre faux pas risque de plonger ce pays dans le chaos.

La Grande Prêtresse prévint les protestations de l'expert en porcelâme d'un geste impérieux. Elle s'appuya sur sa canne pour se relever et retourna vers la porte d'une démarche pleine de raideurs.

– Assez parlé pour cette nuit. Je vous recevrai plus tard.

*****

Au retour, Gintaro s'interrogeait sur la porcelâme disparue. La Grande Prêtresse la détenait-elle dans un lieu secret ? Le clan Tigre la cachait-il dans son palais ? Sa mission au temple du Kirin s'achevait, mais elle soulevait de nouvelles questions.

Il effectuait le trajet en sens inverse avec Kiyoshi, lorsqu'un cri retentit :

– Qui va là ? Montrez-vous !

Alerté par le bruissement des feuilles, Ryo Sasaki s'avança d'un pas décidé, en brandissant son balai. Gintaro s'accroupit derrière un buisson, Kiyoshi se plaça de profil derrière le tronc d'un grand pin. Quand Sasaki s'approcha, il bondit et l'assomma par-derrière.

– Pensez-vous qu'il nous ait reconnus ? souffla l'expert en porcelâme.

– J'espère que non.

Les deux compagnons retournèrent au dortoir, mais Gintaro ne parvint pas à trouver le sommeil. La remise en cause de son père le bouleversait et, plus il avançait dans son enquête, plus elle soulevait de mystères.

9

Ce matin-là, Tomoe s'était à nouveau réveillée avec les mains en sang. Elle avait changé ses bandages et soigné ses blessures, mais les cauchemars qui hantaient ses nuits la poursuivaient encore. En mangeant son petit-déjeuner, elle écoutait les voyageurs échanger d'étranges rumeurs dans la salle commune. Des nuages sombres couvraient le ciel et le vent sifflait entre les cimes. Elle sentait la tempête arriver.

– Le prêtre a retrouvé le corps d'un soldat dans un buisson, souffla l'un de ses collègues.

– Ryo Sasaki a vu une silhouette noire avant d'être assommé.

– La veuve noire ? Au beau milieu du sanctuaire ?

– Ce gamin a de la chance, elle aurait pu le tuer.

Les baguettes de la jeune femme lui tombèrent des mains et Shizuka, assise près d'elle, maugréa :

– Cette tête creuse divague.

Dehors, un coup de tonnerre retentit. La porte qui donnait sur l'extérieur coulissa brutalement et cinq soldats, dont un caporal, pénétrèrent dans la salle commune.

– La voilà !

Ils se frayèrent un passage vers Tomoe sans tenir compte des moines-guerriers qui tentaient de les stopper.

– Au nom du gouverneur Tora, je vous arrête pour meurtre ! cria le caporal.

Shizuka s'interposa.

– Yamako-san travaille ici depuis des années.

– Cette femme a tué notre camarade cette nuit. Vous protégez une criminelle !

Le caporal gifla violemment Shizuka, qui bascula sur la table d'à côté. Un lourd silence tomba sur la salle commune, tandis qu'elle roulait parmi les bols et les pichets. Les moines-guerriers se précipitèrent vers les soldats, mais, au lieu d'engager le combat, ceux-ci se ruèrent vers leur cible.

Le sang de Tomoe se glaça dans ses veines. Incapable de réfléchir, elle détala entre les tables et gagna le couloir principal. Dans son dos, les guerriers poussèrent une clameur féroce en la voyant s'enfuir. La jeune femme entendit les soldats se précipiter, les moines-guerriers se jeter dans la mêlée, les serviteurs se pousser de côté. Des bruits de casseroles et de meubles renversés lui donnèrent des ailes.

Tomoe releva le bas de son kimono pour courir plus vite. Silencieuse sur ses chaussettes, elle bifurqua vers l'aile ouest et traversa les dortoirs du rez-de-chaussée.

Derrière elle, ses poursuivants se frayaient un passage avec la violence d'un typhon. Ils bousculaient les voyageurs et piétinaient leurs affaires. La jeune femme s'engouffra dans un escalier qui montait vers le premier étage, le caporal sur les talons. Il tendit le bras, saisit sa ceinture du bout des doigts, et elle faillit basculer en arrière. Lorsqu'il attrapa son poignet, une ombre rouge obscurcit sa vision. La peur et la colère lui donnèrent la force de se dégager. Elle reprit sa folle ascension et percuta une personne qui s'apprêtait à descendre. Au lieu de s'écarter, Kiyoshi encaissa le choc.

– Yamako-san, que se passe-t-il ?

La jeune femme écarquilla les yeux, muette de terreur. Le caporal tenta de l'attraper, mais le rōnin la prit par les épaules et la fit reculer derrière lui. Bien campé sur ses pieds, il dominait l'étroit escalier.

– Dégage ! cria un soldat.

*****

Pour Tomoe, tout se passa très vite. L'instant d'avant, Kiyoshi se tenait immobile, le corps souple, légèrement penché en avant. Puis le sabre du caporal s'abattit vers lui. Le cri de la guide se confondit avec celui du métal. Le rōnin recula d'un petit pas et l'arme de son adversaire le manqua. Il le projeta dans l'escalier d'un coup de pied dans l'estomac, entraînant deux hommes dans sa chute.

– Nakajima-san…, bredouilla Tomoe.

– Ne bougez pas d'ici.

La voix du rōnin, plus rauque, plus basse, venait du ventre et il en émanait une autorité qui cloua la jeune femme sur place.

Deux soldats levèrent leur sabre dans sa direction. Kiyoshi se décala vers la gauche et taillada le coude du guerrier le plus proche, qui s'effondra contre la rambarde. Le second combattant l'attaqua en même temps. Sa lame faillit se planter dans le ventre du rōnin et Tomoe sentit ses jambes faiblir, mais son défenseur intercepta l'attaque de justesse. Emporté par son élan, le soldat bascula vers l'avant et il lui trancha la jugulaire avec la pointe de son sabre. Un flot de sang jaillit et la guide pressa ses doigts contre sa bouche pour réprimer un gémissement d'horreur.

Le caporal et les deux derniers soldats remontèrent à l'assaut en poussant leur cri de guerre. Ils se précipitèrent ensemble, mais les marches n'offraient qu'un espace réduit et ils se gênaient les uns les autres. Le rōnin profita de leur confusion pour couper la gorge du premier assaillant. L'homme porta les mains à son cou d'un air incrédule et son propre chef l'attrapa par le col pour le jeter en bas de l'escalier.

Quand le sabre du quatrième soldat faucha l'air, Tomoe crut qu'il allait fendre le crâne de Kiyoshi. Son cœur rata un battement, mais son défenseur se ramassa sur lui-même et frappa de bas en haut. Il toucha l'intérieur de la cuisse et l'homme s'écroula. Le talon du rōnin frappa le genou du caporal, qui roula en bas des marches. De la fière troupe du clan Tigre, il ne restait que lui.

Tomoe ne bougeait plus, effarée par ce déchaînement de violence. L'odeur de la mort et du métal la révulsait. Ce matin, les marches en bois ciré luisaient dans l'obscurité, maintenant l'escalier dégoulinait de sang. Les cadavres tordus se vidaient sur place, un gargouillis jaillissait de la gorge d'un blessé, et Kiyoshi les surplombait tous, debout au sommet.

Sous sa douceur apparente, cet homme cachait une force redoutable. Ses yeux sombres contemplaient ses adversaires sans crainte. Calme et concentré, il semblait indifférent au sang qui rougissait ses chaussettes, mais sa nuque légèrement courbée et ses genoux pliés dégageaient une énergie explosive. La vie et la mort se tenaient en équilibre sur le fil de sa lame. D'un geste, tout pouvait basculer.

Le caporal hurla de rage :

– Descends d'ici ! Viens te battre en homme !

Le rōnin ne répondit pas et Tomoe pensa qu'il refusait d'abandonner sa position surélevée. Puis, un sourire sauvage se dessina sur son visage.

– J'arrive.

Il dévala les marches d'un pas léger et son adversaire leva son sabre en retour. Le katana de Kiyoshi se planta sous son aisselle, juste au-dessus du plastron. Le caporal lâcha le sien avant de mourir à genoux. Le rōnin leva la tête et son regard insondable se posa sur Tomoe. Terrorisée, la jeune femme s'enfuit à toutes jambes.

*****

La pluie tambourinait sur les tuiles, le vent s'engouffrait sous les portes et les semelles en bois de la Grande Prêtresse baignaient dans le sang. Elle se tenait au pied de l'escalier, encadrée par ses moines-guerriers. Ces derniers arboraient fièrement les bosses et les estafilades qui témoignaient de leur combat contre les soldats dans la salle commune. Quand la vieille dame détailla les cadavres recroquevillés à ses pieds, ses yeux noirs ne cillèrent pas et son visage de cire ne trahit aucune émotion.

– Et Yamako-san ? demanda-t-elle d'un ton âpre.

– Elle s'est enfuie.

Kiyoshi jugea que les serviteurs du temple ne représentaient pas une réelle menace pour lui. Il essuya son sabre et le rengaina.

– Les soldats reviendront, grommela la noble dame. Le clan Tigre ne renoncera pas.

– Cette femme n'a tué personne. Ils se trompent à son sujet.

La vieille dame le défia du regard :

– Vous croyez ?

– J'ai assez combattu pour pouvoir l'affirmer. Yamako-san met ses pas dans ceux de la montagne, elle risque sa vie pour sauver celle des autres. Ses mains ne sont pas celles d'un assassin.

– Les soldats chargés de l'arrêter ne se laisseront pas si facilement convaincre.

La Grande Prêtresse soupira, ses lourdes paupières

tombèrent sur ses pupilles et elle se tourna vers ses serviteurs.

– Vous n'avez vu personne, compris ? Aucun nom ne doit s'ébruiter !

Ils lui répondirent sans hésiter et elle poursuivit :

– Nettoyez cet endroit et purifiez-le. Nous organiserons demain une cérémonie pour que les défunts reposent en paix. Ils méritent tout de même une sépulture décente.

Lorsqu'elle tourna le dos au carnage, le rōnin la suivit.

– Le clan Tigre traque Yamako-san à cause du portrait. Pourquoi lui ressemble-t-il à ce point ?

La vieille dame lui jeta un regard sévère.

– Une simple coïncidence.

Kiyoshi ne renonça pas si vite. Il pensait que ce hasard dissimulait d'autres secrets. La fausse porcelâme de la princesse Yūkiko lui donnait l'impression de ne pas être allé au bout de sa mission. En un éclair, il revit la scène du miroir. Cette enfant en larmes, piégée par le Tigre et le Dragon qui s'affrontaient en toile de fond... Il comprit et serra les poings.

– Je dois la rattraper.

– L'orage est déjà là. Par ce temps, la mort guette sur la Voie du Kirin.

– Je ne les laisserai pas la tuer, insista-t-il d'un ton farouche.

Le tonnerre gronda entre les cimes. La Grande Prêtresse écouta les voix de la montagne et, le temps d'un éclair, un fin sourire étira ses lèvres.

– Si vous ne craignez pas de perdre la vie pour elle, rejoignez-moi dans mes appartements. Sous forme humaine, si possible.

Kiyoshi baissa la tête vers son pantalon maculé, ses sandales souillées, et comprit mieux la réaction de Tomoe. «Tout ce sang... pensa-t-il. Je ressemble à un démon.»

*****

Après cette nuit mouvementée, Gintaro n'avait pu trouver le sommeil. La fausse statuette, les véritables objectifs du gouverneur Tora, le rôle joué par son père en faveur du mariage de la princesse Kaede, ces découvertes ébranlaient ses certitudes. Il refusait de croire que le maître de la Porcelâme ait manipulé l'Empereur pour se débarrasser d'une concurrente potentielle.

Alors qu'il s'intéressait fort peu à l'Œil du Kirin à l'origine, Gintaro décida de le consulter ce matin-là. Il espérait donner un sens aux mille pensées qui bruissaient dans son esprit grâce à la sagesse de l'animal sacré. Gintaro prit le temps de se purifier les mains et la bouche, avant de se joindre aux pèlerins qui patientaient devant la grande pagode. À cette heure matinale, il n'attendit pas trop longtemps avant de pénétrer dans le sanctuaire. La pluie crépitait sur les toits retroussés et les vieilles poutres craquaient sous le vent. Un moine-guerrier lui permit de s'avancer entre les bougies parfumées qui formaient un chemin jusqu'aux tatamis disposés face à l'Œil du Kirin. Gintaro se prosterna en signe de respect.

Lorsqu'il se releva, le miroir s'éclaira de l'intérieur. Il sentit une présence majestueuse et le Kirin insuffla des images dans son esprit. Dans cette vision, le Traité de porcelâme ne comportait aucune fissure et sa surface lisse brillait comme la nacre. Les animaux sacrés resplendissaient, leur attitude exprimait le bien-être au lieu de l'hostilité et du repli sur soi. Gintaro comprit que sa vocation, comme celle de son père avant lui, ne se limitait pas à soigner les figurines de la famille impériale. Il fallait rétablir l'harmonie entre les cinq clans.

Soudain, une silhouette féminine apparut. Elle s'adressait aux cinq animaux sacrés, les paumes ouvertes dans leur direction, et tournait le dos à Gintaro. Sur son kimono noir, des broderies représentaient un Kirin, un Tigre et un Dragon. Il comprit que cette dame jouerait un rôle essentiel à l'avenir, mais malgré ses efforts, impossible de deviner son identité.

L'image sacrée se brouilla et Gintaro se retrouva agenouillé sur les tatamis, le corps lourd et fatigué. En se relevant, il vacilla sur ses jambes engourdies, sous le regard bienveillant du moine-guerrier.

– N'hésitez pas à consulter un prêtre pour analyser vos visions.

L'expert en porcelâme n'en eut pas l'occasion. Hors de la partie religieuse du sanctuaire, il régnait une violente agitation dans les espaces dédiés à la vie civile et administrative. Les moines-guerriers repoussaient les soldats du clan Tigre à l'extérieur du bâtiment principal, sous la pluie battante. Des tables renversées, des chaises brisées et de la nourriture éparse témoignaient de la bagarre du réfectoire.

Dans un coin de la salle, Shizuka pressait une poche de glace contre sa joue gonflée. Même ainsi, son visage évoquait une lointaine connaissance, mais Gintaro ne parvenait toujours pas à mettre un nom dessus. Il s'attarda un instant pour raviver sa mémoire, tandis que Mme Kame se penchait sur elle.

– Te voilà dans un bel état. Battue, échevelée, vêtue de torchons, qu'attends-tu pour rentrer à la maison ?

– Je ne partirai pas, maugréa la jeune femme entre ses dents serrées. Ma maison se trouve ici.

– La veuve noire rôde tout près. Les soldats cherchent ton amie guide !

– Ils se trompent ! Vous ne connaissez pas Tomoe.

Mme Kame poussa un soupir excédé :

– Toi, tu crois la connaître ? Je t'offre une occasion de retrouver ta famille et de gagner un vrai titre de noblesse, mais tu préfères perdre ta jeunesse, sans parler du peu de beauté qu'il te reste, sur cette stupide montagne !

Shizuka riposta aussitôt :

– Vous me prenez pour un oisillon tombé du nid ? Votre fils aime les hommes, il a sans doute un compagnon, mais vous refusez de l'accepter. Vous complotez son malheur, pour qu'il rentre dans le rang.

– Je n'ai qu'un fils, gémit la noble dame. Je veux des petits-enfants !

– Oui, de nouveaux outils pour assouvir votre quête de pouvoir. Ne comptez pas sur moi, espèce de murène. Je garde ma liberté !

Choquée par la violence de son interlocutrice, Mme Kame porta sa main manucurée devant sa bouche. Avant qu'elle ne lui adresse d'autres reproches, Shizuka tourna les talons d'un pas décidé.

Éberlué, Gintaro partit à la recherche d'informations pour comprendre le tapage qui régnait ici. Il interrogea les serviteurs, qui lui racontèrent la tentative d'arrestation de Tomoe par les soldats du clan Tigre. Nul ne savait toutefois si la guide leur avait échappé.

*****

Le rōnin se lava en vitesse, rassembla ses affaires et les empaqueta avant de retourner voir la Grande Prêtresse. Son instinct lui ordonnait de se tenir prêt à tout.

Lorsqu'il la rejoignit, la vieille dame se tenait encore à l'entrée de ses appartements privés. Courbée sur sa canne, elle distribuait ses ordres aux serviteurs affolés. La tension qui régnait entre les murs du temple depuis l'arrivée des soldats du clan Tigre se lisait sur leurs visages.

Enfin, la Grande Prêtresse invita Kiyoshi dans ses appartements. Dès que la porte coulissante se referma derrière eux, il entra dans le vif du sujet.

– La veuve noire n'est qu'un leurre.

Son interlocutrice s'assit péniblement sur les tatamis et se servit elle-même une tasse de thé brûlant.

– Elle a existé, mais Yamako-san n'était pas née à cette époque.

– Vraiment ?

– Cette affaire date d'une trentaine d'années. Je me souviens d'une concurrence stupide entre deux dojos du clan Tigre. Celle qu'on surnomme la veuve noire a massacré tous ses rivaux avant de disparaître. Quel scandale ! Mais au fond, peu importe. Aujourd'hui, ce n'est qu'un prétexte pour traquer une jeune femme en fuite.

Le rōnin s'inclina en signe de déférence.

– Je sais que vous la protégez depuis longtemps. Laissez-moi vous aider.

– Pourquoi vous ferais-je confiance ? protesta la vieille dame. Vous en savez déjà beaucoup trop pour son bien.

– J'aurais pu me taire, au lieu de vous parler franchement. Et mon maître ne tolère pas la trahison. Elle me chasserait de l'école.

La Grande Prêtresse s'autorisa un bref sourire.

– Je n'en doute pas. Nakajima-san, si vous empruntez cette voie, je ne tolérerai aucun retour en arrière. Vous n'en parlerez à personne, surtout pas à Gintaro Hayashi.

– Je vous donne ma parole.

Pour toute réponse, son interlocutrice ouvrit une cloison intérieure et le conduisit jusqu'à l'autel personnel des Grands Prêtres. Une statuette d'une extrême finesse représentant le Kirin reposait entre les offrandes et les bâtons d'encens. Le rōnin s'inclina profondément avant d'entrer, tandis que la vieille dame marmottait une prière. Elle pressa le socle de la figurine d'une façon très particulière, et un déclic retentit.

– Ce tatami, soulevez-le.

Kiyoshi obéit et il distingua les contours d'une trappe à la lumière des lanternes. Lorsqu'il l'ouvrit, une volée de marches apparut.

– Un passage secret ?

Pour toute réponse, la vieille dame lui tendit une bougie. Le rōnin s'engagea prudemment dans un corridor dont les parois taillées dans la roche suintaient d'humidité. Il atteignit bientôt un escalier qui s'enroulait sur lui-même, s'enfonçant dans la montagne tel un puits sans fond.

La lueur des flammes dévoilait sa présence, mais il ne pouvait s'en passer. Soudain, une voix effrayée surgit de l'obscurité.

– Vénérée Maîtresse, est-ce vous ?

Le rōnin reconnut la voix de Tomoe, même si la courbure des murs l'empêchait de la voir.

– La Grande Prêtresse m'a montré comment vous rejoindre, répondit-il en descendant les dernières marches.

Elles débouchaient sur une vaste caverne façonnée par l'eau et les hommes. Des stalactites pendaient de la voûte, tels des voiles pétrifiés. Une source jaillissait dans une vasque, puis serpentait entre les rochers. Une couverture était posée près des reliefs d'un repas.

Kiyoshi ne prit pas le temps d'admirer la beauté des lieux, car le visage de Tomoe n'exprimait que la terreur. Elle courut, abandonnant sa lanterne, et se dissimula entre les rochers.

– N'ayez pas peur ! Je sais qui vous êtes vraiment.

– Moi aussi, je devine qui vous envoie ! Vous voulez me ramener à la cité impériale !

Loin de se calmer, la jeune femme haletait dans la pénombre, et le rōnin garda ses distances pour ne pas l'effrayer davantage.

– Je suis juste venu vous protéger des soldats, vous n'avez rien à craindre de moi.

– Je ne vous crois pas !

Pour la première fois, Kiyoshi entendait cette voix s'exprimer avec rage, bien loin de la guide bienveillante qu'il connaissait. Mais la méfiance de la jeune femme se comprenait. À sa place, la plupart des hommes se seraient empressés de la livrer à l'Empereur, poussés par le sens du devoir et la perspective d'une énorme récompense. Gintaro lui-même n'hésiterait pas une seconde. Il considérerait sans doute son silence comme une trahison, s'il l'apprenait. Le rōnin prenait un gros risque en dissimulant la vérité. Toutefois, son cœur et le message du miroir sacré le poussaient vers une voie bien différente. Agir pour le bien de l'empire ne signifiait pas forcément obéir aux puissants.

– Yamako-san, je ne suis pas un samouraï soumis aux ordres de son seigneur. Je ne vous emmènerai nulle part contre votre volonté.

Tomoe se redressa lentement, sans se soucier des gouttes d'eau qui ruisselaient sur son col. Sa pâleur et son regard éperdu frappèrent le rōnin, qui n'esquissa pas le moindre geste dans sa direction.

– Je ne vous dénoncerai pas, lui assura-t-il.

– Savez-vous ce que signifie Yamako, en langage sacré ?

– Non.

– *Enfant de la montagne*, chuchota-t-elle. La Grande Prêtresse m'a donné ce nom.

– Vous le portez à merveille.

– Pourtant, je ne m'appelle pas Yamako depuis ma naissance.

– Oui, je viens de le comprendre. Vous êtes la fille du gouverneur Tora et de la princesse Kaede.

Elle leva vers lui des yeux hantés :

– Maman voulait m'appeler Tomoe, mais le gouverneur Tora préférait Yūkiko pour se glorifier lui-même.

– Vraiment ?

– Ce prénom signifie *enfant du courage* dans la langue sacrée.

En d'autres circonstances, Kiyoshi aurait ri de cet orgueil démesuré, mais l'amertume de Tomoe lui serrait le cœur.

– La porcelâme de votre mère souffre d'une terrible maladie, dit-il simplement. Sa Majesté nous envoie, Gintaro et moi, pour examiner la vôtre.

La jeune femme frissonna de la tête aux pieds.

– Le gouverneur Tora l'a tuée. Comment pourrait-elle trouver la paix ?

– Le mal ne date pas de si longtemps, soupira le rōnin, il croît de jour en jour depuis la fin de l'hiver. Je ne suis pas expert en porcelâme, mais je crois que la princesse Kaede ne supporte pas de voir sa fille seule et pourchassée. Elle sait que le regard du gouverneur Tora s'est tourné vers la montagne et c'est pour vous qu'elle appelle au secours.

Les larmes roulaient sur les joues de Tomoe, mais sa détermination demeurait intacte.

– Je ne suis plus une princesse. Je ne retournerai pas chez ceux qui l'ont vendue au clan Tigre.

– Mais vous ne pouvez rester ici non plus.

– C'est vrai.

La jeune femme retourna vers les couvertures et s'enveloppa dans l'une d'entre elles. Kiyoshi s'assit sur un rocher.

– Racontez-moi, la pria-t-il.

La guide baissa les yeux vers ses mains bandées et des souvenirs douloureux crispèrent son visage. Elle parlait d'une petite voix plus aigüe que d'habitude sous l'effet de la tristesse :

– J'ai passé toute mon enfance au palais du gouverneur Tora avec maman. Nous avons vécu tranquille pendant des années, car mon père ne nous prêtait aucune attention. Il préférait sa maîtresse officielle et son fils, surnommé le prince bâtard. Maman m'enseignait les manières et les savoirs d'une noble dame, mais me laissait une grande liberté par ailleurs. Souvent, j'explorais le palais des caves aux greniers en rêvant de m'en échapper.

– Le rêve est devenu réalité.

Elle serra les poings sans se soucier de ses doigts blessés.

– L'année de mes douze ans, la révolte du Tigre a éclaté. Mère a prévenu l'Empereur dans une lettre et le gouverneur Tora a considéré cela comme une trahison. Nous étions devenues des ennemies infiltrées dans sa propre maison. Il fallait nous punir. Ses serviteurs nous surveillaient tout le temps et le Gouverneur frappait maman. Pour me séparer d'elle, il a décidé de me marier.

– Craignait-il le Dragon en vous ?

– Non, soupira Tomoe. Le dieu de l'Air favorise certains membres de sa lignée, et d'autres pas. Malgré le sang qui coule dans mes veines, ses pouvoirs ne se sont jamais manifestés chez moi. Mon père espérait une alliance avantageuse grâce à mon rang de princesse. Lorsqu'il a choisi un riche marchand du clan Tortue, maman s'est renseignée à son sujet. Mon futur époux avait mauvaise réputation, mais personne ne s'inquiétait de mon sort. Alors, elle a organisé ma fugue...

Les épaules de Tomoe s'effondrèrent, elle conclut à bout de souffle :

– Je crois qu'il l'a tuée juste après mon départ en guise de représailles. L'incendie lui a permis de camoufler ce meurtre. Maman m'avait conseillé de chercher la protection de sa famille, mais je crois davantage en celle de la montagne. Jusqu'à maintenant, jamais les soldats ne m'avaient poursuivie jusqu'ici.

– Pourquoi ne pas vous réfugier à la capitale ? Les soldats du gouverneur Tora n'oseront pas vous pourchasser là-bas et l'Empereur vous croit morte. Il souhaite seulement guérir la porcelâme de votre mère.

De nouvelles larmes perlèrent aux yeux de la guide à l'idée de partir.

– Je vis heureuse sur la montagne depuis six ans. Le métier de guide n'existe pas dans cette ville et je n'y connais personne.

– Je comprends, mais vous n'êtes plus en sécurité ici.

– Vous avez raison, admit-elle. La Grande Prêtresse court un immense danger par ma faute.

Afin de ne pas l'accabler, Kiyoshi n'insista pas pour qu'elle parte aussitôt. Tomoe ne pouvait prendre une décision lucide dans un tel état de fatigue et de détresse.

– Prenez le temps de vous reposer et d'y réfléchir. Je veille en attendant.

*****

Tomoe s'endormit sur ces mots pleins de promesses. Il lui semblait fou de se fier à un homme qu'elle connaissait à peine, mais sa présence lui permit au moins de se reposer sans craindre les soldats de son père.

Quelques heures plus tard, la main du rōnin se posa sur son épaule. Il lui fit signe de se taire et désigna l'escalier. La jeune femme entendit des bruits de pas. Quelqu'un approchait. Kiyoshi dégaina son sabre d'un geste fluide et

Tomoe se raidit devant cette grâce mortelle. Les soldats avaient-ils trouvé l'entrée du passage secret ?

Tomoe vit de la lumière, puis une silhouette voûtée, et le soulagement l'envahit en reconnaissant la Grande Prêtresse. Cette dernière attendit que le guerrier rengaine son sabre avant de s'avancer.

– Les samouraïs du Tigre n'osent plus attaquer les gens, mais ils fouillent le temple de fond en comble. Soyez vigilants.

– Oui, Vénérée Maîtresse.

La vieille dame posa sa lanterne en papier et s'assit péniblement sur les couvertures.

– Avez-vous parlé du passé ? demanda-t-elle à Tomoe.

– Oui, répondit cette dernière d'une voix étranglée.

– Pensons à l'avenir en ce cas. Je viens de recevoir un message du gouverneur Tora. En raison des pertes encourues par ses hommes, il souhaite se rendre sur la montagne sacrée en personne pour se joindre à la traque.

La guide pressa ses mains contre sa bouche.

– Le Tigre arrive !

– Oui, et je ne peux refuser de le recevoir.

– Est-il vraiment marqué par le dieu du Métal ? demanda Kiyoshi.

Tomoe se souvint des terribles colères de son père et frissonna tout entière.

– Je le crois. Il devient fou furieux, quand la rage divine s'empare de lui.

– De nombreuses rumeurs courent à ce sujet, répondit la Grande Prêtresse.

– Il faut partir sur les terres du clan Dragon, affirma Kiyoshi, pour que sa route ne croise jamais celle de Yamako-san.

– Vous pensez la livrer à l'Empereur ? le provoqua la vieille dame.

– Vous savez bien que non.

– Et votre mission ?

Nullement déstabilisé, le rōnin pencha la tête sur le côté et une fossette creusa sa joue.

– Sa Majesté ne m'a pas ordonné de lui ramener sa petite-fille, mais de permettre à la princesse Kaede de reposer en paix. J'aiderai donc Yamako-san à retrouver une vie paisible. Personne ne la cherche à la capitale et le gouverneur Tora n'osera pas l'arrêter là-bas.

– Il craint qu'elle ne dévoile au grand jour le meurtre de la princesse Kaede, approuva la Grande Prêtresse. Si l'Empereur le condamne, le gouverneur Tora devra se révolter contre lui et provoquer une nouvelle guerre civile pour sauver sa tête. Oui, c'est une destination sûre.

Tomoe faillit protester, mais se contint par respect envers la vieille dame. Le rōnin la protégeait contre les soldats du clan Tigre, mais elle craignait qu'il ne la livre à l'Empereur. Il comptait peut-être l'emmener à la capitale et la trahir là-bas.

– Yamako-san représente une menace pour lui,

poursuivit Kiyoshi. Je comprends pourquoi le Gouverneur ne la laisse pas tranquille.

– Les motifs ne manquent pas, maugréa la Grande Prêtresse. Il gagnerait aussi une précieuse monnaie d'échange, car les princesses impériales ne naissent pas dans les bambous.

– Il a deux fils, mais aucune autre fille à marier, lâcha Tomoe du bout des lèvres.

Elle savait, comme tout le monde, que la seconde épouse du gouverneur Tora lui avait donné un fils légitime, maintenant âgé d'une douzaine d'années. Auparavant, il avait aussi reconnu Fugaku Tora, surnommé le prince bâtard, l'enfant d'une noble dame qu'il entretenait comme favorite du temps de la princesse Kaede. Il disposait ainsi d'un autre héritier potentiel.

La Grande Prêtresse maugréa contre l'inconfort des couvertures et l'humidité de la grotte, qui ranimait les douleurs dans ses articulations. À la lueur des flammes, des ombres mouvantes creusaient son regard et ses joues.

– Vous ne savez pas tout. Le gouverneur Tora possède deux autres enfants, une fille et un garçon, qu'il entretient en cachette. Après la mort présumée de Yamako-san, il souhaitait la remplacer par Nami Ban, sa fille illégitime, comme épouse d'Ushio Kame. Des tractations se sont déroulées en secret mais, malgré sa dot somptueuse, le futur époux l'a repoussée.

– Vénérée Maîtresse, vous ne m'en avez jamais parlé ! s'exclama la guide.

– Certes. J'ai respecté votre souhait d'oublier le passé et les méandres malsains de la politique. Pourtant, je le surveille sans cesse, et mes agents ont mené l'enquête. J'espérais que votre père renoncerait à vous retrouver avec le temps, mais les derniers évènements prouvent le contraire. Ce maudit Tigre griffe encore.

Cette découverte stupéfia la jeune femme. Depuis son arrivée sur la montagne, elle refusait d'évoquer sa véritable identité, sa vie au palais du clan Tigre et son périple pour arriver au temple du Kirin. Elle avait refoulé ses mauvais souvenirs pour vivre sans ce poids, mais aujourd'hui cette demi-sœur l'intriguait.

– Qu'est-elle devenue ?

– Votre père l'a mariée avec un marchand de petite noblesse. Je suppose qu'il espérait garder le contact, mais le clan Tortue dissimule bien ses secrets. Son époux l'a installée sur une île isolée, loin des voies commerciales, et elle demeure hors d'atteinte.

– Comme ma mère…, grimaça la jeune femme. Et le fils ?

– D'après mes informateurs, c'est un guerrier très doué. Le gouverneur Tora l'emploie comme espion, garde du corps, ou combattant. Oji Hisoka échappe souvent à la vigilance de mes agents.

La jeune femme hocha la tête, pensive. Elle n'avait jamais rencontré ces enfants cachés, pourtant leur sort ne la laissait pas indifférente. Depuis la mort de sa mère, sa famille se résumait à ce père qui tentait de la capturer. Cette absence lui manquait parfois.

– Ce grand seigneur considère vraiment ses descendants comme des outils, constata Kiyoshi d'un ton désapprobateur.

– Bien entendu. Prince héritier, remplaçant, informateur, monnaie d'échange, récompense, il les garde tous sous son contrôle. Seule la petite princesse Yūkiko lui échappe et c'est intolérable pour lui.

– Que nous conseillez-vous ? demanda le rōnin.

– Yamako-san doit modifier son apparence pour se fondre dans la foule des pèlerins, mais sans attirer l'attention avec un déguisement trop voyant. D'après mes informateurs, les soldats se méfient des guides, des miko et des courtisanes. Ils cherchent une jeune femme solitaire. Je vous recommande donc de devenir un jeune couple venu se marier au sanctuaire.

– Un couple ?

La surprise du rōnin agaça la vieille femme.

– Évidemment ! s'exclama-t-elle en levant les bras. C'est la meilleure solution pour protéger Yamako-san du gouverneur Tora, de l'Empereur, et même de vous. Personne n'imagine la veuve noire en train de fonder une famille. Je vous délivrerai des documents officiels, aux noms de M. et Mme Nakajima, pour permettre à Yamako-san de quitter l'enceinte sacrée pendant que les soldats la cherchent encore au temple. Si vous atteignez rapidement le relais du Levant, l'information ne leur sera pas encore parvenue.

Kiyoshi ne répondit pas. Il se tourna vers Tomoe, qui se raidit de la tête aux pieds. Soudain, le barrage qui contenait ses sentiments se brisa et la jeune femme lâcha un flot de mots tumultueux :

– Je refuse ! Maman a vécu un calvaire sous le joug de son époux, avant qu'il ne la tue, et j'ai fui le palais pour échapper à un mariage arrangé. Je n'ai pas traversé toutes ces épreuves pour retomber dans le même piège !

– Mon enfant, Nakajima-san n'est pas le gouverneur Tora.

– Peu m'importe ! cria Tomoe. Je sais qu'il a tué des familles à tour de bras lors de la révolte du Tigre. Les guerriers sont des meurtriers. Leur violence, je ne l'accepterai jamais !

Le rōnin blêmit dans la pénombre et la jeune femme réalisa trop tard que ses dernières paroles le blessaient. Cet homme lui avait livré ses souvenirs douloureux sans dissimuler ses regrets, et elle utilisait ses confidences pour l'insulter devant la Grande Prêtresse. Elle se mordit les lèvres, confuse, en se rappelant qu'il avait combattu pour la protéger des soldats. Quelle ingratitude impardonnable !

Le temps d'un battement de cœur, Tomoe crut voir Kiyoshi s'avancer vers elle, rouge de colère, le bras levé, comme son père autrefois. Sa respiration se bloqua dans sa poitrine, mais aucun coup ne s'abattit sur elle. À travers la peur et les doutes qui lui embrouillaient l'esprit, elle entendit la Grande Prêtresse s'exclamer :

– Vous mélangez tout ! Ceux qui combattent à la guerre pour leur seigneur ne sont pas des assassins pour autant.

Kiyoshi la coupa d'un ton glacé :

– Inutile d'insister. Nous trouverons une autre solution.

La vieille dame leva les mains au ciel en signe d'exaspération.

– De toute façon, vous ne pouvez partir par ce temps. Profitez-en pour réfléchir, Yamako-san !

La Grande Prêtresse tourna les talons et entama la longue montée vers la surface. Elle peinait sur les marches de l'escalier et le rōnin se précipita à son aide. Bientôt, la lumière de sa lampe s'estompa et la distance étouffa le son de ses pas. Tomoe se retrouva seule dans la grotte silencieuse. Elle agrippa le tissu de son kimono et la douleur qui éclata dans ses paumes fit couler des larmes sur ses joues.

10

En ce froid matin de printemps, le palais de la Sérénité céleste portait bien mal son nom. Le Fils du Dragon repoussait les attentions des serviteurs qui s'empressaient auprès de lui et les bourrasques claquaient comme des coups de fouet. Gikan avait pourtant demandé audience, au péril de sa vie.

Dès qu'il s'agenouilla au pied de l'estrade, son souverain tonna :

– Te voilà, vieil homme. Quelles nouvelles m'apportes-tu ? Ton fils a-t-il examiné la porcelâme de la petite princesse ?

– Votre Majesté, celle du temple du Kirin est fausse. Le gouverneur Tora a dérobé sa porcelâme et celle de sa fille, nul ne sait où elles se trouvent…

Le poing de l'Empereur s'abattit sur l'accoudoir de son trône avec une force surprenante pour son âge. Une nouvelle rafale emporta les vases et les paravents, qui se brisèrent contre les colonnes en pierre.

– Je suis las des incapables. Prends garde à tes paroles !

Gikan se recroquevilla contre le sol pour se protéger des débris, mais des tessons de porcelaine entaillèrent son kimono. Une écharde se planta dans son cuir chevelu et le sang coula sur son front.

– J'ai parlé à la Grande Prêtresse grâce aux Écailles du Dragon. Le clan Tigre envahit l'enceinte sacrée, ses soldats tentent de se rendre maîtres de la Voie du Kirin.

– Maudit Tigre ! fulmina l'Empereur. Il ne cessera donc jamais de comploter contre moi.

– Nous pensons que la princesse Kaede vous met en garde contre une nouvelle révolte. La maladie dont souffre sa porcelâme et les manœuvres du gouverneur Tora ont commencé au même moment, cette explication semble plus logique qu'une vengeance tardive contre son mari.

Les traits autoritaires du souverain s'adoucirent. Il s'appuya contre les coussins disposés dans son dos, la tension qui striait son visage s'estompa et ses doigts caressèrent ses longues moustaches. Une certaine tendresse vibra dans sa voix.

– Ainsi, ma fille tenterait de m'avertir contre les complots du gouverneur Tora. Elle veille sur moi par-delà la mort.

Gikan hocha la tête, faute de trouver les bons mots, et le Fils du Dragon se plongea dans ses pensées. Au bout d'un certain temps, son regard se posa sur le vieil homme prosterné devant lui avec une bienveillance nouvelle.

– Cette enfant loyale mérite de reposer en paix.

– Oui, Votre Majesté.

– La mission du Maître Nakajima me semble compromise. Seule, elle ne saurait vaincre tant de soldats. Convoque le ministre de la Guerre et mon second fils. Le prince Daïjiro dirigera l'armée du Dragon, qui partira vers l'est dès demain. Mon ordre est simple : chasser les guerriers du Tigre de la montagne sacrée. Tuez-les s'ils résistent !

*****

Gintaro contint une quinte de toux provoquée par les lourdes volutes grises qui émanaient des buchers funéraires. Malgré les herbes aromatiques, l'odeur de chair brûlée le prenait à la gorge. Les prêtres psalmodiaient d'une voix grave pour accompagner le repos des soldats défunts, car les chants sacrés permettaient d'adoucir la transition vers une existence spirituelle.

Il arrivait parfois que les victimes de mort violente n'acceptent pas leur fin et ce refus noircissait leur porcelâme de l'intérieur. Il fallait souvent de longues heures de prières, de musique et de méditation pour apaiser ces tourments. Gintaro le savait par expérience.

Les soldats du Tigre saluèrent ensuite leurs camarades. Le sergent Bunta évoqua leur mémoire d'une voix vibrante de colère, puis dirigea un dernier salut martial en leur honneur. Campés sur leurs jambes, les samouraïs dégainèrent et leurs sabres au clair se dressèrent vers le soleil matinal. Il régnait une extrême tension entre eux et les moines-guerriers, qui les surveillaient de près. La moindre altercation risquait de tourner en bagarre générale. Pourtant, le visage de la Grande Prêtresse n'affichait qu'un calme inflexible. Elle avait réclamé officiellement le départ des soldats au gouverneur Tora. Elle refusait aussi de révéler l'identité de celui qui avait défendu la guide. Elle affirmait qu'il s'agissait de légitime défense, et malgré la fureur du sergent Bunta, nul ne pouvait prétendre le contraire sans déclarer la guerre au clan Kirin.

Gintaro remarqua la silhouette menue d'Aïko parmi les miko qui servaient la Grande Prêtresse. Elle portait un encensoir trop grand pour elle et garda le bras levé pendant toute la cérémonie pour que la longue chaîne ne touche pas le sol. Elle attendit la fin des prières, puis le balança au rythme solennel des tambours, en tournant autour des cendres rougeoyantes. Bientôt, elles refroidiraient et il serait temps de récupérer les os avec de longues baguettes conçues à cet effet.

Gintaro parcourut une fois de plus la foule du regard à la recherche de Kiyoshi ; depuis la veille, il ne le trouvait nulle part. Sa disparition l'inquiétait, car il le soupçonnait d'avoir participé au combat pour protéger Tomoe et n'approuvait pas cette prise de risque. L'expert en porcelâme et le rōnin ne devaient pas se faire remarquer pour éviter que le gouverneur Tora n'apprenne leur présence au temple du Kirin. Leur mission passait avant les ennuis de la guide, même s'il éprouvait une compassion sincère envers elle.

Soudain, l'écaille qu'il portait sous son kimono, à même la peau, se réchauffa, signe que son père tentait de le contacter. Gintaro s'empressa de trouver un coin tranquille, sous l'auvent d'un petit temple désert, pour établir la communication. Le kami vénéré ici ressemblait à un renard malicieux, tenant un rouleau entre ses crocs. L'expert frappa ses mains l'une contre l'autre et s'inclina pour le prier d'écarter les importuns. Sous le toit retroussé, il percevait moins la présence de la mort et l'hostilité qui régnait autour des buchers.

Gintaro se pencha vers l'écaille lovée au creux de sa paume, et le visage de son père se dessina aussitôt sur la surface brillante. Dès le premier regard, les sourcils blancs de Gikan se froncèrent.

– Tu sembles épuisé, mon fils.

– De graves évènements viennent de se dérouler au temple du Kirin.

Le jeune homme raconta la fuite de la guide, les soldats morts et la disparition du rōnin. Chaque mot le délivrait d'un fardeau, car il se sentait bien seul face à ses responsabilités. Il craignait qu'une guerre ne se déclenche bientôt entre le Tigre et le Kirin, si rien ne les arrêtait.

– Rassure-toi, lui répondit son père d'un ton satisfait. J'ai parlé à Sa Majesté, qui partage notre opinion. L'armée du Dragon, conduite par le prince Daïjiro, se mettra bientôt en marche pour protéger la montagne sacrée. Je souhaite que tu annonces cette bonne nouvelle à la Grande Prêtresse.

– L'Empereur répond à son appel. Quel soulagement !

– Certes. Je ne pense pas que le gouverneur Tora osera à nouveau se rebeller. Une fois cette affaire réglée, la princesse Kaede retrouvera sa sérénité et le Traité de porcelâme ne s'en portera que mieux.

Gintaro avala sa salive avant de poser la question qui le taraudait.

– Selon la Grande Prêtresse, elle possédait un certain talent en matière de porcelâmes ?

– La princesse Kaede présentait de bonnes dispositions, reconnut son père. Elle possédait une intuition sûre, de la subtilité, de l'adresse…

Le cœur de Gintaro battit plus fort dans sa poitrine. Il se pencha davantage et poursuivit d'une voix étranglée :

– S'agissait-il vraiment d'une menace pour vous ? L'avez-vous mariée pour cette raison ?

Gikan leva les yeux au ciel d'un air exaspéré.

– Sache que je ne craignais rien, pour ma part, d'une jeune femme sans expérience. J'avais déjà fait mes preuves depuis longtemps. J'espérais cependant que l'un de mes futurs enfants prendrait la relève.

– Père !

– Avant de devenir maître de la Porcelâme, je n'étais qu'un roturier. N'oublie pas que tu ne possèdes aucune noblesse, toi non plus. Face à une princesse, tu n'aurais pu remporter ce titre, quels que soient vos dons respectifs. Au lieu de me juger trop vite, tu devrais me remercier !

Gintaro cligna des yeux, la gorge nouée. Certes, il éprouvait une immense reconnaissance envers son père, mais cette façon d'éloigner une rivale le mettait mal à l'aise. Son cœur palpitait toujours dans sa poitrine et un goût amer envahit sa bouche. Le prix du pouvoir se révélait bien cruel.

*****

Tomoe baigna ses yeux rougis dans l'eau glacée de la source. Elle avait peu dormi, beaucoup pleuré, et la lumière du soleil lui manquait. La lueur vacillante de la lanterne dessinait des formes étranges sur les parois incurvées de la grotte, des visages tordus, des monstres et des esprits. La jeune femme assouplit son corps endolori puis s'assit en tailleur pour méditer, mais de sombres pensées l'assaillaient de toute part. Une terreur visqueuse se répandait sur sa peau lorsqu'elle imaginait son retour possible au palais du gouverneur Tora. Ses pavillons, ses temples, ses cours, son étiquette et ses complots paralysaient ses résidents comme une toile d'araignée. Une fois engluée, elle ne marcherait plus jamais libre. Son père y veillerait.

Pendant la révolte du Tigre, il considérait la princesse Kaede et sa propre fille comme des émanations de l'Empereur. Il leur infligeait parfois des brimades pour prouver son autorité. La mention du Dragon le mettait en rage, et il leur interdisait d'utiliser leurs pouvoirs.

La moindre brise devenait suspecte autour de la princesse Kaede, mais le dieu de l'Air ne se manifestait jamais chez sa fille malgré le sang qui coulait dans ses veines. Les proches du seigneur, parents, ministres, courtisanes et serviteurs, l'imitaient pour ne pas subir son courroux. Il fallait un grand courage pour leur témoigner un peu de bonté.

Tomoe se revit à douze ans, lorsqu'il avait appris les surnoms moqueurs dont elle l'affublait en secret. « Méchant chat », « Celui qui se prenait pour un tigre ». Malgré les avertissements de sa mère, elle le désignait parfois ainsi pour se venger. La jeune femme frissonna. Elle ne voyait plus la grotte, ni la lueur tremblante de la lampe à huile, mais la vive lumière qui éclairait le dojo ce matin-là. Agenouillée sur les tatamis près de sa mère, cernée par les lames tranchantes exposées sur les murs, elle avait subi la fureur du gouverneur Tora. « Espèce d'insolente, pour qui te prends-tu ? Je briserai tes os pour t'apprendre le respect ! Je te tuerai de mes mains s'il le faut ! » Elle ne se souvenait pas des paroles exactes, mais ce visage rouge et déformé hurlait encore dans sa mémoire.

Il avait saisi un sabre en bois et elle s'était figée sur place, tétanisée par la peur. Sa mère s'était jetée sur elle pour la protéger. Tomoe n'oublierait jamais la sensation de ce corps protecteur plaqué contre le sien, qui tressaillait de douleur à sa place, ces mains qui la maintenaient avec une force insoupçonnée, le sang tiède qui se mêlait à ses larmes. Son père tirait sur le chignon de Kaede pour l'écarter de sa fille, mais celle-ci ne cédait pas, malgré les poignées de cheveux qu'il lui arrachait. « C'est ma faute, balbutiait-elle entre les coups. Je l'ai mal élevée. Pardonnez-moi ! »

« Oui, c'est ta faute, fille du serpent ! » Le gouverneur Tora avait épuisé sa rage sur la chair meurtrie de sa femme. Son sabre en bois s'abattait sur son dos, ses bras et ses hanches, il semblait immense, avec son corps taillé pour le combat. Puis, il avait écarté les kimonos de sa victime, pour se repaître des bleus et des meurtrissures qui marquaient sa peau. Il avait arraché un peigne en métal de sa coiffure, pour le planter dans son épaule dénudée. Enfin, il avait tourné les talons pour s'occuper de ses affaires, tandis que les serviteurs s'approchaient prudemment de la princesse prostrée. Ils craignaient qu'elle n'ait perdu la vie sous les coups de son époux. « Maman, maman ! » « C'est fini ma chérie. Ne pleure plus. »

Ce chuchotis rauque, plein de souffrance, résonnait encore aux oreilles de Tomoe. Un nœud de peur et de colère gonflait dans sa poitrine, dès qu'elle pensait au gouverneur Tora. À l'idée qu'il parte en chasse, elle tremblait de tous ses membres.

Une flamme déchira l'obscurité, quand ses deux amies la rejoignirent dans la grotte. Leurs visages chaleureux lui apportèrent un réconfort inouï. Aïko s'agenouilla près de Tomoe, qui se jeta dans ses bras. Shizuka lui tendit un plateau.

– Mange pendant que c'est chaud, lui recommanda-t-elle.

La jeune femme se figea, troublée par l'ecchymose qui bleuissait sa joue.

– C'est ma faute…

– Pas du tout, idiote.

– Les soldats ?

– Ils te cherchent, mais ton rōnin monte la garde dans les appartements de la Grande Prêtresse. Il ne les laissera pas parvenir jusqu'à toi.

L'estomac de Tomoe se noua, malgré les plats appétissants posés devant elle.

– Ce n'est pas mon rōnin. Je ne l'épouserai pas.

– Mange ! répéta son amie. Nous parlerons ensuite.

La jeune femme but une première gorgée de soupe miso, qui lui ouvrit l'appétit, avant de dévorer son riz aux pousses de bambou. La bonne nourriture de la montagne la revigora et lui donna la force d'évoquer sa situation difficile.

– Je comprends le conseil de la Grande Prêtresse, dit-elle en soufflant sur son thé brûlant, mais…

– Je me méfie de ce rōnin surgi de nulle part, la coupa Shizuka. Un mariage ne se rompt pas facilement. Vous risquez de commettre une terrible erreur dans la précipitation.

– Moi, il m'inspire confiance, soupira Aïko.

Son interlocutrice fourragea dans ses boucles, qui formaient une espèce de nid d'oiseau sur sa tête.

– Tu es tellement gentille ! Tu n'imagines pas le mal caché dans le cœur des hommes.

– Je pense qu'une véritable union permettrait à Yama-chan de changer de nom et de passer inaperçue.

Tomoe réalisa soudain qu'une telle alliance permettrait de contraindre Kiyoshi au silence. Nul n'épousait une princesse sans l'accord de l'Empereur, et son éventuel mari risquerait sa tête si sa véritable identité s'ébruitait. C'est pour cette raison que la Grande Prêtresse préférait un véritable mariage et non une simulation. Pourtant, Tomoe détestait cette perspective. Cet homme ne lui avait causé aucun mal. Il avait bandé ses mains blessées, combattu les soldats, et lui offrait encore sa protection malgré son rejet brutal. Mais elle refusait qu'ils s'enchaînent l'un à l'autre.

– Si tu pars avec lui pour Aomizu, il risque d'abuser de toi avec ou sans mariage, reconnut Shizuka. Il faut trouver une autre solution.

– Je pourrais me cacher dans la montagne.

– Pendant combien de temps ? Au temple, les gens te connaissent et personne ne te trahira pour de l'argent. Si tu te caches ailleurs, tu auras tout de même besoin de nourriture, et n'importe qui risque de te dénoncer pour toucher la récompense.

Tomoe se mordit les lèvres, révoltée contre le piège qui se refermait sur elle. Acculée, elle ne trouvait aucune issue qui lui permette de conserver sa liberté.

– Nous pourrions partir ensemble vers les îles du clan Tortue, proposa Shizuka. J'ai refusé la proposition de ma tante, mais rien ne m'empêche de changer d'avis. Si j'accepte de la suivre, aucun soldat ne lui résistera.

– Non, la coupa Tomoe. Une fois là-bas, elle complotera pour que tu épouses son fils et tu ne rentreras jamais sur la montagne sacrée.

Aïko secoua également la tête en signe de refus.

– En plus, s'ils apprennent que le gouverneur Tora la recherche, ta famille lui vendra notre Yama-chan. Mme Kame ne recule devant rien pour s'enrichir.

Tomoe la fixa, surprise par l'analyse de son amie. Parfois elle oubliait, comme la plupart des gens, que son visage rond, sa voix douce et sa gentillesse dissimulaient un esprit perspicace. Le gouverneur Tora tentait depuis longtemps de s'allier au clan Tortue, mais avec des résultats mitigés, comme le montrait l'échec du mariage de Nami Ban, sa fille illégitime. Les marchands entretenaient de bonnes relations commerciales, mais gardaient leur neutralité politique, pour ne pas nuire aux affaires. Ils ne la protégeraient pas. Elle but la dernière gorgée de son thé, désormais froid, et poussa un profond soupir.

– Nous devons remonter, conclut Shizuka. Une trop longue absence alerterait les bousiers.

– Soyez prudentes...

– Oui, ajouta Aïko. Ils savent que nous sommes amies.

– Ils vous ont interrogées ?

Les deux jeunes femmes échangèrent un regard entendu.

– La Grande Prêtresse ne leur permet pas d'ennuyer ses serviteurs, mais ils pourraient nous suivre. Mon père n'aime pas non plus que M. Sasaki m'écoute chanter. Il veut que mes frères me raccompagnent après mon service pour que je ne rentre pas seule à la maison.

– Je me débrouille aussi pour ne pas m'isoler, avoua Shizuka. Ce maudit Bunta rêve sans doute d'un interrogatoire musclé.

Un grand vide creusa la poitrine de Tomoe à cette idée. Avant de partir, Aïko lui sourit, Shizuka serra ses mains entre les siennes, mais leur soutien sans faille ne la réconfortait plus. Sa présence au temple du Kirin les mettait toutes deux en danger. La proposition désespérée de Shizuka lui prouvait qu'il n'existait aucune solution facile, et elle refusait que son amie se sacrifie pour elle. Sa seule échappatoire se nommait Kiyoshi Nakajima. Tomoe y réfléchit longtemps et sa résolution vacilla.

*****

Une fois la nuit venue, une silhouette silencieuse se glissa dans la grotte. Plongée dans ses pensées, Tomoe n'avait pas entendu le rōnin descendre l'escalier. Elle sursauta quand son ombre se détacha sur la paroi recourbée.

– Bonsoir, lui dit-il. Les moines-guerriers montent la garde en haut et la Grande Prêtresse m'envoie vérifier que vous allez bien.

La jeune femme prit une grande inspiration pour chasser sa gêne. Kiyoshi lui parlait sans rancune apparente, mais elle l'avait blessé la veille.

– Merci, répondit-elle d'une voix mal assurée. Pour ne rien vous cacher, je me sens… confuse.

– Je comprends.

– Cette fois, je ne m'en sortirai pas seule, lui avoua-t-elle.

Il s'assit en face d'elle d'un geste souple, la tête penchée.

– Vous n'êtes pas seule, Yamako-san.

– Mon père arrive. J'aimerais pouvoir l'affronter, mais il dirige une armée et le Tigre le protège. La seule solution, c'est de partir sans tarder.

– Comment avez-vous fui le palais du gouverneur Tora ?

La jeune femme porta une main tremblante à son front. Cette question lui rappelait les pires moments de son existence. Elle avait tant pleuré ce jour-là, en suppliant sa mère de l'accompagner. La princesse Kaede était demeurée inflexible. À treize ans, Tomoe pouvait se déguiser en servante et se fondre dans la suite d'une noble dame qui partait en pèlerinage au temple du Kirin. Mais le visage de sa mère ne passait pas inaperçu, et cette dernière voulait rester pour dissimuler son départ le plus longtemps possible. La jeune femme gardait un horrible souvenir de ces adieux déchirants, de la dernière caresse, des derniers mots d'amour. Sa mère l'avait poussée dans les bras de sa complice avant de quitter la pièce en larmes.

– Au sein du clan Tigre, plusieurs familles se disputent le pouvoir, expliqua-t-elle au rōnin. La noble dame Akitora appartient à une branche différente de celle de mon père, qui les considère comme des concurrents.

Elle espérait rendre service à l'Empereur et gagner ses faveurs en organisant mon évasion avec maman. Je ne sais pas ce qu'elle est devenue par la suite, car notre plan a échoué.

– Vraiment ?

– Au moment de sortir, quelqu'un m'a reconnue.

Tomoe gardait de vagues impressions de la suite, comme si son esprit recouvrait d'un voile ces jours difficiles. Elle avait échappé de justesse aux gardes qui tentaient de la capturer. La jeune femme se souvenait d'un cheval volé, d'une fuite éperdue à travers champs, de longs jours de marche à travers les rizières et les forêts de bambou. Elle avait suivi la direction de l'est, les pieds en sang, avec ses vêtements de servante déchirés. Enfin, les contreforts de la montagne sacrée étaient apparus. Au relais du Couchant, elle avait mendié de quoi payer la montée, gagnant ainsi la pitié des moines. Au temple du Kirin, d'autres religieux l'avaient conduite devant la Grande Prêtresse, tremblante de peur et de froid. À partir de cet instant, sa mémoire retrouvait sa netteté.

– Elle a compris ce qui s'était passé, expliqua-t-elle à Kiyoshi, mais au lieu de me rendre au gouverneur Tora, ou de me donner à l'Empereur, la noble dame m'a permis de vivre au temple du Kirin et de devenir guide. Je ne l'en remercierai jamais assez.

Le rōnin acquiesça, sans la presser de questions. Tomoe comprit qu'il la ménageait, lui aussi, et prit son courage à deux mains.

– Je suis désolée pour mon impolitesse d'hier. Ce projet de mariage m'a surprise.

– Moi aussi.

La jeune femme contempla ses mains bandées et se rappela la gentillesse dont il avait fait preuve au refuge. Le rōnin avait tué les soldats, mais il n'employait jamais sa force contre les faibles. Il ne la traitait pas comme une marchandise et respectait sa volonté. Ces qualités, Tomoe les appréciait sincèrement, mais pouvait-elle lui confier sa vie ?

– J'ai besoin d'aide, mais pas à n'importe quel prix.

– Je l'ai bien compris.

– Je ne veux pas d'une nouvelle prison. Ni d'un mariage motivé par la pitié.

– La pitié ?

Kiyoshi rit et ce son joyeux la transperça.

– Vous êtes une princesse, une Fille du Dragon et du clan Tigre, l'une des plus nobles femmes de l'empire. Si vous retourniez au palais impérial, des servantes vous couvriraient d'or et de soie, tandis que moi, je n'aurais jamais plus le droit de poser les yeux sur vous. L'avez-vous oublié ?

– Oui, murmura Tomoe sans dissimuler sa surprise. Mes ongles se sont cassés sur les pierres, ma peau a bruni au soleil ; j'ai cessé d'être une princesse en arpentant la montagne et ne peux le redevenir. J'ai trop besoin d'espace et de liberté.

– Je ne suis pas un geôlier, répondit le rōnin. Si vous le souhaitez, je vous mènerai saine et sauve jusqu'à la capitale. Une fois là-bas, nous verrons ce que l'avenir nous réserve.

– Vous ne me vendrez pas à l'Empereur ?

– Je vous le promets.

Un vertige saisit Tomoe. Kiyoshi lui souriait sous ses mèches en bataille et elle sentait la chaleur de son regard. Une étrange émotion naquit au creux de son ventre et elle inclina la tête en signe d'assentiment.

*****

Dehors, la lune scintillait sur les toits du temple, mais dans les profondeurs de la montagne, seules les lanternes brillaient. Elles éclairaient les draperies minérales de la grotte qui se teintaient de rose et de nacre. Kiyoshi montait la garde à l'entrée, tandis que Tomoe préparait leur départ en compagnie de ses amies. Shizuka remplissait un sac de voyage contenant du matériel de guide, des provisions et ses affaires personnelles. Aïko lui donna des épingles et des kimonos adaptés à son rôle de jeune mariée.

Quand la Grande Prêtresse les rejoignit, elle contempla la scène d'un air sévère.

– Vous n'avez pas changé d'avis, je suppose ?

– Non, répondit Tomoe.

La vieille dame sortit deux rouleaux de ses manches et déclara d'un ton réprobateur :

– Voici le faux certificat de mariage. J'espère que le Kirin nous pardonnera ce mensonge.

Tomoe préférait bafouer la morale, braver la colère des dieux et risquer une trahison, plutôt qu'une véritable union. La Grande Prêtresse avait fini par céder, vaincue par son obstination, et Kiyoshi comprenait les objections de la guide. Elle remettait sa vie entre ses mains alors qu'ils se connaissaient depuis très peu de temps.

– Ne vous inquiétez pas, souffla Aïko. J'ai écrit « mariage heureux » sur une plaque votive.

Tomoe protesta vigoureusement et le rōnin se détourna pour dissimuler son hilarité.

Lorsqu'ils offrirent du riz et du saké au Kirin pour implorer sa protection, il se sentit emporté par un torrent impétueux. Kiyoshi détournait la mission confiée par l'Empereur pour suivre son propre cœur. « Mon maître me reprochera encore d'agir sans réfléchir », pensa-t-il. En cet instant, les images qu'il avait vues dans le miroir sacré s'imposèrent dans son esprit et la certitude de bien agir atténua sa nervosité. Enfin, la Grande Prêtresse les bénit en son propre nom et, sur son vieux visage, la bonté remplaça l'agacement.

11

Assis sur sa natte dans la cour principale, de bon matin, Gintaro enduisait de baume une porcelâme craquelée. Ses mains procédaient avec sa minutie habituelle mais son esprit fulminait. Son père lui demandait de rentrer à la capitale, mais il n'avait toujours pas retrouvé Kiyoshi. Le rōnin avait disparu en même temps que la guide et cette coïncidence l'inquiétait de plus en plus. Pourquoi ce silence général ? Était-il blessé ? Il craignait de se retrouver sans protection, mais sa fausse identité d'expert en porcelâme itinérant ne lui permettait pas d'interroger la Grande Prêtresse.

M. Fujita s'avança vers lui d'un pas lourd. Il engagea la conversation d'un ton poli, mais ses traits affaissés trahissaient sa fatigue :

– Je vais bientôt rentrer avec mon fils. Avec la veuve noire et les soldats, je n'aime pas l'ambiance qui règne ici.

– Je vous comprends, soupira Gintaro.

Il fixa du coin de l'œil les soldats qui patrouillaient sans cesse. Pour l'instant, le gouverneur Tora ne répondait pas aux demandes de retrait du clan Kirin.

Ryo Sasaki balayait un coin de la cour, toujours vêtu d'un kimono blanc, avec un bandage noué autour du crâne. Non loin de là, les enfants se bagarraient avec leurs bâtons et Iori s'amusait sous le regard déçu de son père.

– Ce voyage ne m'a pas apporté ce que j'espérais, reconnut le marchand. Pendant que je m'occupe des affaires familiales, mon fils ne pense qu'à jouer.

– Il n'est peut-être pas fait pour le commerce.

– Ce vaurien ne s'intéresse à rien. Il passe son temps à courir dehors, avec ce maudit bâton.

Gintaro n'avait jamais douté de sa propre vocation, mais il côtoyait depuis toujours de jeunes nobles contraints à suivre la voie tracée par leurs parents. Son cœur se serra en pensant aux jeunes filles à qui la Cour promettait des mariages de rêve. Leur âme exprimait parfois une atroce déception par la suite et les prières ne les aidaient guère. Mieux valait une porcelâme bloquée, avant qu'il ne soit trop tard, plutôt qu'une lente dégradation ultérieure.

– Avez-vous évoqué d'autres métiers avec lui ? demanda-t-il d'un ton innocent. Vous m'avez dit pendant notre voyage que les hasards de la naissance ne garantissent en rien les compétences. Pour que sa porcelâme se débloque, je vous recommande de l'écouter sans le juger trop vite. N'oubliez pas l'importance de la bienveillance.

M. Fujita se renfrogna. Loin de suivre ce conseil, il ne cessait de rabaisser son fils. De son côté, Iori se débrouillait bien mieux depuis que le rōnin lui avait montré les prises de base. Il combattait ses petits camarades avec énergie et sa maîtrise suffisait pour ne pas les blesser.

– Voulez-vous m'accompagner à Yamaguchi ? proposa soudain le marchand. Vous pourriez examiner les porcelâmes de ma famille et vérifier si celle de mon fils se débloque enfin, puis gagner Aomizu par bateau.

Flatté par son estime, Gintaro refusa sous prétexte qu'il lui restait beaucoup à apprendre au temple du Kirin.

Ryo Sasaki s'appuya contre son balai d'un air plein d'ennui et des enfants curieux tentèrent d'en apprendre davantage sur sa mésaventure.

– Vous avez vraiment vu la veuve noire ?

– Elle était comment ?

– Il raconte n'importe quoi, maugréa Iori.

– Mais si ! protesta le jeune guerrier.

– Elle l'a tapé par-derrière, insista l'un des enfants en désignant le bandage.

– Il s'est assommé tout seul, cet idiot !

Ces paroles moqueuses piquèrent l'orgueil de Ryo Sasaki, qui ne savait pas ignorer les provocations. Sous les yeux stupéfaits de Gintaro, il poussa un grand cri et leva son balai en direction d'Iori. Celui-ci réagit trop tard et son père n'eut pas le temps d'intervenir, mais une frêle silhouette les devança. D'un geste vif, Aïko poussa Iori sur le côté. Elle tendit un doigt fin vers son agresseur, qui se figea sur place.

– Monsieur Sasaki, que faites-vous ?

Sa voix flûtée le rendit tout penaud. Il cacha le balai dans son dos et baissa le nez :

– Il m'a insulté, Mademoiselle.

– N'êtes-vous pas un futur samouraï ?

– Si !

– Alors comportez-vous comme tel, le gronda la jeune femme. Un vrai guerrier ne s'attaque pas aux enfants.

Elle se tenait face à lui, minuscule dans son kimono rose, mais son visage rond dégageait une force incroyable. M. Fujita n'osait s'en mêler, malgré l'inquiétude qui marquait ses traits. Loin de protester, Ryo Sasaki courba l'échine.

– Vous ne me chanterez plus de chansons ?

– Si, mais comportez-vous bien. Je dois retourner travailler.

Sur un coup de tête, Gintaro abandonna son matériel pour se lancer à la poursuite de la jeune femme. Il la rattrapa sur le chemin des temples. Elle tenait un sécateur et marchait à petits pas pressés vers un prunier, dont les ramures s'ornaient de fleurs à peine écloses.

– Je suis chargée de remplacer les compositions florales, lui expliqua-t-elle. Les anciennes se fanent et les kami ne tolèrent aucune négligence. Ils apprécieront les nouvelles fleurs du printemps.

Gintaro coupa certains rameaux trop hauts pour elle et lui expliqua son dilemme :

– Je cherche Kiyoshi Nakajima. Il a disparu depuis hier et je m'inquiète pour lui. Savez-vous s'il a participé aux combats ?

– Il travaille pour ma Vénérée Maîtresse, lui répondit-elle, et je lui transmettrai votre message.

Suite à cette réponse prudente, elle s'inclina et reprit sa route vers le temple du Chat porte-bonheur. Gintaro s'en contenta et la regarda s'éloigner. Les femmes ne l'intéressaient guère, mais il devait reconnaître qu'Aïko formait un charmant spectacle, avec son kimono parsemé de pétales blancs.

*****

– Vous l'avez épousée sans m'en parler !

Gintaro avala de travers et faillit recracher son thé sur les coussins brodés. Kiyoshi tâcha de garder son sérieux pour ne pas le vexer.

Suite au message transmis par Aïko, il l'avait retrouvé dans un salon privé, bien gardé par les moines soldats. Une fois la porte coulissante refermée, l'expert en porcelâme lui avait réclamé des explications. Le rōnin l'avait donc informé de son mariage avec Tomoe, sans lui ré[illegible]ler la véritable identité de la jeune femme. Il craignai[illegible] compagnon ne garde pas le secret. Ce dernier [illegible] tout répéter au maître de la Porcelâme, qui n[illegible] pas d'en informer l'Empereur.

– Les soldats cherchent encore la veuve noire ! poursuivit Gintaro. Ils vous pourchasseront tous les deux.

– Ils se trompent à son sujet. Notre guide n'a tué personne.

– Je n'en doute pas, mais cela ne change rien à la situation. Avec elle, nous ne passerons pas inaperçus. Nos ordres passent avant les considérations personnelles !

Le rōnin s'attendait à cette réaction et garda son calme.

– Je regrette que vous abordiez la situation sous cet angle. Moi, je ne pouvais pas l'abandonner.

– Et maintenant ? Comment allons-nous rentrer ?

– Nous emprunterons des chemins détournés, répondit Kiyoshi d'un ton tranquille, comme à l'aller, mais nous serons trois au lieu de deux. La Grande Prêtresse nous a donné un laissez-passer.

Sous le coup de l'émotion, son interlocuteur s'écria :

– Par les huit-mille kami, nous détenons des informations cruciales pour la stabilité de l'empire. Nous risquons une arrestation immédiate si les soldats reconnaissent votre femme. Vous nous mettez en danger !

– Je veux la protéger.

Le rōnin n'avait pas élevé la voix, mais sa détermination vibrait dans ses dernières paroles. Gintaro comprit qu'il ne reviendrait pas sur sa décision et ses poings se crispèrent sur ses genoux.

– Et moi je refuse de retourner à Aomizu avec elle. Non, laissez-moi parler ! J'accepterais si ma vie était seule en jeu. Je ne doute pas de l'innocence de cette personne, ni de ses qualités, mais ma loyauté envers mon père et l'Empereur passent avant. Notre ami marchand m'a proposé de voyager avec lui et je l'accompagnerai jusqu'au relais du Levant.

Cette décision surprit Kiyoshi mais ne le contraria pas le moins du monde. Au contraire, il y gagnait plus de liberté et moins de faux-semblants.

– Comme il vous plaira, si cette solution vous semble plus sûre.

– Nos chemins se séparent donc ici, dit Gintaro avec un mélange de tristesse et d'amertume.

– Je vous souhaite bonne chance. Ce n'est pas un au revoir définitif, nous nous retrouverons à la capitale.

Les encouragements de Kiyoshi ne touchèrent pas son interlocuteur. Sa déception ne laissait pas le rōnin indifférent, ni ses craintes concernant le voyage du retour, mais il avait choisi de protéger Tomoe en toute connaissance de cause. Quoi qu'en pense Gintaro, elle en avait mille fois plus besoin que lui.

*****

Une troupe de moines-guerriers surveillait la sortie du temple. Gintaro baissa la tête en franchissant les toriis rouges. « Surtout, ne pas attirer l'attentior t-il. Désormais, c'est ma seule protection. » que son vœu de rentrer en sécurité, inscrit une plaque votive avant son départ, se réaliserait sans encombre. Pour cela, il marchait dans l'ombre de Fuyuki, qui les guidait au retour.

– Montrez-moi vos laissez-passer, exigea un moine-guerrier.

Il examina les documents officiels de chaque voyageur, notamment le laissez-passer de Gintaro, qui portait le sceau de la Grande Prêtresse. Elle l'avait remis en personne à l'expert en porcelâme, non sans lui recommander la plus grande prudence. Avec l'agressivité du Tigre et les incertitudes qui pesaient sur le trône du Dragon, les prochains mois s'annonçaient périlleux.

– Tout est en règle.

Gintaro rangea avec soin le rouleau fermé par une cordelette dorée. En son for intérieur, il n'acceptait pas que son compagnon l'abandonne pour une femme. Kiyoshi Nakajima savait combattre et se fondre parmi les gens ordinaires, mais sa nature versatile le rendait incapable de servir un seigneur. Un rōnin n'éprouvait pas le même respect envers l'autorité qu'un samouraï, il ne considérait pas sa mission comme une priorité ultime. Le choix initial de Gintaro se retournait contre lui.

– Pas si vite ! Il paraît que vous voyagez avec la veuve noire !

Deux soldats s'approchèrent de l'expert en porcelâme, qui se figea, le cœur battant. Près de lui, M. Fujita rétorqua d'un ton ferme :

– Yamako-san nous a guidés sur la Voie du Kirin, mais nous n'entretenons aucune relation avec elle par ailleurs.

– Avez-vous l'autorisation du sergent Bunta ? insista l'un des soldats.

À ces mots, Fuyuki s'interposa.

– Ni vous, ni votre chef, ne donnez des ordres sur la Voie du Kirin.

Ses interlocuteurs grimacèrent, mais n'osèrent protester, car les moines-guerriers les transperçaient du regard, prêts à laver cette offense dans le sang. Ils ne plaisantaient pas avec le nom de la Grande Prêtresse et l'honneur du clan Kirin. Le guide se remit en marche d'un pas tranquille et la corde qui le reliait au reste du groupe se tendit. Gintaro le suivit aussitôt, soulagé d'avancer, mais inquiet à l'idée d'affronter à nouveau la passe du Dragon.

*****

Le niveau de l'eau montait et Tomoe coinça le bas de son kimono dans sa ceinture. Ce geste lui rappela la danse de la petite rivière, lorsque les belles courtisanes retroussaient le bas de leur robe pour plaire au gouverneur Tora. Le feu lui monta aux joues. Sa mère avait toujours désapprouvé les jeux licencieux. De toute façon, la situation ne se prêtait guère au badinage. La pluie de la veille alimentait la source sacrée, dont ils suivaient le cours pour rejoindre les flancs de la montagne à l'insu des soldats du clan Tigre.

Quelques pas plus loin, Kiyoshi tenait la lanterne. Il se tourna vers elle et lui adressa un sourire encourageant.

– D'après les indications de la Grande Prêtresse, nous atteindrons bientôt la sortie !

– Oui, mais le plus dur restera à faire !

– Avez-vous déjà emprunté ce chemin de nuit ?

– Non, ce serait trop risqué pour les clients.

Quelques minutes plus tard, Tomoe distingua les étoiles au loin et Kiyoshi éteignit la lampe. La jeune femme vérifia les attaches de ses vêtements et des sacs fixés sur leurs dos avant de s'approcher du vide. L'eau ruisselait sur la paroi abrupte et cascadait vers l'abîme à la lumière de la lune.

« Rien n'a changé, tout a changé », songea la jeune femme en cherchant les prises familières. Elle avait déjà emprunté ce raccourci pour dissimuler sa présence aux envoyés du clan Tigre lorsqu'ils venaient prier sur l'autel de leurs ancêtres, mais jamais de nuit. Les encoches creusées dans la roche ne se dérobèrent pas, mais l'humidité les rendait très glissantes. Ici, aucune chaîne ne permettait de s'assurer.

De prise en prise, ils rasèrent le flanc de la montagne, en se fiant plus au toucher qu'à la vue. Tomoe cherchait la prochaine entaille du bout du pied lorsque sa sandale glissa. Ses muscles se raidirent et elle se rétablit d'un coup sec, mais une vive douleur la tétanisa. Ses doigts encore fragiles tiendraient-ils jusqu'en bas ?

Elle s'immobilisa le temps de reprendre son souffle, les muscles tendus, la peau pressée contre les aspérités de la falaise. L'idée d'abandonner ne lui vint pas à l'esprit. Elle savait que son compagnon ne s'en sortirait pas seul, il lui fallait un guide pour atteindre la plaine en vie. « Seul compte l'instant présent, se corrigea-t-elle. Je réfléchis trop ! »

La sueur, le sang et l'eau imprégnaient ses bandages, mais elle ne perdit pas sa concentration. Son corps entraîné se dirigeait en silence vers le chemin.

*****

Tomoe souffla sur ses doigts endoloris pour les réchauffer. Ils longeaient la passe du Dragon depuis des heures et ces élancements continuels lui pesaient. En haut, le soleil se levait sur la montagne, en bas, le torrent grondait entre les pierres, pendant qu'ils traçaient leur route comme deux âmes suspendues entre terre et ciel. Ce sentier caillouteux, étroit et sinueux, seuls les guides et les messagers le connaissaient. Les surplombs des immenses falaises les dissimulaient à la vue des voyageurs et des soldats qui parcouraient la Voie du Kirin. De toute façon, bien peu d'entre eux osaient se pencher pour regarder en bas.

Un corbeau plongea vers le fond de la passe du Dragon et son croassement guttural attira son attention. Quelques pas plus loin, un rocher leur barrait le passage, et la guide soupira à l'idée de grimper. Les prises ne manquaient pas et la souffrance demeurait supportable, pourtant le sang se retira de son visage lorsqu'elle atteignit le sommet. Le bec recourbé du corbeau plongeait dans un tas de chair, dont il mangeait les lambeaux. Tomoe reconnut les corps des soldats disparus, disloqués par la chute, écorchés par les charognards. Ils ne ressemblaient plus vraiment à des hommes, mais elle avait remarqué leurs uniformes et la corde qui les reliait encore dans la mort. Bouleversée par ce funeste spectacle, la jeune femme s'assit pour ne pas tomber.

Kiyoshi la rejoignit et se figea à son tour.

– Inutile de nous attarder, soupira-t-il. Nous ne pouvons plus rien pour eux.

– Le Kirin les a châtiés.

Tomoe joignit les mains et murmura une brève prière, glacée jusqu'aux os par ce spectacle morbide. Pendant ce temps, le rōnin sauta du rocher et lui tendit les bras pour l'aider à descendre. La guide n'avait pas vraiment besoin de son aide, mais elle l'accepta pour ne pas le repousser. Elle frissonna quand des mains masculines étreignirent sa taille, mais ne se débattit pas contre lui. La violence de son père et les ambitions des prétendants qu'il lui destinait l'écœuraient, mais elle n'éprouvait rien de tel envers Kiyoshi.

Il la reposa près de lui et lui rappela gentiment :

– Vous n'êtes pas responsable de leur chute.

– Sur la Voie du Kirin, tout le monde a besoin d'un guide.

*****

La cabane, petite mais propre, leur offrait un abri pour la nuit. Tomoe connaissait la montagne, ses sentes secrètes et les refuges utilisés par les messagers, les forestiers, ou les prêtres en quête de solitude. Elle ne venait pas ici pour la première fois, mais la compagnie de son prétendu mari la troublait. Pour se calmer, elle partit glaner du petit bois dans les fourrés et cueillir de la ciboule sauvage pour agrémenter leur riz.

À son retour, le rōnin observait un gros scarabée rhinocéros avec l'enthousiasme d'un enfant.

– Il ressemble à un samouraï, avec sa corne en guise de sabre et sa grosse armure, lui dit-il en riant.

– Les enfants raffolent de ces bestioles, reconnut Tomoe, mais je ne les aime pas beaucoup.

– Les samouraïs ? Moi non plus.

Cette plaisanterie l'aida à se détendre et le repas se passa bien, mais ensuite Kiyoshi sortit s'entraîner, la laissant seule avec ses sombres pensées.

La jeune femme s'assit sur le futon, détacha ses cheveux et les démêla lentement à la lueur des flammes. Le peigne rond de la princesse Kaede et ses feuilles d'érable en bois laqué lui rappelaient de bons moments… Tomoe se souvint des doigts fins qui caressaient sa longue chevelure, du parfum de l'huile de camélia et de la voix de sa mère. Sa présence rassurante lui manquait. Que pensait-elle de sa fille ? Pour échapper aux griffes de son père, Tomoe se livrait aux mains d'un guerrier sans maître. « Pourvu qu'il n'abuse pas de la situation », songea-t-elle.

Sa mère lui avait fort peu parlé du devoir conjugal et les autres nobles dames changeaient toujours de sujet en sa présence. Bien sûr, elle avait dévoré des livres inavouables en cachette et surpris des conversations intimes, mais les allusions raffinées de son enfance ne ressemblaient pas aux plaisanteries grivoises des soldats et cet amalgame nébuleux ne la rassurait guère.

Quand la cloison coulissante s'ouvrit, elle se tenait à genoux, les doigts serrés autour d'une épingle à chignon. Ses blessures fraîchement cicatrisées la tiraillaient, mais elle les sentait à peine. Son sang battait dans ses tempes comme un tambour de guerre. Kiyoshi s'assit sur le tatami et posa ses deux sabres près de lui. Il s'était rafraîchi avant de la rejoindre et des gouttes d'eau luisaient dans ses cheveux.

– Yamako-san, tout va bien ?

Elle sursauta et ses doigts blessés se crispèrent de plus belle.

– Vous pouvez dormir, lui dit-il, je vais monter la garde.

Sur le coup, cette phrase soulagea Tomoe d'un grand poids, mais la méfiance enracinée en elle rejaillit aussitôt. Elle ne devait pas se laisser amadouer trop vite. Son compagnon de route se montrait d'une douceur surprenante, mais ses motivations demeuraient un mystère. Cet homme s'exposait au courroux du gouverneur Tora et de l'Empereur pour elle. Son désintéressement, elle refusait d'y croire. Qu'espérait-il obtenir ?

Pendant qu'elle le jaugeait, Kiyoshi l'observait en retour, les yeux plissés, les poings serrés sur ses genoux.

– Yamako-san, reprit-il d'un ton sec, je vous protège pour que l'âme de la princesse Kaede retrouve sa sérénité. Je ne vous demande rien en retour.

Étrangement, son irritation la rassura davantage que de belles paroles. Elle laissa ses questions en suspens pour le moment et ses mains se relâchèrent.

– Merci.

– Ne me remerciez pas pour cela, soupira Kiyoshi, je ne suis pas un soudard.

Cette remontrance sonnait juste et la jeune femme baissa la tête vers l'épingle pointue qui reposait sur la couette. Les mauvais traitements infligés à sa mère demeuraient gravés dans son cœur, elle refusait de tomber dans le même piège.

12

Kiyoshi regardait le soleil se lever sur la montagne, le dos appuyé contre la porte de la cabane. La rosée perlait sur les planches et sur les hautes herbes qui bordaient le sentier. Il n'était pas très raisonnable de veiller toute la nuit avant de se remettre en marche, mais Tomoe dormait si bien. Elle n'avait même pas frémi lorsqu'il était rentré prendre une couverture dans ses bagages. Pour une fois, elle était détendue ; sa tresse roulait sur son épaule, et sa respiration profonde emplissait la petite pièce. Il n'avait pas voulu la réveiller pour qu'elle prenne le relais.

Soudain, un oiseau s'envola. Kiyoshi entendit des bruits de pas et se leva d'un geste vif, prêt à dégainer son katana. Deux silhouettes apparurent sur le chemin, une guide suivie par une voyageuse toute de noir vêtue. Cette grande femme portait un chapeau conique qui dissimulait son visage, mais le rōnin reconnut son allure assurée et les deux sabres à sa ceinture. Stupéfait, il marcha à leur rencontre et s'inclina.

– Maître ?

Shizuka rit de sa surprise. Elle enleva son chapeau et l'agita comme un éventail.

– Je vous l'avais bien dit ! s'exclama-t-elle. Nous les avons rattrapés.

– Comment ? demanda Kiyoshi.

Izumi Nakajima considéra son disciple de la tête aux pieds. Avec ses pommettes marquées, ses lèvres fines et son regard difficile à soutenir, ses traits dégageaient comme toujours une froideur intimidante.

– Je te cherchais, soupira-t-elle. Je suis arrivée au temple du Kirin en fin de matinée, alors que tu venais de partir à l'aube. La Grande Prêtresse a chargé une personne de confiance de me guider jusqu'à toi.

– La rivière serpente dans la montagne, ajouta Shizuka en bâillant, mais la route principale est beaucoup plus directe. Nous avons juste tourné vers le sud pour rejoindre la cabane dont Tomoe m'avait parlé. C'était une bonne marche !

– Dormez un peu avant de rentrer, décréta Izumi.

– Et merci beaucoup pour votre aide, ajouta Kiyoshi pour compenser le ton bourru de son maître.

Shizuka haussa les épaules et se dirigea vers la cabane. Avant d'y entrer, elle se retourna et les avertit d'un air mortellement sérieux :

– Vous deux, prenez soin de Tomoe.

– Oui, répondit le rōnin, je vous le promets.

Une fois seule avec son disciple, Izumi le rabroua :

– Une promesse ! Tu t'engages trop vite, Kiyoshi. J'ai lu ton message, mais il ne m'a pas appris grand-chose. Parle-moi de ta mission.

Ils s'assirent au soleil, tandis qu'une odeur d'humus et d'herbe fraîche montait des fourrés. Le maître écouta calmement les explications du rōnin au sujet de la porcelâme de la princesse Kaede et de leur enquête. Par contre, elle s'agita lorsqu'il lui parla du faux mariage et de la véritable identité de Tomoe. Il vit ses sourcils se froncer, ses poings se crisper, puis une étrange résignation envahit son visage. Cette expression le troubla.

– Maître, quelque chose ne va pas ?

Izumi se reprit et le foudroya du regard.

– Mon garçon, ta stupidité me rend folle. Tu protèges une princesse recherchée par l'Empereur et le gouverneur Tora ! Et tu me demandes ma bénédiction !

– Pardonnez-moi de ne pas vous avoir consultée. La situation ne me l'a pas permis.

Le rōnin ressentait un vrai malaise depuis la réaction de Tomoe la veille au soir, et celle de son maître l'inquiétait tout autant. Il s'inclina profondément devant Izumi, qui en profita pour lui asséner une tape sur la tête. Ce geste familier le rassura, car il trahissait une colère passagère, mais pas le rejet qu'il redoutait.

– Kiyoshi, tu donnes encore ta parole sans réfléchir. As-tu oublié le poids des regrets ?

– Non, justement. Lors de la révolte du Tigre, j'ai répandu la mort. Aujourd'hui, mon sabre a choisi de protéger la vie.

Izumi leva les yeux au ciel d'un air exaspéré.

– Te voilà devenu poète ! Au dojo, j'ai remarqué que ta porcelâme se transforme. L'expression du visage s'affermit et le sabre sort du fourreau. Est-ce la Voie du Kirin qui t'influence à ce point ?

– Sans doute, en partie.

– Parle-moi davantage de cette jeune femme. Ressemble-t-elle à une princesse ?

– Non, elle n'a pas ce genre de beauté fragile, mais elle exerce son métier de guide avec une grande force d'âme.

– Une autre femme guide ? répéta son interlocutrice. Elle doit être plus solide que je ne l'imaginais.

*****

Tomoe tournait en rond dans la petite cabane. Shizuka lui avait parlé de l'arrivée d'Izumi Nakajima et de leur longue marche pour les rattraper, puis elle s'était endormie juste après. De son côté, Tomoe ne trouvait plus le sommeil. Elle enfila un kimono bleu ciel, coiffa ses cheveux en chignon, et poussa la porte d'un geste résolu.

Quand la jeune femme s'inclina, les mains croisées sur son obi, le regard d'Izumi s'assombrit.

– Par l'Œil du Kirin, elle ressemble trop à sa mère !

Ces paroles demeurèrent en suspens, car le son des feuilles froissées interrompit leur conversation. De nombreux bruits de pas retentirent. Les rayons du soleil se reflétaient sur les casques en métal. Tomoe se sentit pâlir en voyant des soldats se frayer un chemin vers eux.

– Regardez, capitaine, ses cheveux noirs, ses deux sabres !

– Vous croyez encore avoir trouvé la veuve noire ? maugréa leur chef.

– En plus vieille, c'est l'portrait tout craché !

Un sourire amusé naquit sur les traits d'Izumi. Elle ne tenta pas de fuir, ni de nier leurs accusations, mais se plaça devant Tomoe pour la dissimuler.

– Je m'en charge, dit-elle à son disciple.

– Attendez !

L'ordre du capitaine se perdit parmi les cris de ses hommes. Les soldats se ruèrent sur le maître, qui les attendait de pied ferme. Son sabre transperça l'épaule de l'homme de tête qui s'effondra sous le choc.

Kiyoshi emmena Tomoe à l'écart. La jeune femme tremblait, elle serra les lèvres pour se contraindre au silence. Sur son bras, la main du rōnin semblait peser très lourd alors qu'il la frôlait à peine. Elle lutta contre l'envie de fuir.

– Ne t'inquiète pas, murmura-t-il.

En effet, le temps sembla s'écouler différemment autour d'Izumi. Elle anticipait les moindres gestes de ses adversaires et se mouvait parmi eux avec la fluidité de l'eau. Tomoe se demanda si les soldats se montraient très lents ou le maître excessivement rapide. Elle vit la crainte naître dans les yeux des guerriers. Ils se tenaient sur la défensive, incapables de prendre l'initiative. Lorsqu'elle les dépassa, ils ne tenaient plus debout avant même d'avoir porté le moindre coup.

Elle se campa devant eux, en sueur, et pointa son sabre dans leur direction.

– Cette leçon vous a été donnée par Izumi Nakajima, maître de l'école du même nom. Soyez-en reconnaissants. À ma place, la veuve noire vous aurait tous tués.

*****

Le deuxième jour, Fuyuki jugea plus sûr d'emprunter le chemin au lieu des échelles et nul ne protesta. Gintaro gardait un souvenir cuisant de cette interminable montée avec son bras blessé à l'aller, et il regrettait encore son refus d'écouter Tomoe. Il détestait marcher sur ces planches grises, mais cette épreuve n'avait aucune commune mesure avec l'escalade de la dernière fois. Leur guide ne les pressait nullement, il ne se comportait pas comme avec Ryo Sasaki, et ils descendaient à leur rythme tranquille.

En fin de matinée, une patrouille de soldats réclama le passage et le petit groupe se plaqua contre la falaise. Avant de les dépasser, les guerriers du Tigre posèrent les questions rituelles :

– Connaissez-vous cette femme ?

Tout le monde répondit par la négative, mais le chef insista :

– Avez-vous vu une guide nommée Tomoe Yamako ?

Cette nouvelle question effraya Gintaro. Ses mains s'accrochèrent à la corde. En son for intérieur, il se félicita de ne pas voyager en compagnie du rōnin et de sa nouvelle épouse, c'était beaucoup trop risqué !

L'expert en porcelâme affirma son ignorance, comme ses compagnons, et les soldats reprirent leur route à toute allure. Fuyuki ne formula aucun commentaire, mais il fulminait en silence. Le marchand fixait les pics lointains d'un air sombre. Iori souffrait moins du vertige qu'à l'aller et il demanda tout haut ce que tout le monde pensait tout bas :

– Ces bousiers chassent Yamako-san alors qu'elle n'a rien fait de mal ! Pourquoi le clan Kirin ne les chasse pas ?

– Pour éviter la guerre, grommela M. Fujita.

– La Grande Prêtresse a sans doute prévenu l'Empereur, ajouta Gintaro, cela ne durera pas.

– Vous pensez qu'il interviendra ?

– Sa Majesté est le garant de la paix, comme l'indique le Traité de porcelâme.

Le garçon hocha la tête d'un ton songeur, avant d'enchaîner sur un autre sujet :

– Pourquoi l'Empereur vient-il toujours du clan Dragon ? Ce n'est pas juste.

– Iori, le gronda son père, cesse de poser des questions insolentes !

Son fils ouvrit de grands yeux, inconscient du danger, et Gintaro se racla la gorge.

– Mon garçon, remettre ce choix en question s'apparente à un crime de lèse-majesté. Sache qu'il existe plusieurs explications qui le justifient. En termes géographiques, le domaine du clan Dragon est le plus vaste et il produit beaucoup de riz. Le pouvoir du Dragon se transmet par le sang, ce qui convient bien à l'établissement d'une lignée. De plus, le caractère des autres animaux sacrés s'accorde mal avec le gouvernement d'un vaste territoire.

– Vraiment ? Le Kirin est sage.

Gintaro s'accorda une gorgée d'eau pour apaiser sa gorge sèche.

– Certes, poursuivit-il patiemment, mais il ne s'intéresse pas au pouvoir terrestre et ses héritiers recherchent avant tout l'harmonie spirituelle. Les représentants d'un animal sacré disposent de pouvoirs surnaturels, mais ils n'ont pas forcément de responsabilité dans le gouvernement du clan.

– Le Tigre est méchant, grogna Iori.

M. Fujita sursauta, jeta un œil effrayé par-dessus son épaule, puis réalisa qu'aucun soldat n'écoutait cette conversation.

– Pas méchant, corrigea l'expert en porcelâme, mais trop belliqueux pour protéger la paix. Le Phénix possède un seul avatar et parfois il ne s'incarne pas du tout, comme en ce moment, ce qui ne convient pas à l'exercice du pouvoir. Enfin, la Tortue se cache et ne se montre qu'aux membres de son clan.

– Il ne reste donc que le Dragon, reconnut Iori de mauvaise grâce.

*****

– Imbéciles ! cria le capitaine à ses hommes. Je vous avais ordonné d'attendre.

Il se dirigea vers le maître sans se préoccuper des blessés. Sa large carrure et les deux sabres pendus à sa ceinture imposaient le respect ; son armure en lamelles de métal dissimulait son avant-bras, mais l'emblème du clan Tigre flamboyait sur son plastron. À sa vue, le cœur de Tomoe accéléra. Pourtant, Izumi Nakajima le salua d'un ton moqueur :

– Tes hommes ne savent pas tenir un sabre, Wataru Kondô.

À la grande surprise de Tomoe, le capitaine joignit les mains et s'inclina profondément.

– Maître, je vous prie de pardonner cette méprise. Un berger nous a parlé d'une femme en noir et nous avons suivi vos traces jusqu'ici… mais ces idiots manquent de jugeote.

À ces mots, Tomoe comprit qu'il s'agissait d'un ancien élève de l'école Nakajima, ayant prêté serment au clan Tigre par la suite. Izumi le fixait d'un air sévère, comme s'il n'était encore qu'un enfant. Au lieu de lui témoigner le respect dû à un officier, elle s'adressait à lui avec une désinvolture étonnante.

– La meurtrière que vous cherchez se montrerait moins indulgente que moi.

– Nous devons protéger la population au péril de notre vie, déclara le capitaine avec ferveur.

Tandis que les blessés se relevaient tant bien que mal, le maître rit à gorge déployée.

– Quel gaspillage d'énergie ! Les gens vous craignent autant que la veuve noire, et votre présence perturbe la sérénité de la montagne sacrée.

– J'obéis aux ordres du gouverneur Tora, répondit Wataru Kondô.

Il lut l'irritation d'Izumi sur son visage et changea de sujet.

– Quelle surprise de vous rencontrer si loin d'Aomizu !

Son interlocutrice haussa les épaules.

– J'accompagne ton ancien camarade, qui vient de se marier. Te souviens-tu de lui ?

Elle désigna Kiyoshi d'un geste négligent et les yeux du capitaine s'arrondirent de surprise.

– L'avorton s'est marié ! Il a bien grandi depuis mon départ.

Il s'approcha d'eux en riant et Tomoe sentit son prétendu mari se raidir à ses côtés. Wataru Kondô remarqua sa ressemblance avec le portrait, fronça les sourcils d'un air intrigué, mais il inclina poliment la tête dans sa direction. Puis il bouscula Kiyoshi, qu'il dépassait d'une bonne tête, et lui décocha une bourrade dans l'épaule.

– Tu n'as pas tant poussé, en fait ! Félicitations, l'avorton !

Ce mélange d'affection et de moqueries déconcerta Tomoe, elle ne savait comment réagir, mais Kiyoshi soupira :

– Je n'avais pas entendu ce stupide surnom depuis longtemps.

– Avoue qu'il te manquait, ricana Wataru.

– Jamais de la vie.

Le regard noir du rōnin amusa son ancien camarade, qui s'esclaffa de plus belle :

– Et tu n'as toujours pas prêté serment ?

– Je préfère travailler pour l'école.

Le capitaine leva les yeux au ciel et poursuivit son interrogatoire mine de rien :

– Ta charmante épouse pratique-t-elle la voie du sabre ?

Tomoe frissonna. Cette question dissimulait une suspicion qui lui collait à la peau et ses protestations n'y changeraient rien.

– Non, répondit doucement Kiyoshi. Tomoe servait le temple. Je l'ai épousée avec la permission de la Grande Prêtresse.

Il montra le certificat de mariage et le laissez-passer au capitaine, qui les lut avec attention.

– Impeccable.

Le maître balaya sa suspicion du revers de la main.

– Cette jeune femme n'a jamais tenu une arme de sa vie. Tu peux me croire sur ce point.

– J'en informerai mon seigneur pour éviter toute confusion. De toute façon, si la nouvelle Mme Nakajima compte sur son mari pour la défendre, elle le regrettera.

Le sourire taquin du capitaine rassura Tomoe, qui se détendit légèrement. Ses railleries et les réponses boudeuses de Kiyoshi réveillaient leur vieille rivalité, qui n'attendait qu'un prétexte pour renaître de ses cendres. Ils prolongeaient ainsi leurs jeux d'enfants.

– Toujours aussi vantard, maugréa Kiyoshi. Tes paroles s'envolent comme des feuilles dans le vent.

– Et toi, tu n'écoutes jamais personne. Je t'avais prévenu lors de la révolte du Tigre…

– Ne parlons pas de cette vieille histoire devant sa femme, le coupa le maître. Elle découvrira ses défauts bien assez vite. Allons, Wataru, je ne te retiendrai pas plus longtemps, puisque le devoir t'appelle.

– Juste un dernier conseil.

Le capitaine se tourna vers Tomoe d'un air malicieux :

– Ne vous fatiguez pas trop en cuisine, ce gamin n'aime pas les plats délicats, il préfère les boulettes de riz.

– Tant mieux ! s'écria la jeune femme. Je ne sais pas préparer les recettes compliquées.

– Dans ce cas, vous voilà parfaitement assortis. Je vous présente tous mes vœux de bonheur.

Wataru riait, mais Tomoe sentit sa sincérité et le remercia d'une inclinaison de la tête.

Le capitaine considéra ses hommes, qui se relevaient tant bien que mal, et leur ordonna de se remettre en marche. Avant de les quitter, il s'inclina très bas en direction du maître.

– Vous rentrez à la capitale ? lui demanda-t-il.

– Bien sûr, répondit Izumi. Mon dojo m'attend.

– Que les dieux vous bénissent ! conclut son ancien élève.

– Que le Kirin guide tes pas.

*****

Shizuka se précipita hors de la cabane dès que Wataru fut parti. Elle vérifia que Tomoe se portait bien et maudit mille fois les « bousiers ». Pendant le petit-déjeuner, les deux amies se racontèrent les derniers évènements et leur complicité frappa Kiyoshi. Elles se comprenaient à demi-mot et leurs gestes s'accordaient. L'une soufflait sur le feu et l'autre remuait le riz, l'une préparait les feuilles de thé et l'autre disposait les bols. Lorsqu'il essayait de participer, cette intrusion cassait leur harmonie.

À peine le repas terminé, Shizuka annonça qu'elle devait rentrer au temple du Kirin. Une fois les affaires lavées et rangées, l'heure du départ se présenta. Shizuka prit les mains de Tomoe entre les siennes.

– Sois prudente et n'oublie pas de nous donner des nouvelles.

– Je le ferai dès que possible.

Leurs doigts s'entremêlèrent avec force, puis se séparèrent. Shizuka partit sans se retourner et disparut parmi les feuillages. Le rōnin lut une peine durement réprimée sur le visage de Tomoe, mais il ne savait comment la réconforter.

Lorsqu'ils se retrouvèrent à trois, le maître remit de l'eau à bouillir sur le feu. L'inquiétude plissait son front. Kiyoshi se demandait ce qu'elle pensait de sa relation avec Wataru Kondô. Ils avaient tous deux vécu au dojo depuis l'enfance, même si son camarade rentrait parfois dans sa famille. Ils étaient tantôt complices, tantôt rivaux, incapables de se départager tant leurs niveaux se valaient. Ils avaient souvent combattu ensemble pour l'école, mais leur manière d'aborder le sabre et la voie du guerrier les opposait désormais. Les dernières plaisanteries de Wataru le démangeaient telles des piqûres d'ortie et il secoua la tête pour ne plus y penser.

Izumi leur versa une seconde tasse de thé, dont le parfum se mêla aux fragrances vertes de la mousse.

– Nous devons parler, déclara-t-elle finalement. Écoutez-moi bien, jeune fille.

Tomoe attendit sans répondre, à genoux sur un coussin d'herbe.

– Nous ne nous connaissons pas, lui dit son interlocutrice d'un ton bourru, mais j'ai rencontré la princesse Kaede, dont vous êtes le portrait vivant.

La surprise de Kiyoshi se lut sur son visage, et son maître lui lança un regard impérieux pour éviter qu'il ne l'interrompe.

– Voilà bientôt trente ans que l'Empereur m'a chargée d'escorter sa fille jusqu'aux terres du Tigre. Je n'ai pas oublié sa beauté, ni sa fraîcheur de fleur à peine éclose. Le mariage n'avait pas encore eu lieu, mais la princesse s'attendait au pire. Elle m'a suppliée, à genoux dans son kimono de brocart, de la laisser fuir ou de lui accorder une mort sans souffrance.

Izumi inclina brièvement la tête en souvenir de Kaede.

– La pauvre enfant n'avait que seize printemps, mais la paix dépendait de cette union. Par loyauté envers l'Empereur, j'ai endurci mon cœur et refusé de céder. Je l'ai livrée à son époux comme on offre une brebis pour apaiser la faim du Tigre.

Tomoe pâlit, mais elle se tut. Kiyoshi attendit, stupéfait du rôle joué par son maître. Il entendait dans sa voix une amertume longtemps refoulée.

– Le temps passa et j'ignore encore si mon choix fut le bon. Ce mariage apaisa les relations avec le clan Tigre pendant une vingtaine d'années ; mais ce sacrifice n'empêcha pas la révolte du Tigre d'éclater. Et voilà que l'histoire se répète !

Son regard sombre se posa sur le front hâlé de Tomoe.

– Une jeune princesse en fuite, poursuivie par le clan Tigre, prête à défier l'Empereur pour gagner sa liberté.

– La princesse Yūkiko a disparu, répondit-elle. Je ne suis qu'une guide sur la Voie du Kirin.

– Mes yeux me disent le contraire. Vous n'imaginez pas combien vos traits me rappellent ceux de votre défunte mère. Il me semble la voir en face de moi, bronzée par le soleil, endurcie par la montagne, mais gracieuse comme un roseau sauvage. Ce maudit portrait s'inspire d'elle, voilà pourquoi il vous ressemble tant.

La jeune femme leva vers elle ses yeux pleins de défi.

– Vous ne me livrerez pas vivante à l'Empereur.

– Vous ne souhaitez donc pas retrouver votre propre famille ?

– Maman voulait que j'implore sa protection pour échapper au mariage organisé par le gouverneur Tora, mais je ne nourris aucune illusion à son sujet. Sa Majesté ne songe qu'à ses propres intérêts. Vous parlez de m'emprisonner entre les murs de la cité impériale et de m'y enterrer vivante. Jamais ! Je préfère encore sauter d'une falaise.

Izumi fronça les sourcils.

– Vous ne maîtrisez pas les pouvoirs du Dragon ?

– Il ne s'est jamais manifesté chez moi. Il n'a pas protégé ma mère ! Je me méfie de lui et de toute sa lignée.

Sous l'effet de la colère, Tomoe serra les poings et ses ongles s'enfoncèrent au creux de ses paumes. Kiyoshi saisit son poignet pour que ses blessures ne se rouvrent pas. Le pouls affolé de la guide battait sous ses doigts et sa peau palpitante l'émut. Il savait que son maître testait sans cesse la détermination de ses élèves. Avec Tomoe, elle ne faisait pas exception.

Izumi poussa un profond soupir. Son regard se tourna vers le ciel, elle fixa les grands arbres et les cimes battues par les vents, puis conclut d'un ton solennel :

– Vous vous engagez tous deux sur une voie dangereuse, mais je respecte votre volonté. Kiyoshi, Wataru n'a pas complètement tort. Il va falloir t'entraîner davantage si tu veux la protéger. Par chance, j'ai emporté des sabres en bois.

Kiyoshi pensa qu'il ne s'agissait pas du tout de chance. Son maître ne manquait jamais la moindre occasion de le faire travailler.

– Vous ne nous avez pas dit ce qui vous amène sur la Voie du Kirin.

Pendant quelques secondes, Izumi effleura la mousse du rocher sans rien dire. Kiyoshi conserva le silence, intrigué par sa façon de sonder son propre cœur. Son maître se montrait plus spontanée, d'habitude. Enfin, elle les fixa droit dans les yeux.

– Il s'agit d'un secret d'État, mais cette affaire vous concerne au premier plan. En vérité, notre rencontre me semble dictée par le destin. L'Empereur m'envoie pour châtier le gouverneur Tora.

Tomoe tressaillit sous le choc.

– Vous voulez dire l'exécuter ? Impossible. Le Tigre le protège.

– N'est-ce pas la justice que réclame votre mère ?

– Non, souffla la jeune femme. Ne mêlez pas sa mémoire à cet assassinat.

– Et vous-même ? Le punir ne vous tente pas ?

– J'en rêvais, avant, mais plus maintenant. Je voudrais juste vivre libre.

Izumi considéra Tomoe avec une grande attention. Son menton levé, ses lèvres pincées et le pli vertical entre ses sourcils révélaient sa détermination. Elle revendiquait son indépendance, mais pas la vengeance, et le maître apprécia sa sagesse.

– J'ai besoin de comprendre ce qui se joue sur cette montagne au-delà des apparences. Des hommes ont perdu la vie. Qui les a tués ?

– Je pense qu'il s'agit d'un guerrier envoyé par le gouverneur Tora avant l'hiver, pour répandre la terreur et justifier son intervention, proposa Kiyoshi d'un ton amer.

Tomoe renchérit :

– Cette ruse ignoble lui ressemble bien. Il sacrifie les gens sans remords pour atteindre ses objectifs.

– Soit, répondit le maître, mais un tel plan ne s'élabore pas au hasard. Il connaissait la présence de sa fille dans l'enceinte sacrée avant de le concevoir. Comment ?

– Un espion, sans doute, déplora la jeune femme. La Grande Prêtresse a reçu un courrier du gouverneur Tora. Il viendra bientôt par ici traquer la veuve noire, ou plutôt me traquer.

Kiyoshi se raidit en entendant cette déclaration sinistre, mais elle glissa sur Izumi comme la pluie sur une tuile. Un fin sourire étira ses lèvres, et elle répondit d'un ton léger :

– Parfait, il m'épargne un long voyage. Je pensais suivre la Voie du Kirin jusqu'aux terres du Tigre, mais les soldats risquent de me prendre pour la veuve noire. Il va falloir que j'emprunte un autre chemin.

– Personne ne traverse la montagne sans guide.

– Je ne la redoute pas.

L'assurance du maître exaspéra Tomoe.

– Oh oui, comme tous les inconscients ! Vous vous croyez capable de défier les cimes et les huit-mille kami. Vous ignorez tout des falaises, des orages et des éboulements, mais peu importe ! Un jour, un montagnard trouvera votre corps décomposé au fond d'un ravin.

Elle pensait aux soldats disparus, et Kiyoshi relata cet accident à son maître, qui céda sans protester :

– Votre amie Shizuka pourrait-elle me mener de l'autre côté de la montagne par des chemins détournés ?

– Non, répondit Tomoe. Je ne ferai courir ce risque à personne, sinon moi.

– Et vous accepteriez ?

– Non, répondit Kiyoshi. Je la ramène à la capitale.

La jeune femme lui lança un regard froid.

– Cette décision m'appartient. Êtes-vous réellement capable de le vaincre ? Même s'il est sous l'emprise de la rage divine ?

Le rōnin tâcha de garder son calme, mais son poing se crispa près de la poignée de son sabre. Izumi haussa les épaules d'un air détaché.

– En vérité, personne ne connaît d'avance l'issue d'un combat. Celui-ci s'annonce difficile, mais je maîtrise mes propres techniques.

Tomoe serra les dents. Dans son regard noir, Kiyoshi vit les fantômes qui la hantaient sans relâche, mais aussi une résolution nouvelle.

– Je n'ai jamais trouvé le courage d'affronter mon père, dit-elle lentement. Je n'étais qu'une enfant, à l'époque. Aujourd'hui, il ose envoyer un tueur sur la montagne et m'accuser de ses crimes. Il ne cessera jamais de me pourchasser, maman ne trouvera pas le repos et moi non plus. Vous m'offrez une chance d'en finir. Je vous guiderai et nous combattrons le gouverneur Tora ensemble.

13

La rivière avait tracé son lit au cœur de la montagne et l'étroit chemin qui la longeait permettait d'avancer vers le sud-ouest sans passer par la route principale. Tomoe marchait en tête, en prenant garde aux pierres glissantes. Les grondements de l'eau grise emplissaient ses oreilles et des éclaboussures glacées mouillaient parfois ses chevilles. Elle se sentait dans son élément, mais son esprit en alerte s'interrogeait sur ses propres motivations.

Elle n'éprouvait aucune rancune envers la femme qui avait livré sa mère au gouverneur Tora. Maintenant, il devenait possible d'affronter le père qui la terrorisait autrefois. Sa main droite effleura l'une des sacoches en cuir pendues à sa ceinture et ses pensées se tournèrent vers son contenu. Elle ressentait le besoin d'avancer, et pour cela il lui fallait surmonter son passé douloureux. Non, Tomoe ne fuirait pas à la capitale. Elle avait décidé de guider le katana d'Izumi tout droit vers l'ennemi.

Quand le soleil couchant nimba les cimes de couleurs chatoyantes, ils s'arrêtèrent près d'un méandre peu profond. L'eau clapotait sur la berge, les grenouilles coassaient sous les pierres et des libellules dansaient à la surface. Debout sur un rocher surélevé, armée d'un sabre en bois, le maître fixait son disciple avec un sourire féroce. Kiyoshi se tenait face à elle, en garde, et une certaine tension se lisait sur son visage. Après des heures de marche, leurs corps vibraient d'énergie contenue, tandis que celui de Tomoe n'aspirait qu'au repos.

La jeune femme soupira en ramassant du petit bois. Ici, ils pouvaient se permettre d'allumer un feu sans trop de risques. La nuit s'annonçait fraîche et humide.

– Attaque-moi en premier ! ordonna Izumi.

Son élève s'élança avant qu'elle ne finisse sa phrase. Il tenta de faucher ses jambes d'un mouvement ample, mais elle sauta et riposta d'un coup du haut vers le bas. Kiyoshi roula sur lui-même et se redressa quelques pas plus loin, intact, mais haletant.

– Du calme, gronda le maître. Ton regard trahit tes intentions.

Pendant quelques secondes, les deux combattants se tournèrent autour en épiant leurs moindres gestes. Soudain, Kiyoshi poussa un cri de défi. Il chargea en même temps, avec une vitesse inouïe, et Tomoe se pétrifia sur place. Le maître s'effaça sur le côté et lui décocha un coup qui le projeta au sol. Il se releva aussitôt, maculé de poussière, mais plus décidé que jamais. Tomoe vit qu'une ecchymose colorait sa pommette.

– Trop de rage, pas assez de maîtrise, asséna le maître. Kiyoshi, tu te laisses emporter par tes émotions. Les arcanes de l'école Nakajima ne se limitent pas à une botte secrète. Aucune attaque ne rend un homme invincible, aussi puissante soit-elle, mais il existe un état d'esprit capable de sublimer chacun de tes gestes.

– Les arcanes ? bredouilla le rōnin.

Ses yeux écarquillés exprimaient une immense stupéfaction. Tomoe ne savait pas combattre, mais elle connaissait la valeur guerrière et symbolique des arcanes. Les techniques les plus puissantes et les plus secrètes d'un grand maître ne se transmettaient qu'à son meilleur disciple, celui ou celle qu'il jugeait digne de lui succéder.

Visiblement, Kiyoshi ne s'attendait pas à cet immense honneur. Sous le coup de la surprise, la pointe de son sabre en bois s'abaissa légèrement vers le sol. Son maître poussa un soupir consterné. Elle profita de ce moment d'inattention et son arme s'abattit vers la tête de son élève. Kiyoshi para de justesse, mais Izumi le repoussa d'un coup de pied dans le ventre, enchaîna avec une attaque transversale et… le regarda chuter dans l'eau.

Son rire amusé s'éleva vers les cimes, tandis que son élève pataugeait, les lèvres et les dents serrées.

– Approche ! cria-t-elle. Je n'en ai pas fini avec toi.

Pour sa part, Tomoe n'éprouvait aucune envie de rire. Un sabre en bois pouvait briser des os ; sous prétexte d'entraînement, les deux adversaires échangeaient de véritables coups, et la brutalité de leurs assauts la mettait mal à l'aise. Ses amies lui manquaient. Au temple du Kirin, elles se retrouvaient souvent dans la salle commune pour dîner. Shizuka se moquait de tout le monde avec son ironie mordante et Aïko jouait de la flûte en fin de soirée.

La jeune femme se détourna de ses compagnons, le cœur lourd, et suivit le cours de la rivière. Un peu plus loin, l'eau cascadait dans une vasque naturelle bordée de rochers ronds. Tomoe y plongea les pieds. Au début, le froid la surprit, mais elle s'y habitua vite et décida de se baigner avant que le soleil ne se couche.

Bientôt, ses vêtements reposèrent sur la berge tandis qu'elle se débarrassait de la sueur et de la poussière du chemin. Tomoe plongea sous la cascade et laissa l'eau vive ruisseler sur ses épaules. Sa puissance glacée la saisit, elle ferma les yeux et se concentra sur sa respiration pour aider son corps à se détendre. Une fois l'inconfort passé, elle parvint à s'isoler du monde extérieur. Son âme se retira en elle-même et une douce quiétude l'envahit. Le temps s'écoula au rythme des gouttes innombrables qui roulaient sur sa peau. Chacune d'entre elles, unique et différente, appartenait pourtant à un même tout. « Je suis comme elles, pensa Tomoe, mais j'ignore si mes pas m'entraînent vers l'océan. »

Un souffle tiède caressa son front. Quand la jeune femme reprit lentement conscience, elle n'était plus seule. Un museau scintillant, garni d'écailles nacrées, se tenait tout près d'elle, à quelques centimètres de son nez. À travers la chute d'eau, Tomoe distingua une silhouette de cheval à la crinière blonde et aux sabots fendus, dont les bois de cerf se dressaient vers le ciel. Elle retint son souffle, joignit lentement les mains, et salua l'animal fabuleux.

Son regard l'envoûta. Son cœur ralentit. Quand le souffle du Kirin toucha à nouveau son visage, elle inspira son haleine parfumée et une exquise sensation de paix l'envahit. Ses membres retrouvèrent leur force, la tristesse qui pesait sur son cœur disparut, les doutes et la peur ne la rongeaient plus. En elle, une subtile métamorphose s'opéra. Tomoe s'inclina une seconde fois et la divine créature hocha la tête en réponse. Puis, elle regagna la montagne de sa démarche aérienne.

Après son départ, la jeune femme savoura cet instant de grâce comme un cadeau merveilleux. Depuis toujours, elle se méfiait du Dragon, tout en vouant une haine farouche au Tigre. Elle vénérait le Kirin, symbole d'harmonie spirituelle et de paix intérieure, mais n'avait jamais rêvé d'une telle proximité avec lui. Elle supposa qu'il approuvait sa décision d'affronter le gouverneur Tora, il souhaitait peut-être la rendre moins démunie face à lui. Cette relation privilégiée l'emplit d'un bonheur haut comme les montagnes, profond comme l'océan. Portée par cette nouvelle énergie, elle rentra d'un pas léger.

Tomoe croisa Kiyoshi avant d'atteindre le camp. La cherchait-il ? Non. Il tenait son sabre à bout de bras, les yeux clos, concentré sur ses propres sensations. Sa pommette virait au bleu, une égratignure griffait son front et la poussière grise de la rive maculait son kimono mouillé. Pourtant, il émanait de lui une détermination qui la frappa de plein fouet. Tomoe percevait ses vibrations avec une acuité rare. La sérénité du Kirin coulait encore en elle, chassant la peur et les doutes. Elle se sentait assez forte pour se rapprocher de lui.

Lorsqu'elle s'avança, le rōnin entendit les cailloux rouler et rengaina son katana.

– Ne vous éloignez pas trop.

En d'autres circonstances, elle l'aurait interprété comme un reproche mais, en cet instant, sa méfiance instinctive se taisait. La sagesse du Kirin exacerbait sa sensibilité et Tomoe comprit que cet homme veillait sur elle sans arrière-pensée.

– De l'eau ?

Elle lui tendit sa gourde et il finit par l'accepter. En buvant, ses mains se crispaient autour des courbes du récipient, comme s'il serrait encore la poignée de son arme.

– Je n'avais jamais assisté à un cours de kenjutsu auparavant, déclara-t-elle. Est-ce toujours aussi violent ?

Le rōnin lui lança un regard perçant par-dessus son épaule.

– Le sabre est une arme destinée à tuer.

– Certains le pratiquent comme un sport.

– Oui, mais j'ai choisi la voie des guerriers. Mon maître me pousse à dépasser mes limites en prévision de mes prochains combats, quand la vie et la mort se joueront sur le fil de mon katana.

– Je comprends. Pourtant…

La jeune femme n'acheva pas sa phrase, faute de mots pour expliquer son malaise.

– Parfois, murmura Kiyoshi, je crains qu'elle n'attende de moi plus que je ne peux donner.

Cette confidence toucha Tomoe. La relation entre le disciple et son maître se révélait plus complexe qu'elle ne l'avait imaginée. Kiyoshi semblait meurtri, épuisé, transi. Pour le réconforter, elle souhaitait lui transmettre la paix intérieure du Kirin. Lorsqu'elle posa doucement les mains sur son dos noué, ce contact le surprit, mais il ne se déroba pas. Malgré son immobilité, elle sentit combien l'agitation intérieure du rōnin durcissait ses muscles.

– Vous pensez aux arcanes.

– Je ne sais pas à quoi pense mon propre maître ! Normalement, elle devrait réserver cet entraînement spécial à son héritier et il n'en a jamais été question entre nous. Je ne suis qu'un avorton. Pourquoi les mentionne-t-elle devant moi maintenant ?

– Un avorton ? répéta la jeune femme d'un ton amusé.

Un rire sec secoua les épaules de Kiyoshi.

– Wataru m'a toujours appelé ainsi. D'après lui, c'est un surnom à la hauteur de ma taille et de mes ambitions.

– Je ne l'aime pas beaucoup.

– Moi non plus.

Les pouces de Tomoe appuyèrent à la base de sa nuque et massèrent ses nerfs crispés. Le rōnin se raidit sur le coup, puis il prit une grande inspiration et son corps se relâcha. Il sentait le fer et le bois, la terre et la poussière des chemins, une odeur de voyageur qui ne lui déplaisait pas. La jeune femme tenta de lui transmettre sa propre sérénité.

– Izumi-san s'exprime durement, mais elle ne veut que votre bien.

– Vous avez raison, je suppose.

– Les jeunes mariés n'emploient pas des tournures de phrases si formelles, dit-elle d'un ton léger.

Il se prêta au jeu et choisit un registre plus familier.

– Alors, comment dois-je t'appeler ?

– Pourquoi pas Tomoe ? Et moi je dirai... Yoshi ?

Il haussa les sourcils et elle craignit d'avoir dépassé les bornes, mais, loin de se fâcher, le rōnin s'appuya contre elle. Ses mèches en bataille frôlèrent sa joue et il lui sembla soudain très proche.

– Ce surnom me plaît mieux que celui de Wataru. J'aimerais beaucoup l'entendre encore.

– Yoshi, chuchota-t-elle, et ces deux syllabes lui semblèrent soudain très intimes.

Son prétendu mari lui sourit et une fossette creusa sa joue. Ils restèrent immobiles un instant, et elle laissa ses doigts reposer sur ses épaules, faute de savoir qu'en faire.

– Tes mains ? demanda-t-il soudain. Tu n'as plus mal ?

La jeune femme lui montra ses paumes en bonne voie de guérison et lui confia son secret :

– Je me sens mieux. J'ai rencontré le Kirin.

– Le dieu de la Terre t'a permis de le voir ? s'émerveilla Kiyoshi. Alors, tu es l'un de ses héritiers ?

Sa voix pleine d'admiration la fit rougir. Sous le coup de la surprise, Tomoe ne saisissait pas encore toutes les conséquences d'une relation privilégiée avec un dieu, mais son éveil spirituel lui permettait de s'ouvrir aux autres.

– Oui. C'était… comme un miracle.

À l'heure actuelle, aucun héritier ne se revendiquait comme tel. La Grande Prêtresse elle-même ne pouvait approcher l'animal sacré. Cet honneur rarissime, Tomoe ne s'y attendait pas, mais elle l'accueillait avec une extrême gratitude.

Lorsqu'ils retournèrent au camp, une soupe de riz mijotait sur le feu, tandis qu'Izumi vidait des poissons avec son couteau. Elle ordonna à son disciple de faire sécher ses vêtements, l'enveloppa dans une couverture et le menaça des pires maladies s'il se comportait encore en idiot.

– C'est vous qui m'avez jeté à l'eau ! protesta Kiyoshi.

– Et qu'as-tu retenu de cette leçon ?

– Ne pas me précipiter ?

– Ne relâche pas ton attention. Fais de la nature ton alliée et non ton ennemie. Écoute ton maître !

Tomoe se pencha vers son bol pour dissimuler son hilarité. Izumi parlait peu, mais malgré ses manières bourrues, elle prenait grand soin de son disciple. Kiyoshi ne réalisait pas encore que sa sévérité dissimulait une profonde affection.

*****

À l'aube, ils cessèrent de suivre la rivière qui les aurait conduits vers le clan Phénix, et gravirent les pans abrupts du mont Fujin. La dernière falaise, la plus raide aussi, nécessita plusieurs heures d'escalade. La guide progressait prudemment, en plantant ses pitons dans la roche, mais ses deux compagnons avaient refusé de s'encorder. Izumi se hissait de prise en prise avec une aisance étonnante, suivie de près par son disciple. Kiyoshi suivait l'exemple de son maître, qui prétendait que cet exercice faisait partie de son entraînement. De son côté, Tomoe gravissait la paroi rocheuse avec la peur au ventre, non pour elle, mais pour eux.

Au sommet, la jeune femme s'appuya contre un gros rocher qui trônait près du bord de la falaise. Elle souffla sur ses mains endolories par l'escalade, remua ses épaules raides et s'accorda quelques gorgées d'eau. Avant de récupérer sa corde, elle mit ses doigts en visière pour protéger ses yeux du soleil et contempla le paysage écrasant qui s'étendait à leurs pieds. À l'ouest, le mont Raijin, le jumeau du Fujin, se dressait également sur la route qui menait aux terres du clan Tigre. À l'est, les toits jaunes du temple du Kirin miroitaient au loin et Tomoe s'inclina dans leur direction avec respect.

Soudain, des cris retentirent de l'autre côté de la ligne de crête. Un petit groupe de soldats couraient vers eux, le sabre au clair. Ils se déployèrent en demi-cercle, les acculant près du vide. Tomoe s'immobilisa contre le rocher. Sa surprise redoubla lorsqu'elle remarqua la présence de Ryo Sasaki parmi eux. Elle se demanda pourquoi il participait aux recherches.

Wataru Kondô s'avança à pas lents. Ses sourcils froncés exprimaient une vraie déception et l'incompréhension vibra dans sa voix.

– Maître, je vous retrouve ici alors que vous deviez rentrer à la capitale. Pourquoi ce mensonge ?

– J'espérais que nos routes ne se croiseraient plus, soupira Izumi, mais le Kirin en a décidé autrement. Comment nous as-tu retrouvés ?

– Il ne s'agit pas d'un hasard. Mes hommes patrouillent sur les routes principales et ils ne vous ont pas vus passer par le relais du Levant. J'ignore quelle mission vous a été confiée, mais il ne restait que deux directions possibles. Au sud, j'ai mis la rivière sous surveillance. À l'ouest, ce berger m'a montré le meilleur endroit où monter une embuscade.

L'homme en question se détourna, mal à l'aise, et Tomoe le devina motivé par l'appât du gain. Elle ravala sa colère pour ne pas aggraver la situation.

– Entre tous les clans, pourquoi fallait-il que tu choisisses celui du Tigre, déplora le maître.

Le capitaine bomba le torse.

– Le gouverneur Tora reconnaît mes qualités de guerrier, dit-il en frappant son plastron. Je porte son emblème, je dirige ses hommes ! Il a fait de moi un samouraï digne de ce nom, il m'accorde sa confiance et je ne le décevrai pas.

– L'ambition te monte à la tête, mon pauvre garçon. Tu poursuis une innocente !

– Je veux bien vous croire, répondit Wataru d'un ton conciliant. J'ai rédigé un rapport en ce sens, mais mon seigneur souhaite tout de même rencontrer la nouvelle Mme Nakajima pour s'en assurer, à cause de sa ressemblance avec le portrait. Suivez-moi sans résistance et elle bénéficiera d'un jugement équitable.

Il ne mentait pas consciemment, mais Tomoe entendait son père parler par sa bouche et ses jambes tremblaient sous elle. Le rōnin se plaça devant elle pour la protéger.

– Le Gouverneur ne la relâchera jamais, fulmina-t-il. Tu me prends pour un idiot ?

– Pourquoi l'emprisonnerait-il ? Si ta femme n'est pas la veuve noire, elle repartira libre sans tarder. Je t'en donne ma parole.

Le capitaine ne comprenait pas du tout la situation et sa naïveté frappa Tomoe, qui ne trouvait pas les mots pour le convaincre de les laisser tranquilles. Kiyoshi contemplait son camarade avec dégoût et le maître grogna :

– Cette conversation ne mène à rien. Vas-tu nous laisser passer, oui ou non ?

Wataru Kondô secoua la tête en signe de refus :

– Pas cette fois. J'ai reçu l'ordre d'arrêter cette femme et peu importe qu'elle sache manier une arme ou pas. Le gouverneur Tora l'exige, vivante, de préférence.

À ces mots, Tomoe frissonna de la tête aux pieds. Elle savait pourquoi son père ne désirait pas sa mort : le sang du Dragon coulait dans ses veines, et il la considérait comme une précieuse monnaie d'échange dans le cadre de ses relations avec l'Empereur. Toutefois, la jeune femme refusait d'être traitée comme une vulgaire marchandise.

*****

Kiyoshi sentait s'effilocher les liens ambivalents qui l'attachaient à Wataru. Depuis l'irruption des soldats sur la crête, son sang battait dans ses tempes et ses mains fourmillaient. Son ancien camarade d'école, son rival préféré, son partenaire d'entraînement durant plusieurs années, faisait désormais preuve d'une obéissance aveugle qui l'emplissait de mépris.

– Tu envahis l'enceinte sacrée, tu menaces des innocents et ta seule excuse, c'est d'obéir à ton seigneur. Tu as passé l'âge de te cacher dans ses robes, Wataru !

Ce dernier s'empourpra sous l'effet de la colère. Il ôta son casque et s'avança d'un pas rageur.

– J'ai prêté serment et un homme véritable ne revient pas sur sa parole.

– Un homme véritable assume ses actes. Il ne se comporte ni comme un gamin, ni comme une poupée sans cervelle.

– Un rōnin ignore le sens du mot loyauté, cracha le samouraï.

Kiyoshi mourait d'envie de lui rentrer ses paroles dans la gorge à la pointe de son katana. Ce sens de l'honneur absurde le révoltait, et il n'aimait pas le voir si proche de Tomoe. Il dégaina son sabre.

– J'ai juré de protéger mon épouse.

– Mais tu n'en es pas capable, avorton !

Wataru chargea sans prévenir et Kiyoshi encaissa le choc, les talons plantés dans le sol. Sa stature plus légère le désavantageait, mais il ne pouvait esquiver, au risque d'exposer Tomoe. Il tenait son katana à deux mains, les muscles tendus à se rompre, tandis que son adversaire pesait sur sa garde de tout son poids. Pendant ces quelques secondes, la guide se cacha derrière le rocher pour lui laisser le champ libre.

Les soldats imitèrent leur capitaine en attaquant le maître, qui les reçut avec ses deux sabres. Izumi fonça dans la mêlée et ses adversaires ne parvenaient pas à l'atteindre.

Kiyoshi s'effaça sur le côté et Wataru, déséquilibré, plongea vers l'avant. Le rōnin leva son sabre, mais il suspendit son geste avant de frapper, incapable de trancher la tête d'un ancien camarade. Le capitaine se ressaisit et profita de son hésitation pour lui donner un grand coup de coude dans le ventre. Le souffle coupé, Kiyoshi recula.

Le capitaine poussa aussitôt son avantage. Il attaqua sans relâche, en frappant fort, sans laisser la moindre ouverture dans sa garde, et le rōnin subissait ses assauts. Les dents serrées, il se contentait de parer, d'esquiver, sans parvenir à reprendre le dessus. Pas après pas, son adversaire le repoussait vers le vide. Lorsqu'il se tendit vers l'avant, Kiyoshi bondit sur le côté par pur réflexe et la lame de Wataru entailla son bras gauche.

– Tu as toujours été son préféré…, grogna-t-il. Je ne comprends pas ce qu'elle te trouve.

– Pardon ?

– Le maître. Elle ne te traite pas comme les autres.

Cette remarque abasourdit le rōnin, qui n'avait jamais bénéficié de la moindre faveur de la part d'Izumi lors des entraînements. Au contraire, il la trouvait particulièrement sévère avec lui.

– Tu racontes n'importe quoi !

Une grimace haineuse déforma le beau visage de Wataru.

– Danse, l'avorton ! Tu ne m'échapperas pas toujours.

Le rōnin se remit en garde, le souffle court. Il n'avait pas perdu sa détermination, mais du sang poisseux imprégnait sa manche.

*****

Tomoe tremblait de tous ses membres en voyant Kiyoshi en mauvaise posture, tandis que le maître, absorbé par son propre combat, luttait pour ne pas succomber sous le nombre. Soudain, des pas retentirent derrière elle. La jeune femme sentit la froideur acérée d'une lame contre sa gorge. Lorsqu'elle tenta de se retourner, Ryo Sasaki la plaqua contre le rocher et grogna à son oreille :

– Toi, la veuve noire, tu ne m'échapperas pas !

– Je ne suis pas la veuve noire, répondit-elle d'instinct.

– Si tu bouges, je te tue ! Le gouverneur Tora reconnaîtra ma valeur et je deviendrai samouraï.

– Le capitaine te l'a promis ?

– Oui !

– Alors il te ment.

– Tais-toi !

Ryo Sasaki resserra son étreinte et elle sentit une goutte de sang rouler sur sa peau. La jeune femme n'osait même plus avaler sa salive. Pendant un instant, elle envisagea de crier, puis renonça de peur qu'il ne lui tranche la gorge. Elle ne possédait pas sur lui le même ascendant que son amie Aïko. Ses doigts s'accrochèrent aux aspérités du rocher, son esprit cherchait une échappatoire, mais elle ne pouvait compter que sur ses propres forces. Comment vaincre un combattant entraîné ?

La colère lui donnait envie de mordre, de griffer, mais elle repoussa cet instinct absurde. Enfin, les paroles du maître lui revinrent à l'esprit. « Les arcanes du Kirin ne se limitent pas à une botte secrète. Aucune attaque ne rend un homme invincible, mais il existe un état d'esprit capable de sublimer chacun de tes gestes. » La jeune femme inspira lentement et la sérénité de la montagne emplit sa poitrine. Lorsqu'elle appela le Kirin, une douce tiédeur se répandit dans ses membres et un calme surnaturel l'envahit. La bénédiction de l'animal fabuleux coulait toujours en elle. Le temps se suspendit.

Tomoe rassembla ses forces. Puis, elle s'appuya des deux bras contre le rocher et se projeta contre le torse de Ryo Sasaki. Sous le choc, celui-ci trébucha en arrière. Lorsqu'il tenta de se rattraper, sa main gauche rencontra la ceinture de Tomoe. En s'y accrochant, il l'entraîna avec lui et ils basculèrent tous les deux dans le vide.

*****

Gintaro et ses compagnons parvinrent en vue du relais du Levant en début d'après-midi, épuisés par la longue descente des escaliers. Pour ne pas trébucher, l'expert en porcelâme s'était rattrapé plusieurs fois à la corde et ses paumes égratignées le lançaient. Il rêvait de s'installer sur un tatami frais avec une tasse de thé. Mais en bas, les bannières du clan Tigre côtoyaient celles du Kirin et cette vision le glaça.

Des soldats les arrêtèrent dès la dernière marche. En un instant, leur petit groupe se retrouva encerclé par les samouraïs qui les conduisirent sans ménagement à l'intérieur du bâtiment administratif. Ni les protestations du guide, ni celles du marchand ne produisirent leur effet. Gintaro se taisait, tête baissée, les jambes tremblantes. Il guettait la moindre occasion de s'échapper, en vain. Quand la porte coulissante claqua derrière eux, la sueur imprégnait son kimono à l'idée d'être démasqué. L'Écaille du Dragon ne devait pas tomber entre de mauvaises mains.

Le noble prêtre Kouzaï, qui gouvernait le relais, contempla cette scène d'un air médusé. Il posa son pinceau et se redressa derrière son comptoir.

– Que se passe-t-il, Messieurs ?

Le sergent Bunta s'avança vers les voyageurs d'un air menaçant.

– Ces hommes connaissent la veuve noire ! Où se trouve-t-elle ?

Gintaro remarqua un paravent disposé contre un mur et recula dans sa direction. Il n'osait enlever l'Écaille du Dragon et risquer de la perdre, mais cette cachette pouvait lui permettre d'échapper à l'attention des soldats.

– Vous vous trompez, bredouilla le marchand. Nous n'en avons pas la moindre idée !

Le samouraï le frappa au ventre, il chuta lourdement sur le sol. Lorsque Iori se précipita vers son père en criant, Bunta le saisit au vol. Il l'attrapa par le col et plaqua son sabre contre sa gorge.

– Répondez, ou j'égorge le gosse !

Celui-ci ne bougeait pas, mais une peur poisseuse ruisselait sur ses joues. Le noble prêtre contourna le guichet en bois ciré et s'écria :

– Arrêtez, au nom du Kirin ! Leurs papiers sont en règle ! Ils ont un laissez-passer de la Grande Prêtresse.

L'attention générale se focalisa sur lui et Gintaro en profita pour se glisser derrière le paravent. À travers les pivoines peintes sur le papier washi, il distinguait les silhouettes qui frémissaient de l'autre côté. L'expert retenait son souffle, la gorge nouée, conscient de son impuissance face au danger. En cet instant, il regrettait de toute son âme l'absence de Kiyoshi à ses côtés.

Un soldat se plaça devant Kouzaï. Les autres surveillaient la porte et la foule mécontente enfermée dans la salle. La température s'élevait, la tension aussi.

– Parlez ! hurla Bunta. Je veux cette femme !

– Je vous en prie, gémit M. Fujita, elle a disparu au temple du Kirin, nous ne l'avons pas revue.

Un coup partit, un cri de douleur retentit et Gintaro sursauta. Soudain, le paravent s'effondra et des dizaines de regards se braquèrent sur lui. La poigne musculeuse d'un guerrier se referma sur son bras.

– Qui voilà ? demanda le sergent d'un ton venimeux.

– Je ne suis qu'un expert en porcelâme itinérant.

– Alors, pourquoi tu te caches ?

La gorge de Gintaro s'assécha, le lacet qui tenait l'Écaille du Dragon cisaillait son cou, et les battements de son cœur résonnaient dans sa tête. Il chercha un mensonge vraisemblable, en vain.

14

Pendant sa chute, Tomoe donna un coup de pied à Ryo Sasaki pour qu'il lâche sa ceinture et les doigts du jeune guerrier glissèrent vers une petite sacoche. Elle vit son visage se tordre sous l'effet de la peur, sa bouche s'ouvrit en grand et il poussa un hurlement d'effroi. Elle le frappa encore et il tomba dans le vide. Une fois débarrassée de lui, l'ivresse du vide l'envahit. Le ciel lui tendait les bras, elle se sentit légère comme une plume, le vent s'enroulait autour d'elle et le temps s'étira…

Soudain, la corde nouée autour d'elle se tendit. Les claquements secs des pitons arrachés de la falaise retentirent. Les deux premiers cédèrent, mais ils freinèrent sa chute et le troisième tint bon. Le souffle coupé, le cœur battant, la jeune femme se retrouva suspendue dans les airs. La corde lui sciait la poitrine, mais cette douleur la tira de sa torpeur et réveilla son instinct de survie. Elle se balança en direction de la paroi, dégagea le piolet pendu à sa ceinture et le planta dans la roche pour éviter de repartir en arrière. Enfin, elle trouva des prises pour ses orteils et ses doigts. Tomoe s'accrocha à la falaise, plaquée contre la roche rugueuse, les yeux et la bouche pleins de poussière. Elle s'accorda quelques secondes de repos, reprit son souffle, puis grimpa en silence, pour ne pas attirer l'attention des soldats.

*****

Kiyoshi vit la jeune femme tomber, les yeux grands ouverts, les cheveux dénoués. Les cris de stupeur des soldats couvrirent tous les autres sons. Au milieu de ce brouhaha, le rōnin se figea sur place. « Elle est morte », pensa-t-il. Pendant cet instant d'inattention, il s'immobilisa en plein combat. La lame de Wataru s'enroula autour de la sienne et la rabattit vers le bas d'un coup sec, sa main s'ouvrit et son katana roula dans la poussière.

Wataru projeta son adversaire au sol d'un grand coup d'épaule, puis, il se plaça au-dessus de lui, le katana à la verticale, prêt à transpercer le cœur de Kiyoshi.

– Maître, regardez ! L'avorton n'est pas digne d'hériter de l'école. Apprenez-moi les arcanes de l'école Nakajima !

Il donna un coup de pied au vaincu, qui l'encaissa sans broncher. En cet instant, l'issue de ce duel ne comptait plus pour Kiyoshi. Il ne pensait qu'à Tomoe, à sa chute dans le vide, à son corps écrasé en bas. Jamais il ne se pardonnerait cette défaite.

Les soldats encore valides n'osaient affronter Izumi, qui venait de rosser leurs camarades en un instant. Celle-ci retourna près de ses deux disciples, les yeux plissés.

– Non, aucun d'entre vous ne l'est.

Elle lut la déception sur le visage de son interlocuteur à la suite de son verdict et poussa un profond soupir :

– Wataru, gagner un combat ne suffit pas. Des milliers de victoires n'y changeraient rien. Chacun d'entre vous porte en lui sa propre prison. Vous vous imposez des limites insensées, vous bridez vos propres capacités. Vous n'atteignez pas la paix intérieure qui rend chaque geste infiniment puissant. La force de l'esprit renforce celle du cœur, et non l'inverse. N'est-ce pas, Tomoe-san ?

– Je commence à comprendre.

Kiyoshi sursauta en entendant cette voix familière. Il vit deux mains brunes se poser sur le bord de la falaise, puis le visage de la guide apparut, inondé de sueur, barbouillé de poussière, mais bien vivant. Son cœur bondit dans sa poitrine et des larmes de soulagement lui piquèrent les yeux. Il n'était pas trop tard pour s'améliorer. Les dieux lui accordaient une autre chance.

Le maître se dirigea vers Tomoe et lui tendit la main pour l'aider à se relever. La jeune femme lui parla d'une voix haletante :

– Ryo Sasaki est mort. Son corps repose en bas.

– Par ta faute, déclara Izumi au capitaine. Tu l'as embarqué dans un combat qui le dépasse.

Elle prononça ces paroles d'un ton froid et Wataru recula comme si elle l'avait frappé.

– Impossible, gronda-t-il. Une simple femme, vaincre un guerrier… C'est bien la veuve noire !

– Ta sottise dépasse les bornes. Tomoe-san ne manie pas le sabre, mais elle dispose de ses propres armes. As-tu oublié sa qualité de guide ? En l'attaquant, cet idiot s'est lui-même jeté entre les griffes de la montagne.

– Maître, vous protégez une criminelle. Ces gens vous manipulent !

– Wataru, le Tigre tatoué sur ton bras aveugle-t-il aussi tes yeux ? Le véritable but de ton cher Gouverneur, c'est de se soulever contre l'Empereur !

Un grondement parcourut la troupe de soldats. Les samouraïs resserrèrent les rangs autour de leur capitaine, dont le visage trahissait le dilemme. Il ne parvenait pas à choisir entre le respect dû à son maître et sa loyauté envers le clan Tigre. Izumi trancha à sa place. La guerrière dégaina son sabre et s'avança vers le groupe compact, qui se tassa face à elle. Malgré la fatigue qui creusait son visage, sa détermination les épouvantait.

– Je vous préviens une dernière fois. Dégagez le passage, ou mon sabre le fera !

– En avant ! hurla le capitaine, et ses hommes se ruèrent à l'attaque.

Kiyoshi remarqua que Wataru ne le regardait plus. Son camarade ne semblait pas pressé de le tuer et il saisit cette chance. Il roula sur lui-même et bondit vers son propre katana, tandis que le maître se frayait un passage parmi les soldats. Son énergie guerrière s'abattait sur eux comme une avalanche et ils tenaient à peine sur leurs pieds. Wataru se lança à la poursuite de son rival, mais il ne l'égalait pas en vitesse et en vivacité. Ses propres hommes lui bloquaient le passage en reculant face au sabre d'Izumi. L'herbe rase à ses pieds s'imprégnait de sang.

– Laissez-moi passer ! cria le capitaine Kondô.

Tandis qu'il se focalisait sur Kiyoshi, le maître frappa sa tempe avec le manche de son sabre au passage. Wataru Kondô s'effondra à genoux, inconscient.

Le rōnin rejoignit Tomoe au bord de la falaise. Elle s'appuyait contre le rocher pour tenir debout, très pâle, et regarda en bas. Le corps désarticulé de Ryo Sasaki gisait sur les rochers, et elle serra une petite sacoche contre sa poitrine :

– Il a failli me l'arracher. J'ai eu peur qu'elle ne tombe avec lui.

– Quoi donc ?

La jeune femme approcha ses lèvres glacées de son oreille :

– Ma porcelâme.

*****

Ils marchèrent toute la journée vers l'ouest sur la crête du mont Fujin. Sous la manche de son kimono, Kiyoshi sentait le bandage noué autour de son avant-bras. Il ne saignait plus, mais son corps fourbu le lançait à chaque pas. Souvent, son esprit s'échappait et ses pensées se tournaient vers le passé, à une époque où son ancien camarade se comportait comme un rival et non comme un ennemi.

Kiyoshi se souvenait d'une impasse bordée de palissades en bois et des quatre disciples de l'école du Dragon bleu qui l'avaient poursuivi dans tout le quartier. La rivalité entre les dojos se traduisait parfois par des règlements de compte brutaux et certains n'appréciaient pas l'ascension rapide de l'école Nakajima. Il avait brandi son arme en lamelles de bambou, décidé à vendre chèrement sa peau, tout en sachant la victoire impossible. Ses quatre adversaires avaient frappé en même temps et il ne pouvait esquiver tous les coups. Une lame en bois avait percuté son flanc droit, une autre son épaule gauche. Il avait rassemblé son courage pour ne pas se rouler en boule parmi les détritus qui jonchaient le sol.

– Accroche-toi, l'avorton !

Ce cri lui avait redonné courage. Wataru comptait deux ans de plus que lui, une large carrure et une allonge supérieure. Lorsqu'il s'était jeté au beau milieu du combat, Kiyoshi avait découvert des sensations réconfortantes. Un dos contre ses épaules, un sabre en harmonie avec le sien, un camarade qui couvrait ses arrières. Ensemble, ils avaient remporté ce combat et bien d'autres encore.

Aujourd'hui, Kiyoshi n'avait réussi ni à vaincre Wataru, ni à le persuader de désobéir à son seigneur. Cette défaite pesait sur ses épaules et une sombre mélancolie s'emparait de lui. Il n'avait pas su protéger Tomoe. Le rōnin fixa la silhouette voûtée de la guide, qui s'obstinait à marcher en tête. Sa fierté lui interdisait d'avouer que sa chute et sa remontée au sommet du mont Fujin l'avaient épuisée. Kiyoshi soupira et ses yeux se posèrent sur la sacoche qu'elle avait rattachée à sa ceinture.

– Cette porcelâme se trouvait juste sous nos yeux, dit-il soudain, et nous l'avons cherchée dans la grande pagode. Les huit-mille kami ne manquent pas d'humour.

Tomoe pressa le cuir taché de sang contre sa hanche.

– Je l'ai emportée avec moi pour que mon père ne puisse pas s'en servir.

– Notre ami Gintaro donnerait cher pour l'examiner. Elle souffre peut-être du même mal que celle de la princesse Kaede.

– Non ! cria-t-elle d'un ton farouche. Je ne la montre à personne. Les tourments de mon âme ne concernent que moi.

Ce rejet heurta Kiyoshi. Il n'avait pas eu l'intention de se montrer indiscret, juste d'apprendre à la connaître.

– Tu ne changes pas d'avis ? demanda-t-il. La Grande Prêtresse et Shizuka-san m'ont demandé de te protéger, mais tu nous conduis tout droit vers l'ennemi.

– C'est à moi de choisir ma voie, le coupa Tomoe. Je ne me sentirai en sécurité nulle part tant que le gouverneur Tora me poursuivra, mais rien ne te force à m'accompagner.

– Je ne m'inquiète pas pour moi.

Le chemin caillouteux descendait lentement, le soleil se couchait et les premières étoiles luisaient au firmament. Kiyoshi prit une grande inspiration et l'air froid de la montagne emplit ses poumons. Il n'osait proposer à la guide de se reposer, car il connaissait sa crainte des soldats et ne savait comment la rassurer.

*****

La lassitude et le découragement engourdissaient Tomoe. Elle ignorait depuis trop longtemps ses muscles raides et ses pieds endoloris. Ses pas devenaient mécaniques, sa vigilance s'endormait, et elle secoua la tête pour chasser ses idées noires. Ses doigts se souvenaient encore de ceux de Ryo Sasaki ; elle les frotta contre son kimono pour chasser cette horrible sensation, mais le tissu rêche ne pouvait effacer cette souillure. Elle imaginait la peine et l'amertume d'Aïko. Si elle la revoyait un jour, son amie lui reprocherait la mort du jeune homme simplet qui aimait l'écouter jouer de la flûte. Les jambes de Tomoe vacillèrent à cette idée, elle trébucha et s'arrêta au beau milieu de la pente. Puis, ses yeux se levèrent vers le sommet.

– Je ne vois pas le pont du tonnerre et du vent !

Le flanc rocailleux de la montagne donnait sur un profond ravin qui séparait les monts jumeaux. Mais au lieu d'un grand pont suspendu, orné d'écharpes rouges et de grelots, la berge ne supportait que des poteaux abattus et des bouts de corde calcinés.

– Les soldats l'ont brûlé après l'avoir franchi, constata Izumi d'un ton las.

La guide ne bougeait pas, glacée d'horreur. Cet été, elle s'était rendue jusqu'ici avec ses deux amies, pour le plaisir d'une longue promenade en montagne. Shizuka leur avait raconté des histoires drôles, Aïko leur avait tressé des couronnes de fleurs. Elle avait joué de la flûte, et Tomoe se souvenait d'une frêle silhouette en équilibre sur le pont suspendu, dont les notes survolaient l'abîme tels des oiseaux. Une cruelle sensation de perte la frappa.

– Un ouvrage sacré détruit par ma faute… Que les dieux me protègent !

– Cela, je n'en doute pas, répondit le maître. Vous avez fait appel au Kirin tout à l'heure.

– Comment le savez-vous ?

– Ce calme surnaturel, la force tranquille de la terre… je reconnais ces pouvoirs. Tomoe-san, vous ne devez pas compter sur la protection de Kiyoshi. Vous n'avez pas besoin de lui.

La jeune femme ne prêta guère attention à cette dernière phrase, ébranlée par le sacrilège commis par le clan Tigre. Elle s'approcha du bord du ravin et plongea son regard dans la brume qui en dissimulait le fond. Il en émanait une odeur de soufre qui la fit suffoquer. Malgré son statut de guide et sa connaissance intime de la montagne, elle se sentait perdue.

*****

Des pas pesants martelèrent le seuil du bâtiment administratif, des coups impérieux ébranlèrent la porte.

– Ouvrez, au nom de l'Empereur !

Gintaro et le soldat qui tenait son bras se figèrent.

Un silence tendu tomba soudain dans la salle. Tout le monde fixait le battant, mais personne n'osait l'ouvrir. Comme il n'était pas verrouillé, les nouveaux venus l'ouvrirent de l'extérieur. Le cliquetis des armures retentit à nouveau mais, cette fois, leurs porteurs arboraient les écailles bleues du Dragon impérial.

Les soldats de l'Empereur acculèrent ceux du Tigre au fond de la salle, et les voyageurs se retrouvèrent pris entre eux. Bunta ne lâcha pas Iori pour autant.

– Qui êtes-vous ? cria-t-il. Que faites-vous ici ?

– Je suis le capitaine Mizuiro et je viens présenter mes respects au noble prêtre qui veille sur ce lieu sacré au nom de la Grande Prêtresse du Kirin.

Un sanglot franchit les lèvres blêmes d'Iori et l'attention générale se focalisa sur lui.

– Vous menacez un enfant ? constata Mizuiro d'un ton froid.

– Nous cherchons la veuve noire, une criminelle qui…

Kouzaï agita un rouleau fermé par une cordelette dorée.

– Ces voyageurs n'ont rien à voir avec elle ! La Grande Prêtresse leur a délivré ce laissez-passer en personne.

– Dans ce cas, nul ne saurait contester son autorité, répondit le capitaine. Éminence, voici les ordres de

Sa Majesté. À partir d'aujourd'hui, mes hommes s'installeront à l'entrée du relais du Levant et nous nous tenons à votre disposition pour protéger la Voie du Kirin.

Le noble prêtre s'inclina dans sa direction en signe de remerciement.

– Cette affaire est réglée, Bunta. Libre à vous de poursuivre la veuve noire sur les terres du Tigre, mais vous n'êtes pas les bienvenus ici. Lâchez-le !

Le sergent rougit de colère. D'un grand geste du bras, il faillit décapiter le noble prêtre, qui se déroba d'un petit saut en arrière. La lame de son adversaire égratigna seulement son ample tunique. Iori en profita pour s'enfuir.

– Quel lâche ! s'écria le capitaine Mizuiro.

Il se jeta sur Bunta et lui enfonça sa lame sous l'épaule. Un hoquet secoua le sergent, du sang coula sur son plastron, puis il s'effondra sur le parquet ciré. Ses hommes hurlèrent d'une même voix et se jetèrent sur leurs adversaires. Le duel se transforma en combat rangé.

Le noble prêtre rejoignit Gintaro contre le mur, tandis que les soldats s'affrontaient furieusement au centre de la salle. Sans se soucier des cris ni du fracas des armes, il considéra sa tunique déchirée et une moue dépitée tordit ses lèvres.

– Je suis moins vif qu'autrefois.

L'expert en porcelâme se détourna pour vomir, horrifié par le sang et les entrailles qui se répandaient sous ses yeux. Il vit Iori saisir une jarre et l'asséner sur le crâne d'un ennemi avant qu'il n'achève un guerrier du Dragon. Le marchand tira sur le kimono de son fils pour l'empêcher de se jeter dans la bataille.

Quand Gintaro se redressa, le noble prêtre lui tendit son mouchoir avec un sourire indulgent. Pendant ce temps, le capitaine Mizuiro cloua le dernier soldat du Tigre contre le comptoir d'un formidable coup de sabre. Il dut s'appuyer du pied contre le guichet pour récupérer son katana et prit le temps d'en examiner le tranchant, sans se soucier du sang qui couvrait son armure. Ses hommes se figèrent, haletants, et se portèrent au secours des blessés.

Après avoir appelé un médecin, Kouzaï remercia chaleureusement le capitaine.

– L'Empereur nous ordonne de chasser les guerriers du Tigre de la montagne sacrée, expliqua ce dernier. Mes hommes et moi ne formons qu'une avant-garde. Le corps de l'armée impériale nous rejoindra bientôt, dirigé par le prince Daïjiro.

Le noble prêtre Kouzaï saisit aussitôt toutes les conséquences de cette décision et son visage devint grave.

– Je dois en avertir la Grande Prêtresse sans tarder.

– Je vous prie de lui transmettre ce message, déclara Mizuiro en lui confiant un rouleau d'un air solennel. Mon seigneur, le prince Daïjiro, lui assure qu'il vient en paix et que ses troupes ne pénétreront pas sur ses terres sans son autorisation. L'Empereur nous envoie pour empêcher le gouverneur Tora de prendre le contrôle de la Voie du Kirin.

Gintaro s'essuya la bouche et réfléchit à la situation. Son père l'avait informé des ordres de l'Empereur par le biais de l'Écaille du Dragon céleste, la présence de soldats impériaux au relais du Levant ne le surprenait donc pas. Il ne s'attendait pas, toutefois, à celle d'une armée conduite par le fils cadet de Sa Majesté. Il s'agissait d'une véritable démonstration de force.

Incommodé par l'odeur du sang et le spectacle macabre, l'expert en porcelâme sortit du bâtiment administratif d'un pas mal assuré. La tête lui tournait encore et il sursauta lorsqu'une voix demanda dans son dos :

– Vous rentrez à la capitale ?

Il trébucha sous l'effet de la surprise, et le capitaine Mizuiro le retint par le coude.

– Du calme. C'est l'Empereur qui m'envoie et j'ai reçu l'ordre de vous aider si besoin.

Gintaro prit une grande inspiration pour reprendre ses esprits. En fait, il connaissait ce samouraï. Mizuiro servait le prince Daïjiro, et ils s'étaient déjà croisés plusieurs fois à la cour impériale. Puisqu'il l'avait reconnu, autant se montrer franc.

– Oui, dès que possible.

– Je peux vous fournir un cheval et une petite escorte, si la vitesse compte plus que l'incognito.

À cette idée, une immense reconnaissance envahit Gintaro. Une monture lui permettrait d'atteindre son but en trois jours au lieu de huit et les soldats le protégeraient contre les bandits, sans oublier les espions du gouverneur Tora. Il lui tardait de retrouver son père, ses chères porcelâmes, et d'en finir avec cette mission dangereuse. Aussi s'inclina-t-il très bas.

– Je vous en serais très reconnaissant.

– Pas de quoi, maugréa le capitaine d'un ton bourru.

*****

Ce soir-là, le vent et le tonnerre rugirent sur les cimes. Faute de mieux, les trois voyageurs se blottirent sous une anfractuosité rocheuse, à quelques pas des débris du pont. Kiyoshi scrutait l'horizon, de crainte que les soldats ne reviennent malgré le mauvais temps, mais les éclairs blancs qui déchiraient la masse sombre des nuages n'éclairaient qu'une étendue désolée. Les arbres se courbaient sous l'orage et les animaux s'abritaient de la pluie cinglante.

Le maître examina sa blessure et la pansa, tout en le sermonnant sur ses erreurs au combat. Kiyoshi serra les dents, malgré son exaspération. Il entendait encore sa voix déterminée lorsqu'elle s'adressait à Tomoe. « Pas besoin de lui ? » Son échec face à Wataru lui pesait. D'un autre côté, il aurait pu se trouver sur la route d'Aomizu avec Tomoe, loin des soldats et de leur maudit capitaine, si son maître n'avait pas eu besoin d'un guide.

Tandis que la guide prenait le premier tour de garde, il se tourna et se retourna sous sa couverture. Leur abri les protégeait du vent et de l'averse, mais Kiyoshi ne parvenait pas à se réchauffer. Incapable de trouver le sommeil, il rouvrit les yeux et chercha la silhouette de Tomoe. Elle ne montait plus la garde à l'entrée et son absence inquiéta le rōnin, qui se leva sans bruit.

Enfin, l'orage s'était éloigné. Au clair de lune, les gouttes d'eau scintillaient comme des perles, les jeunes pousses d'herbes frissonnaient sous la brise, les rapaces nocturnes chassaient. Tomoe se tenait un peu plus loin, assise sur un rocher. Elle lui tournait le dos, perdue dans sa contemplation, ses longs cheveux noirs cascadaient sur ses épaules. Face à tant de beauté, Kiyoshi prit une grande inspiration. Il s'avança lentement, presque malgré lui, et l'entendit s'écrier :

– Attendez !

Un courant d'air emporta ses paroles. Puis, Tomoe se leva et s'inclina profondément en direction du sud.

– À qui parlais-tu ? demanda-t-il.

Lorsqu'elle se tourna enfin vers lui, son visage exprimait un mélange de surprise et de compassion.

– Le Kirin se tenait près de moi. Tu ne l'as pas vu ?

Cette question le transperça tel un coup de sabre. Ainsi, il avait interrompu un moment privilégié que l'animal fabuleux partageait avec Tomoe, mais pas avec lui. Ce constat le désespéra. Le maître ne se trompait pas, la guide n'avait pas besoin de lui. Il se sentit rejeté, exclu de son monde, indigne de le partager. L'amertume le submergea, et il s'entendit répondre :

– Je suppose que seules les princesses le peuvent.

La colère empourpra les joues de Tomoe et ses doigts se crispèrent sur sa ceinture.

– Je ne suis pas une princesse ! Elles vivent au palais impérial, au lieu d'arpenter la montagne par ce temps.

– En fait, je ne te comprends pas. Nous serions presque arrivés à la capitale, si tu n'avais pas choisi de retourner vers les terres du Tigre.

Elle tapa du pied, et sous l'effet de la fatigue, Kiyoshi crut sentir le sol trembler.

– Je le sais bien ! Moi aussi, je préférerais me trouver loin d'ici, mais mon père me retrouvera toujours. Il possède des espions partout, même à la capitale, et je refuse de vivre dans la peur jusqu'à sa mort ou la mienne. Il faut en finir !

– Nous risquons surtout de foncer dans un piège.

– Oui, mais tu aurais préféré que j'abandonne ton maître en pleine montagne ? Si elle se perdait, ou s'écrasait au pied d'une falaise, ne me le reprocherais-tu pas ? C'est aussi pour toi que je le fais !

Le rōnin ne pouvait lui reprocher d'accomplir cette tâche elle-même, pour éviter d'impliquer son amie Shizuka, ou un autre collègue. Il garda donc le silence, frustré par son inutilité. Ils rentrèrent sous leur abri de fortune, tandis qu'Izumi montait la garde depuis son poste d'observation. Kiyoshi considéra les affaires personnelles de Tomoe ; la sacoche tachée de sang gisait grande ouverte, et il aperçut la petite bourse en brocart rangée dedans.

– Que se passe-t-il avec ta porcelâme ? Gintaro pensait qu'il existait peut-être un lien avec celle de la princesse Kaede.

– Je ne veux pas en parler.

Tomoe se raidit d'un coup et il n'osa pas insister. Pourtant, les pensées du rōnin se tournaient sans cesse vers ce mystère.

15

À l'aube, Tomoe partit cueillir des renouées, dont les tiges rougeâtres formaient des bosquets entre les rochers. Les jeunes pousses, semblables au bambou, se mangeaient crues ou cuites, et ils allumèrent un petit feu pour se réchauffer. Izumi grimaça, gênée par la texture filandreuse des renouées, et la guide dissimula un sourire derrière son bol. Pour sa part, Kiyoshi ne détestait pas leur goût âpre, qui se mariait bien avec celui du riz.

Après le petit-déjeuner, le maître considéra la largeur du ravin et la longueur de leurs cordes d'un air sombre.

– Impossible de traverser. Ces maudits bousiers nous imposent un détour.

Tomoe soupira :

– Je crains qu'ils ne nous forcent à remonter vers le nord pour nous tendre une embuscade.

– Alors, prenons un chemin différent.

– Il n'en existe pas, soupira la guide. Plus au sud, la rivière descend jusqu'aux terres du Phénix, elle ne passe pas par les terres du Tigre.

Izumi considéra ses compagnons d'un air exaspéré, puis se tourna vers le mont Raijin, comme si sa volonté pouvait créer un pont entre les deux versants. Elle n'esquissa pas le moindre geste, mais Kiyoshi sentit son énergie se déployer autour d'elle. Des rides marquèrent son front et des gouttes de transpiration roulèrent sur ses tempes. Soudain, son expression s'adoucit et elle s'inclina profondément.

– Regarde, souffla Tomoe, le Kirin arrive.

Le rōnin ne voyait que l'herbe rase, les rochers, le gouffre et les cimes acérées qui se détachaient sur le bleu du ciel. Malgré ses efforts, ses sens ne décelaient aucune trace de l'animal fabuleux. Son cœur se serra douloureusement dans sa poitrine.

Soudain, deux mains fraîches se posèrent sur ses paupières. Tomoe se tenait derrière lui, tout près, et son parfum flotta jusqu'à Kiyoshi.

– N'essaie pas de le voir avec tes yeux, chuchota-t-elle, mais plutôt de percevoir sa présence.

Le rōnin prit une grande inspiration. Il se concentra comme s'il livrait un combat, comme si sa vie en dépendait. Ses doigts serraient la poignée de son katana, le soleil caressait son visage, le vent ébouriffait ses cheveux, et ses sandales piétinaient l'herbe humide. L'espace se déployait autour de lui. Enfin, il entendit le son léger d'un galop. Des ondes se propageaient dans la terre comme des ronds dans l'eau.

– Il se rapproche ?

– Oui, chuchota Tomoe à son oreille, mais tu n'as rien à craindre de lui.

Kiyoshi percevait une volonté impétueuse, une force issue des entrailles de la montagne sacrée, une profonde sagesse, une infinie bonté. Quand les mains de Tomoe s'écartèrent, la lumière l'éblouit, mais entre ses paupières papillotantes, il distingua une silhouette translucide qui s'évanouit à l'horizon.

– Il est parti, constata la jeune femme.

– Et nous sommes toujours coincés ici, grogna Izumi.

*****

Malgré la lassitude physique et morale dont souffrait Tomoe, la vue de l'animal fabuleux lui redonna courage. Il avait frappé le sol de son sabot et courbé la tête, désignant le ravin de ses bois. Même en plein jour, le fond se perdait dans la brume, mais les deux versants se rapprochaient l'un de l'autre en descendant. Peut-être existait-il un moyen de traverser plus bas ? La guide s'agenouilla au bord du gouffre et se pencha vers le vide pour mieux étudier la question. Kiyoshi saisit aussitôt sa ceinture, tout près de la sacoche qui tenait sa porcelâme. Elle sursauta et posa la main sur le cuir taché de sang.

– J'ai eu peur que tu ne tombes, dit-il avec un sourire contrit.

La jeune femme plongea son regard dans le sien et ne lut aucune duplicité dans ses iris bruns. Il prenait juste soin d'elle.

– Merci.

Avant de se lancer, Tomoe vérifia avec soin l'état de son matériel. Elle passa sa plus longue corde entre ses jambes, la fit remonter en travers de sa poitrine, puis la saisit dans son dos pour contrôler sa descente. Ils attachèrent l'autre bout autour d'un rocher par sécurité et Kiyoshi voulut l'assurer, mais le maître s'interposa en lui rappelant son bras blessé.

Alors, la guide s'engagea dans l'exploration du ravin. La corde se déroulait lentement tandis qu'elle s'enfonçait dans le brouillard. L'odeur de soufre devenait de plus en plus forte, elle imprégnait ses poumons à chaque respiration. Bientôt, la pente s'accentua et elle perdit ses compagnons de vue. L'humidité étouffait leurs appels. Les parois verticales qui se resserraient autour de Tomoe lui cachaient le ciel. Une étrange sensation de solitude l'envahit. Ses muscles la lançaient, le chanvre brûlait son épaule et sa nuque à travers l'épaisseur de son kimono. Aussi s'arrêta-t-elle quelques instants sur un surplomb pour reprendre son souffle.

Des cris lui parvinrent d'en haut, mais les sons résonnaient et elle ne comprenait pas les paroles de ses amis. Des soldats arrivaient-ils sur la crête ? Cette idée l'effraya et elle chercha une échappatoire autour d'elle. Désormais, elle distinguait le sol tout en bas. Les deux versants du ravin formaient un couloir aux parois couvertes de mousse et d'herbes folles. La vapeur émanait d'une faille étroite, qui sinuait au fond de la gorge. Elle exhalait cette forte odeur de soufre, qui se mêlait à celle de la végétation.

La jeune femme reprit courage et voulut poursuivre, mais au lieu de l'accompagner, la corde se tendit. Tomoe comprit ce que signifiaient les appels de ses compagnons. Elle avait atteint le bout du rouleau, il fallait remonter.

*****

Kiyoshi se sentait à l'étroit au fond de cette gorge mystérieuse. Il se croyait pris entre les mâchoires d'un fauve, comme si les parois rocheuses risquaient de se refermer sur lui et de broyer ses os. À mesure qu'ils se dirigeaient vers le nord, les odeurs de soufre s'atténuaient, mais la vapeur lui donnait une sensation d'étouffement. La chaleur accentuait sa fatigue. À chaque pas, la douleur jaillissait de ses cuisses durcies et sa blessure au bras le lançait. Il se taisait, toutefois, conscient de l'épuisement de Tomoe.

Malgré ses traits tirés, la jeune femme avançait toujours en tête. Elle tenait à son rôle de guide et l'assumait avec un courage indomptable.

– Regardez !

Tomoe désigna une grotte creusée sous la falaise, dont les parois polies s'ornaient de belles concrétions de sel. Une vasque naturelle creusait le sol. L'eau laiteuse contenue dans ce bassin venait des profondeurs et sa couleur évoquait une perle enchâssée dans la roche. La blancheur du sel et le vert de la mousse formaient un tableau enchanteur.

– Personne ne connaît cette source chaude, déclara Tomoe d'un air émerveillé.

Elle pénétra sans crainte dans le nuage de vapeur et plongea la main dans l'eau, qui ruissela sur son bras. La jeune femme rêvait d'un bain, le rōnin le lut sur son visage, et consulta le maître du regard. Pouvaient-ils s'accorder une telle perte de temps ? Wataru s'était sans doute remis du coup porté par Izumi. En ce moment même, il les cherchait sur la crête et dans la vallée.

– Reposons-nous un moment, dit-il à haute voix. Les soldats ne nous trouveront pas ici.

– Attendez-moi, décida le maître. Je vais continuer dans cette direction pour voir s'il est plus facile de remonter plus loin. Kiyoshi, profites-en pour soigner ton bras.

– J'ai besoin de m'entraîner.

– Ne force pas trop, ou tu risques d'aggraver ta blessure.

– Ce n'est pas en me ménageant que je vaincrai Wataru.

Izumi leva les yeux au ciel d'un air exaspéré :

– Wataru ne compte pas ! gronda-t-elle. Cesse de te focaliser sur cet idiot fini ! C'est toi-même, que tu dois vaincre. Il faut te rapprocher du Kirin pour maîtriser les arcanes de l'école Nakajima.

– Les deux sont liés ?

Le maître fronça les sourcils d'un air sévère.

– Tu as bien entendu, ne m'oblige pas à le répéter.

Kiyoshi comprit que la force de son maître, son énergie et sa rapidité surnaturelle provenaient de son lien particulier avec le dieu de la Terre. Toutefois, l'enseignement qu'elle tentait de lui transmettre ces derniers jours lui semblait hors de portée. Il ne se jugeait digne, ni d'une telle intimité avec un animal sacré, ni de lui succéder à la tête de l'école Nakajima.

– Je le vois à peine ! Tandis que les soldats du Tigre…

– Ne sont que des pantins au service de leur Gouverneur. Il utilise Wataru comme un instrument parmi d'autres et cet imbécile ne s'en aperçoit pas. Tu gaspilles ton énergie en essayant de le tuer.

Le rōnin secoua la tête d'un geste plein de rage.

– Je ne veux pas le tuer, mais lui prouver qu'il se trompe ! Avant, Wataru combattait pour l'école Nakajima. Nous l'avons protégée ensemble en votre absence, il couvrait mes arrières et réciproquement. Il s'est toujours montré vantard, mais honnête. Et regardez-le maintenant ! Il obéit aux ordres aveuglément, il refuse de reconnaître leur absurdité. Je déteste ce qu'il est devenu.

– La soif de gloire l'aveugle, déplora son interlocutrice. Il a toujours rêvé de commander, contrairement à toi. Oublie-le, Kiyoshi, et concentre-toi sur ta progression.

Tomoe s'interposa avant que le ton ne s'élève davantage :

– Je peux l'aider à percevoir le Kirin.

Une moue railleuse étira les lèvres d'Izumi.

– Bonne idée, je te confie volontiers mon stupide disciple et son crâne obtus. Si besoin, n'hésite pas à le frapper !

– Ce ne sera pas nécessaire, répondit la jeune femme d'un ton badin.

Le rōnin serra les poings pour contenir sa colère et son impuissance. Il refusait de les laisser éclater devant la guide, qui le fixait avec attention. Dès que le maître s'éloigna, il poussa un profond soupir :

– Pardonne-moi pour hier, je ne me sentais pas à la hauteur.

– À la hauteur d'un rang que je déteste ! Comment te le prouver ?

– Il ne s'agit pas seulement de rang. Tu as vaincu Ryo Sasaki, j'ai perdu contre Wataru.

– Mais…

Kiyoshi l'interrompit avant qu'elle ne termine sa phrase, pressé de soulager sa conscience.

– S'il t'avait tuée, jamais je ne me le serais pardonné. Je ne sers à rien.

– Je n'ai pas gagné. Je l'ai assassiné. J'ai trahi mes vœux de guide !

Un frisson la secoua de la tête aux pieds et Kiyoshi comprit enfin l'ampleur de sa détresse. Pour lui, tuer dans le feu du combat faisait partie d'une mission, pour elle, tous les voyageurs devaient rentrer chez eux sains et saufs. Lorsqu'une larme roula sur sa joue, il la prit dans ses bras et caressa ses cheveux. Le parfum du camélia l'enveloppa.

– Non, c'était un ennemi mortel, pas un client.

À ces mots, elle enfouit son visage contre son épaule.

– J'ai tué les soldats, puis Ryo Sasaki. Quelle différence avec la veuve noire ?

– Elle tue par plaisir, par vengeance et par intérêt. Toi, tu défends simplement ta vie. Ce n'est pas un crime, Tomoe.

La jeune femme se blottit contre lui un long moment, sa respiration entrecoupée s'apaisa, puis elle proposa d'un ton plus serein :

– Bain et méditation, ce programme te convient ?

– À vos ordres, professeure, dit-il avec une courbette.

Elle rit un peu, se haussa sur la pointe des pieds et lui tapota la tête. Son sourire lumineux le récompensa pour tous ses efforts.

– Courage, Yoshi-chan !

*****

Tomoe se troubla quand le rōnin ôta la manche de son kimono. Kiyoshi jouait à l'élève, ses traits juvéniles s'y prêtaient, mais sous le tissu épais son corps n'était pas celui d'un gamin. Elle observa avec émotion le bombé des épaules, les muscles qui jouaient sur son bras et les lignes nerveuses de son poignet. Ses doigts se tendirent malgré elle, désireux d'explorer la texture de sa peau. Pour dissimuler sa fébrilité, la jeune femme se concentra sur sa blessure. La coupure ne semblait pas très profonde, mais des gouttes de sang suintaient encore ; il ne fallait pas qu'une infection se développe. Elle trempa un linge dans l'eau et nettoya la plaie avec soin, en effleurant son bras dénudé. Pour la remercier, Kiyoshi saisit sa main dans la sienne et déposa un baiser sur son poignet. Dans son regard sombre, elle lisait de la tendresse, mais aussi une sensualité qui lui donna le feu aux joues.

– Un bain chaud te fera du bien, dit-elle d'un ton léger. Je te laisse passer en premier.

Kiyoshi lui jeta un coup d'œil malicieux. Pendant un instant, Tomoe craignit qu'il ne lui propose de se baigner ensemble, mais il se contenta d'enlever l'autre manche de son kimono et elle se détourna en vitesse. Les fourreaux de ses sabres cliquetèrent lorsqu'il les posa près du bassin, à portée de main. La jeune femme entendit l'eau clapoter et son cœur accéléra.

Pour maîtriser son trouble, elle posa les mains sur son ventre, prit une grande inspiration, et chercha la paix intérieure. Une étrange sérénité régnait au fond du ravin. La brume les dissimulait aux regards extérieurs, les falaises encaissées rendaient ce lieu difficile d'accès. Elle se sentait au cœur d'un temple naturel, sous la protection des divinités. Une fois son calme retrouvé, Tomoe s'agenouilla sur le bord du bassin. Kiyoshi s'était plongé dans l'eau laiteuse jusqu'au menton, pensif, mais attentif à ses moindres gestes. Elle lutta pour rester concentrée sur la leçon.

– La méditation commence par la respiration, murmura-t-elle. Concentre-toi sur ce souffle de vie. Ferme les yeux pour mieux percevoir toutes ces sensations. La chaleur, l'eau, le sang qui coule dans tes veines... Laisse tes muscles se détendre. Nous ne risquons rien ici.

Il obéit et sa poitrine se gonfla au rythme de son souffle. Un long bâillement lui échappa.

– Ne lutte pas contre les images et les pensées qui traversent ton esprit, poursuivit la jeune femme. Laisse-les passer, comme des nuages dans un ciel d'été.

Un bruissement venu du fond de la grotte attira son attention et elle inclina la tête en signe de respect, sans interrompre la séance.

*****

Soudain, le cœur de Kiyoshi accéléra. La roche vibrait autour de lui et le son de l'eau devint limpide comme du cristal. Une présence forte, attentive, emplissait l'espace. La brume dissimulait le nouveau venu aux regards, mais le rōnin entendait son souffle puissant.

– Il est là, n'est-ce pas ?

D'instinct, Kiyoshi chercha la poignée de son katana, mais son corps amolli par l'eau chaude réagissait lentement.

Les doigts frais de Tomoe couvrirent ses paupières.

– Oui, mais tu n'as rien à craindre de lui. Essaie de te détendre.

Il cessa aussitôt de se débattre, conquis par sa douceur. Elle le guidait sur la Voie du Kirin avec une grâce soyeuse et une volonté d'acier. Il la suivait aveuglément.

Des images jaillirent en lui, frissonnantes et fragiles, telles les fleurs de cerisier. Le miroir sacré, la montagne en flamme, les paysans tombés sous ses coups lors de la révolte du Tigre, la colère de son maître… Tant de regrets. Une main calleuse remontait sa couverture pour qu'il ne prenne pas froid. Des lèvres soufflaient sur sa soupe pour éviter qu'il ne se brûle. Une berceuse chantée d'une voix cassée. L'odeur des tatamis. La texture d'un sabre en bois. La chaleur d'une mère.

– S'il te plaît, chuchota-t-il, ne m'abandonne pas !

– Je suis là, murmura Tomoe. Ouvre les yeux.

Kiyoshi battit des paupières, puis ses yeux s'ouvrirent en grand. Le Kirin s'était avancé dans le bassin. Il se tenait tout près, si près que son haleine parfumée emplissait ses poumons. Son regard le transperçait jusqu'au fond de l'âme. L'animal fabuleux le dominait de toute sa taille, de ses bois puissants, de ses sabots fendus, mais surtout de sa présence intense. Le rōnin n'osait esquisser le moindre geste. Il se sentit mis à nu, seul et fragile, face au dieu de la Terre.

Le souffle tiède de Tomoe caressa sa joue.

– Ne crains rien, Yoshi. Le Kirin n'est pas ton ennemi. Il te rendra plus fort si tu l'acceptes.

– Je ne le mérite pas…

L'animal fabuleux l'interrompit d'un petit coup de museau bienveillant. Il appuya sa tête contre la joue de Kiyoshi, qui se laissa aller en retour. La caresse des écailles nacrées lui apportait un profond réconfort. Cette bonté, cette tiédeur liquide apaisèrent la terreur enfouie au plus profond de lui. Le temps se suspendit, telle l'infinie beauté d'une fleur de cerisier.

*****

Kiyoshi se sentit reposé de corps et d'esprit en s'éveillant de son étrange rêverie. Il installa le campement pendant que Tomoe se baignait, sans toucher à sa précieuse sacoche en cuir. La lumière baissait et le maître ne revenait pas, mais il ne s'inquiétait pas trop à son sujet. Elle savait se débrouiller seule.

De son côté, il se sentait décontenancé par sa rencontre avec le Kirin. Kiyoshi se considérait depuis toujours comme une personne insignifiante. Sa mère l'avait abandonné, comme sa vie ne comptait pas pour elle, il n'y accordait lui-même aucune importance. Pourtant, un dieu venait de le distinguer entre tous. La bénédiction de l'animal sacré bouleversait l'un des fondements de son existence.

À l'heure du repas, Tomoe mangea son riz d'un air absent, sans évoquer la séance de méditation et ses effets. Le rōnin la regarda souffler sur sa tasse de thé vert. Ses lèvres entrouvertes frémissaient et ses yeux d'encre noire fixaient le liquide jaune pâle. À quoi pensait-elle ? Aux coassements des grenouilles, au bourdonnement des insectes, aux reflets du soleil sur les parois de la grotte, ou au pouvoir du Kirin sur le cœur des hommes ? La jeune femme se leva d'un bond, se dirigea vers ses affaires et revint vers lui avec sa sacoche en cuir. Elle la serrait contre sa poitrine en s'approchant à petits pas.

– Tu as raison, dit-elle soudain. Il existe peut-être un lien entre ma porcelâme et celle de ma mère.

– Rien ne t'oblige à me la montrer. Je ne voulais pas te mettre mal à l'aise.

– C'est à mon tour de te faire confiance, murmura-t-elle.

Elle s'agenouilla à ses côtés, puis lui tendit l'objet d'une main tremblante.

– Tu es sûre ? Je ne suis pas un expert.

Tomoe fixait le sol, et ses cils dissimulaient son regard, mais elle inclina la tête en signe d'acceptation. Touché par sa fragilité, le rōnin ouvrit la sacoche, dénoua les cordons de la bourse en brocart, puis dégagea la petite statuette de son cocon avec mille précautions.

Dès qu'il y posa les yeux, la compassion le submergea. La porcelâme avait gardé les traits d'une enfant aux joues rondes et aux tresses nouées autour de la tête. Elle portait un kimono somptueux, conforme à son rang de princesse, mais elle se tenait à genoux, les bras tendus en un appel déchirant. Ses yeux débordaient de larmes. Ses lèvres formaient un cri silencieux qui transperça le cœur de Kiyoshi.

Il se souvint de sa vision dans la grande pagode, lorsqu'il avait plongé dans le miroir du Kirin, et se pencha vers la jeune femme recroquevillée près de lui. Elle dissimulait son chagrin, mais son souffle haletant la trahissait.

– Tomoe-chan…

Lorsqu'il saisit son épaule, elle s'accrocha des deux poings au col de son kimono. Son haleine au creux de son cou, sa peau veloutée, les battements effrénés de son cœur, tout en elle l'émouvait.

– Cette enfant pleure encore au fond de toi, murmura-t-il, et la princesse Kaede en a le cœur brisé.

– J'espérais qu'elle changerait avec le temps, mais non. J'ai beau parcourir la montagne, affronter les soldats de mon père et voir le Kirin, au fond, mon âme reste celle d'une petite fille qui réclame sa mère.

Kiyoshi entendit des larmes dans sa voix. Il l'attira vers lui d'un geste ferme et tendre. La jeune femme se pelotonna contre son torse, enfouit son visage au creux de son épaule et ses doigts s'accrochèrent désespérément aux plis de son kimono. Il caressa ses cheveux dénoués et sa nuque crispée. Lorsqu'elle leva les yeux vers lui, il embrassa son front, ses paupières, puis ses lèvres. Pour toute réponse, Tomoe noua ses mains autour de son cou.

Izumi-san revint à la nuit tombée, fourbue et découragée. En les retrouvant serrés l'un contre l'autre, son regard pétilla de malice, mais son disciple lui fit signe de se taire. Blotties contre lui, bien au chaud, Tomoe et sa porcelâme rêvaient en paix.

*****

Après une longue chevauchée en compagnie de son escorte, Gintaro avait la gorge aussi sèche que les terres désertiques du clan Phénix. Tandis que le palefrenier emmenait sa monture à l'écurie, il gagna l'auberge d'une démarche ridicule, jambes écartées, genoux pliés, tant ses muscles le lançaient. Il s'accorda un bain brûlant et un bon repas composé d'une multitude de petits plats, de la soupe miso réconfortante jusqu'aux sashimis, en passant par des lamelles de bœuf grillées.

Enfin, il s'installa sur son futon et tint l'Écaille du Dragon au creux de sa main. La surface brillante ne refléta d'abord que son propre visage, puis Gikan répondit à son appel. Il portait une veste molletonnée et un bonnet de nuit, mais son regard vif montrait qu'il ne dormait pas encore.

– Mon fils, te voilà bien installé pour un simple expert itinérant !

– Bonsoir Père. Le capitaine Mizuiro m'a prêté une escorte pour que je rentre à la capitale au plus vite.

Il raconta son arrivée mouvementée au relais du Levant et Gikan fronça les sourcils.

– J'espère que Kouzaï n'a rien remarqué. Ce renard ne perd jamais une occasion de fourrer son nez dans ce qui ne le regarde pas.

– Je me sens plus en sécurité ainsi, expliqua Gintaro. Le rōnin ne m'accompagne plus, il a préféré rentrer avec sa nouvelle épouse. Pensez-vous que l'Empereur le punira ?

Gikan caressa sa barbe d'un air pensif.

– Pas s'il accompagne son maître.

Gintaro serra les dents pour contenir sa colère et sa déception, il ne comprenait pas l'indulgence de son père.

– Mais il abandonne sa mission !

Le vieil homme décrivit en quelques mots la mission d'Izumi Nakajima et son intention de rejoindre son disciple au temple du Kirin. L'amertume de son fils se changea en stupéfaction. Au lieu de rentrer à la capitale, le rōnin et la guide accomplissaient peut-être la volonté de l'Empereur.

– Kiyoshi Nakajima ne m'a rien dit en ce sens, s'exclama-t-il. Il souhaitait juste protéger son épouse.

– J'ignore les détails, mais votre séparation l'arrangeait sans doute.

– Père, pourquoi ne m'en avez-vous pas parlé jusqu'à ce soir ?

– Cela vaut mieux ainsi, mon garçon. Ce que tu ignores, tu ne risques pas de le révéler par erreur à des intrigants comme Kouzaï et la Grande Prêtresse. Rien ne leur échappe, comme si les oiseaux leur parlaient !

Le vieil homme enchaîna sur le retour de son fils au palais et la nécessité de préserver les apparences, car il revenait officiellement d'une formation chez maître Hebi. Gintaro déglutit difficilement. Malgré sa mission réussie, son père lui cachait encore des informations importantes, de peur qu'il ne bavarde à tort et à travers. Cette méfiance injustifiée le blessa, mais il n'en dit rien. Gikan aurait sans doute jugé ce reproche puéril, comme lorsqu'ils avaient évoqué le mariage de la princesse Kaede.

16

Le lendemain, une sensation de danger imminent réveilla Kiyoshi. Il dégaina avant même d'ouvrir les yeux et sa lame rencontra celle de son maître. Izumi la dévia gentiment et leurs sabres glissèrent l'un contre l'autre sans s'ébrécher.

Elle lui adressa une moue satisfaite.

– Joli réflexe. Ta séance de méditation a-t-elle porté ses fruits ?

Pour toute réponse, le rōnin se leva et se mit en garde. Il s'écarta de Tomoe, qui dormait encore, et sortit de la grotte sans quitter son adversaire du regard. La roche glissait sous ses pas, des gouttes de rosée perlaient sur la mousse. La brume dense lui donnait l'impression de se mouvoir dans l'eau.

D'habitude, ils s'entraînaient avec des sabres en bois, car une lame réelle ne pardonnait aucune erreur, mais en ce jour particulier, le maître ne protesta pas. Ils se firent face et se testèrent de la pointe du sabre, en cherchant une faille dans la garde de l'adversaire. Izumi se mouvait prudemment, avec une maîtrise parfaite de ses gestes, et Kiyoshi plongea dans un état d'esprit proche de la méditation. Quand son adversaire décocha une frappe puissante, il la para au lieu d'esquiver. La lame d'Izumi glissa contre la sienne et la force du coup se diffusa dans la terre à travers son propre corps. Il sentit la présence du Kirin en lui. Le passage du temps ralentit.

Le maître recula d'un pas, les sourcils froncés. Elle ne lui permit pas de reprendre l'initiative et enchaîna avec une suite d'attaques portées de la pointe. À droite, à gauche, le rōnin écarta la lame qui tentait de le transpercer. Ses gestes défensifs relevaient du réflexe, non de la réflexion. La moindre pensée parasite, la moindre hésitation lui aurait été fatale. Autour du combat, le reste du monde lui semblait lent, comme si l'air devenait liquide, tandis que son adversaire ripostait avec une vitesse incroyable. Elle le forçait à puiser dans ses réserves.

– Bien, déclara-t-elle. Je commence à croire que tu l'as rencontré. Toutefois, les arcanes ne se limitent pas à la défense.

Elle le défiait de son regard sombre, et un sourire naquit sur les lèvres de Kiyoshi. Il ne se précipita pas vers elle. Il attendit sans bouger que l'impatience la gagne. Le rōnin réalisa qu'il ne portait plus le poids de la peur et des regrets. Depuis sa rencontre avec l'animal sacré, il n'avait plus rien à prouver et cette prise de conscience le rendait libre.

Une feuille tomba lentement entre eux et sa chute attira l'attention du maître le temps d'un battement de cœur. Ce n'était qu'un infime relâchement, mais son disciple le perçut. Plongé dans un état second, il attaqua de bas en haut, d'un geste pur qui trancha l'air, la feuille, et la ceinture de son adversaire. Izumi se figea, et sa main gauche se posa sur son ventre.

Tomoe poussa un cri étouffé depuis l'entrée de la grotte. Ce son brisa la concentration de Kiyoshi qui se figea, horrifié par la portée de son acte. Il n'avait pas retenu son coup. Enfin, le maître contempla ses doigts vierges de toute trace de sang, rengaina son arme et rajusta les plis de son kimono.

– Vous n'êtes pas blessée ? souffla son disciple.

– Non, de justesse. J'ai reculé, mais ta volonté m'a frappée au-delà de ton katana.

– Quel soulagement…

– En effet ! Tu deviens plus fort, Kiyoshi. Ta maîtrise des arcanes est encore fragile, mais tu gagneras en puissance avec le temps.

Sous le choc, son interlocuteur chancela. Sa place dans le monde avait changé. Lui, l'insignifiant rōnin, devenait non seulement le compagnon d'une princesse en fuite, mais aussi le détenteur d'un savoir sans prix. Izumi s'avança vers lui et le prit dans ses bras.

– Remercie Tomoe, dit-elle en riant. Le Kirin t'a béni grâce à elle.

– J'ai commis bien des erreurs, murmura-t-il. Pendant la révolte du Tigre, j'ai…

– C'était une bêtise et tu le sais. Pourtant, je ne t'ai jamais renié. Je ne t'ai pas chassé de l'école, j'ai continué à t'enseigner le sabre. C'est toi qui refusais de t'engager dans cette voie.

– Je ne m'en croyais pas digne.

Le maître poussa un soupir exaspéré :

– Mon pauvre garçon, cesse de te flageller sans cesse. La vie nous confronte à des choix difficiles et seuls les dieux connaissent l'avenir. Tu n'es pas le seul à t'égarer ! Il m'arrive aussi d'éprouver des regrets en songeant au passé. Servir le Kirin ne signifie pas ne jamais se tromper. La sincérité et le courage d'assumer les conséquences de ses actes, voilà tout ce que j'exige de mon héritier.

Ce terme ébranla Kiyoshi au plus profond de son être. Il blêmit et sa stupéfaction désespéra son maître, dont la patience s'épuisa.

– Réfléchis un peu. Faut-il vraiment tout t'expliquer !

Elle le secoua, leva les yeux au ciel et partit surveiller les alentours à grands pas, abandonnant le rōnin en pleine confusion.

*****

Un petit rire retentit. Tomoe pouffait derrière sa manche, rouge d'embarras, mais incapable de contenir son hilarité.

– Pardonne-moi ! s'exclama-t-elle. Je vous trouve tellement drôles tous les deux.

C'était dit sans la moindre méchanceté et sa gentillesse chassa la tension ambiante. L'énergie de Kiyoshi se dissipa d'un coup. Ses muscles se détendirent et la fatigue retomba sur son corps meurtri. Il s'assit près de Tomoe à l'entrée de la grotte et s'appuya contre son épaule.

– Je veux bien que tu m'expliques en quoi, car l'humour de la situation m'échappe.

Elle pencha la tête sur le côté d'un air malicieux.

– Quel âge avais-tu quand ton maître t'a recueilli ?

– Moins d'un an, je crois.

– Et quel âge avait-elle ?

– À peu près vingt-cinq ans. En fait, elle n'en parle jamais. Où veux-tu en venir ?

Au lieu de répondre directement, Tomoe s'attela à la préparation du petit-déjeuner. Elle mit de l'eau à bouillir pour le thé et confectionna des boulettes avec le riz de la veille, sous le regard intrigué du rōnin. Enfin, elle retourna s'asseoir près de lui.

– J'essayais d'imaginer comment elle t'a élevé. Vous avez vécu longtemps ensemble.

– Mon maître m'a nourri, logé, et elle m'a enseigné l'art du sabre. Je lui en suis très reconnaissant.

Tomoe s'écarta légèrement, pour mieux fixer Kiyoshi dans les yeux :

– Ce dont tu parles ne représente qu'une infime partie de ses attentions envers toi. Cette femme a guetté ta respiration la nuit, elle t'a couvert pour que tu n'attrapes pas froid, elle t'a préparé tes plats préférés, elle a soigné tes bobos et se soucie encore de ton avenir... Ton maître montre peu ses sentiments, mais elle n'a pas d'autre enfant et tu comptes beaucoup pour elle.

– Je ne suis pas son fils, balbutia le rōnin.

– Elle te traite pourtant comme tel.

Kiyoshi secoua la tête en signe de dénégation, mais ses mains tremblaient sur ses genoux.

– Quand ma propre mère m'a abandonné à la porte de son école, Izumi-san m'a recueilli par charité. Je ne suis pas une personne convenable !

D'un geste vif, Tomoe posa son index sur sa poitrine, en plein cœur :

– Yoshi, cesse de penser ainsi, dit-elle d'un ton sans réplique. Tout à l'heure, elle essayait de t'expliquer le contraire. En refusant de l'admettre, c'est son affection que tu repousses.

Le rōnin tressaillit. Il sentait dans ses entrailles que la jeune femme ne se trompait pas et son aveuglement l'anéantit. Non, son maître ne l'avait jamais considéré comme un pensionnaire parmi tant d'autres. Elle lui avait ouvert les portes de son cœur en même temps que celle de l'école. D'ailleurs, leurs porcelâmes reposaient toutes deux sur l'autel familial des Nakajima. Pendant tout ce temps, il avait fermé les yeux sur ses attentions et sur les espoirs qu'elle mettait en lui. Wataru lui-même l'avait saisi. Une douleur intérieure jaillit de cette révélation et il se recroquevilla sur lui-même, le souffle court, les dents serrées. Tomoe retira son doigt et le prit dans ses bras.

*****

Quand le maître revint, ils ne parlèrent plus de ce combat et de sa signification. Izumi évoqua plutôt ce qui la souciait, en avalant son petit-déjeuner.

– Je ne trouve aucune voie praticable pour sortir de ce trou. Pourtant, j'ai beaucoup marché hier. Au nord, ce maudit ravin se prolonge sûrement jusqu'à la mer, au sud, il continue jusqu'aux terres du Phénix. Recourir à l'escalade ne me tente guère, mais avons-nous le choix ?

Tomoe considéra les falaises abruptes avec son expertise de guide. L'humidité rendait les parois glissantes et le franchissement des surplombs rocheux s'annonçait très dangereux. La descente avait déjà présenté de sérieuses difficultés, mais la montée nécessitait des techniques que ses compagnons ne maîtrisaient pas. Elle souffla sur son thé brûlant, pensive, et se remémora la séance de méditation de la veille.

– Hier, le Kirin venait du fond de la grotte. Nous devrions peut-être l'explorer ?

– Nous n'avons pas de torches, déplora Izumi.

– J'ai deux bougies dans mon sac.

Une fois prêts, ils s'engagèrent dans la grotte, contournèrent le bassin d'eau chaude et poursuivirent leur route. La cavité se révéla beaucoup plus profonde qu'ils ne l'avaient imaginée. Tomoe marchait en tête et elle repoussait au maximum le moment d'enflammer le premier bâton de cire. Ses yeux tentaient de percer l'obscurité ambiante, ses sandales glissaient sur le sol humide et elle avançait avec mille précautions.

– Nous risquons de tomber, lui fit remarquer Kiyoshi.

La jeune femme alluma la première mèche, dont la lueur dorée révéla la présence de plusieurs conduits, plus ou moins comblés par les éboulements. Toutefois, l'un d'entre eux formait un tunnel assez grand pour s'y faufiler. Tomoe remarqua les gravats qui jonchaient le sol, comme s'ils avaient été projetés sur le côté, et songea au Kirin avec reconnaissance, certaine qu'il leur avait déblayé le passage. Ils l'empruntèrent d'un pas vif, car la bougie ne durerait pas très longtemps.

La piste montait sans cesse, ce qui réjouissait la guide malgré l'effort à fournir. Elle prenait garde aux saillies râpeuses, se penchait pour éviter les concrétions calcaires, sans se soucier de l'humidité qui imprégnait ses vêtements. Le boyau déboucha sur une suite de rochers qui s'élevaient vers la surface et la guide accéléra, pressée de retrouver la lumière du jour.

Une magnifique glycine à peine éclose dissimulait l'entrée de la grotte. À travers les grappes de pétales mauves, Tomoe remarqua la présence d'un petit camp non loin de la sortie. Elle distinguait des couvertures, un sac, et une silhouette penchée sur un petit feu. Malgré ses vêtements ordinaires, sans armure ni blason, l'inconnu portait deux sabres à la ceinture, comme un guerrier.

– Cet homme ne m'inspire rien de bon, chuchota Kiyoshi. Il ressemble à un espion.

– Il surveille la route du sud.

En effet, elle reconnaissait les pentes du mont Raijin, qui se dressait juste en face de son jumeau. La grotte débouchait en contrebas du bivouac, qui surplombait les alentours depuis la crête. Il s'agissait d'un point de vue idéal. Malheureusement, la pente comportait peu d'abris, l'herbe rase et les buissons maigrelets ne permettaient pas de se cacher.

– Il nous repérera facilement si nous sortons de cet abri, murmura le rōnin. Nous sommes coincés ici.

– Il est tout seul, répondit le maître.

Tomoe n'eut pas le temps de protester. Izumi traversa le feuillage qui dissimulait l'entrée de la grotte et Kiyoshi la suivit aussitôt. Impuissante, la guide finit par les imiter. Elle les suivit à distance tandis qu'ils couraient vers l'espion. Ce dernier se redressa d'un bond. Il dégaina son sabre à l'approche du maître et du rōnin, puis son regard se posa sur Tomoe. Soudain, il remit son arme dans son fourreau.

– Je me rends !

Quand le maître pointa son katana entre ses yeux, il leva les mains pour confirmer son abandon. Un large sourire découvrit ses dents.

– Vous voilà enfin, princesse Yūkiko. Je vous attends depuis longtemps.

Ces mots frappèrent Tomoe, mais elle ne protesta pas contre l'emploi de ce titre. Pour la première fois, elle rencontrait un agent de son père qui connaissait le véritable objet de sa traque. Elle posa la main sur l'épaule de Kiyoshi et murmura :

– Les informations d'abord, le combat ensuite.

Le maître ordonna à son adversaire de poser ses sabres au sol. Il obéit sans discuter et elle poussa ses armes hors de portée du bout de sa sandale. L'espion paraissait très jeune, à la frontière entre l'adolescence et l'âge adulte. Sa silhouette longiligne s'accordait avec ses traits androgynes et son expression joyeuse mettait la guide très mal à l'aise. Tandis que Kiyoshi examinait son campement, il reprit du même ton insouciant :

– Le gouverneur Tora ne se remet pas du départ de sa fille chérie, il vous cherche depuis de longues années.

La colère envahit Tomoe, face à tant d'hypocrisie, mais elle garda ses pensées pour elle.

– Commençons par le début. Qui êtes-vous ?

– Je me nomme Oji Hisoka, mais vous ne connaissez sans doute pas mon nom.

Sous le coup de la surprise, elle ne répondit pas tout de suite et une grimace dépitée tordit les lèvres du jeune homme.

– Le gouverneur Tora garde mon existence secrète depuis ma naissance, car je suis le fruit de sa liaison avec une servante.

La jeune femme se souvenait des explications de la Grande Prêtresse. Elle s'efforça de rester calme, mais cette rencontre inattendue avec son demi-frère lui donna le vertige. Elle comprenait pourquoi le Gouverneur ne légitimait pas l'enfant d'une domestique, mais ne le formula pas à voix haute. Dans la voix du jeune homme, elle avait décelé une fêlure qui ne présageait rien de bon.

– Est-ce vous qui lui avez révélé ma présence ici ?

Il leva les deux mains en signe d'apaisement :

– Pas du tout ! C'est une noble dame du clan Tortue, qui se rend parfois au temple du Kirin. L'année dernière, votre ressemblance avec la princesse Kaede l'a frappée. Lors d'une visite commerciale auprès du gouverneur Tora, elle a négocié cette information contre une baisse des taxes sur le sel. Un échange mutuellement profitable, en somme.

Oji parlait d'un ton léger, tandis qu'elle se crispait des pieds à la tête, sous l'effet de cette trahison. Mme Kame ! La tante de Shizuka était donc revenue pour vérifier sa théorie et le déroulement de la traque. Aïko ne s'était pas trompée sur son compte, cette vipère ne reculait devant rien pour s'enrichir. Tomoe se mordit les lèvres pour contenir sa rancune et poursuivit d'un ton rude :

– Alors, comment servez-vous le gouverneur Tora ?

Le jeune homme baissa les yeux, et ses longs cils atténuèrent l'éclat de ses yeux :

– Je mène l'enquête, je lui rapporte des informations.

Kiyoshi, qui fouillait discrètement son sac de voyage, en sortit un kimono et un large pantalon noirs.

Le souffle de Tomoe se coupa, son cœur s'emballa dans sa poitrine, une explosion de rage la saisit. D'un bond, elle se jeta sur lui, les mains serrées autour de sa gorge. Oji poussa un hoquet de surprise :

– Je ne vous veux aucun mal, siffla-t-il. Je suis votre demi-frère.

– Tu es la VEUVE NOIRE ! rugit Tomoe.

Sa fureur et son dégoût touchèrent le jeune homme. Il rougit, toussa, tandis que ses ongles s'enfonçaient dans sa peau.

– En quelque sorte. Je me glisse dans la peau de ce personnage sur les ordres du gouverneur Tora, tel un acteur de kabuki.

Elle fixait sur lui ses pupilles dilatées, tremblante de colère.

– Tu ASSASSINES des gens !

– Des violeurs, des ivrognes, des scélérats qui battent leur femme ! gémit-il. Ils méritaient leur sort.

– Tu as TUÉ un guide.

– Il harcelait ses collègues et je l'ai vu profiter de son autorité pour tripoter de jeunes clientes. C'était une ordure ! La montagne sacrée se porte mieux sans lui.

Oji haletait éperdument, mais n'osait se débattre, cloué au sol par les bras de Tomoe. Kiyoshi s'accroupit près d'elle.

– Inutile de le tuer. Laisse ta colère s'écouler dans la terre.

Elle lui jeta un regard venimeux, mais il lui sourit en retour. Alors, la jeune femme prit une grande inspiration et chercha la présence du Kirin en elle. L'animal sacré répondit à son appel. Son calme surnaturel repoussa l'agressivité qui s'était emparée de Tomoe. Elle ne résista pas quand le rōnin détacha, un par un, ses doigts de la gorge de son frère.

Oji se redressa, tout essoufflé, et la contempla avec une étrange admiration.

– J'ai toujours choisi mes cibles avec le plus grand soin, poursuivit-il d'un ton entrecoupé. Je n'ai jamais touché un innocent. Parfois, je me suis un peu trop pris au jeu, voilà tout. Mon maître m'a reproché d'avoir tué l'un de ses soldats, au palais de la danse, mais il projetait de forcer une miko et la rage m'a saisi.

Tomoe repoussa les mèches noires qui tombaient devant son visage et ce geste lui permit de recouvrer sa lucidité. Elle ouvrit la bouche pour protester, puis la referma, sonnée par ses arguments. Son demi-frère ne mentait pas. Il accomplissait sa mission du mieux possible, en suivant son propre code moral. Cette prise de conscience ébranla toutes ses certitudes.

– Par les huit-mille kami, souffla-t-elle, ils m'ont accusée à ta place !

– Bien sûr, c'était le but. Je vous serrais de près pour renforcer l'illusion. Tel était le plan du gouverneur Tora pour vous arrêter sans intervention du clan Kirin. Vous ne l'aviez pas compris ?

Si bien sûr, mais elle avait imaginé un monstre caché sous ce costume criminel, et non son demi-frère qui composait avec ce rôle sanglant pour jouer au justicier. Le gouverneur Tora le manipulait avec art. Il abusait de la candeur de son fils caché et l'indignation de la guide se mua en pitié.

– Un piège très bien conçu, commenta le maître d'un ton pensif. Tout le monde imagine la veuve noire sous les traits d'une femme, personne ne soupçonne un homme.

– Certes, approuva Oji. Mon maître a rassemblé des informations pour me faciliter la tâche. Mon imitation a fonctionné comme il l'espérait.

– Que sais-tu sur elle ? demanda Tomoe.

– L'affaire d'origine s'est déroulée sur les terres du Tigre, il y a une trentaine d'années. La première veuve noire était la fille d'un maître de kenjutsu dont le dojo prospérait. Cette enfant maniait le katana depuis son plus jeune âge, elle a remporté de grands succès contre ses rivaux, notamment l'école du Tigre blanc. Les nouveaux élèves affluaient aux dépens de son concurrent, et certains se sentaient humiliés par leur défaite contre une adolescente. Une nuit, poussés par la colère et la jalousie, les disciples ont mis le feu à son dojo. La jeune fille a survécu, mais ses parents et son fiancé ont péri dans l'incendie. Devenue seule au monde, elle a exécuté tous les maîtres de l'école du Tigre blanc, jusqu'au dernier. Cette vengeance implacable a marqué les esprits. Une fois son châtiment accompli, elle a disparu et les autorités locales ne l'ont jamais retrouvée. Elle est devenue une sorte d'esprit vengeur, une histoire que les gens racontent pour se faire peur. Des années plus tard, vous avez relancé cette légende lors de votre fuite du palais.

Cette phrase choqua Tomoe.

– Pourquoi donc ?

Oji fronça les sourcils en retour, étonné par sa question.

– Vous avez massacré des soldats pour vous frayer un passage, comme si la veuve noire s'incarnait une nouvelle fois. Malgré les efforts du gouverneur Tora pour étouffer la rumeur, elle s'est répandue.

– Non, s'indigna la jeune femme, c'est faux !

Elle se révoltait de tout son être contre cette accusation. Ces combats sanglants ne lui ressemblaient pas. Tomoe refusait de vivre avec cette culpabilité et s'empressa de nier :

– Juste après mon départ, le Gouverneur a exécuté ma mère et ses soldats sous l'emprise de la rage divine. Il leur reprochait sûrement de ne pas m'avoir arrêtée. Et il a déclenché l'incendie pour dissimuler son forfait !

– Mon maître n'assassine pas ses hommes, contesta Oji. Il m'a d'ailleurs reproché la mort de son soldat, même si elle servait son plan.

Tomoe sonda ses souvenirs, le cœur battant, mais un voile épais masquait sa mémoire. Des images floues se succédaient dans son esprit, son cœur battait trop vite. Elle vacilla et Kiyoshi serra son épaule en retour. Ce contact chaleureux lui permit de revenir à la réalité.

– Je déteste la violence, murmura-t-elle. Je ne tue pas les gens.

– Permettez-moi d'en douter, toussota son interlocuteur.

Il massa sa gorge endolorie et la jeune femme remarqua les marques rouges qui marbraient sa peau. Un doute affreux l'envahit. Elle ne pouvait nier les folles colères qui l'animaient parfois. Elle frotta ses doigts sur son kimono, comme si le sang des soldats morts la souillait encore, et Kiyoshi répliqua :

– Le gouverneur Tora ne nous laisse pas le choix. Pourquoi le servez-vous ?

Les pommettes d'Oji rougirent et un fol espoir illumina ses traits.

– Je dois prouver ma loyauté et ma force à mon maître, pour qu'il m'accepte à ses côtés. Mère est morte récemment. Je n'ai plus que lui.

Tomoe ressentit une fureur brûlante et une tristesse glaciale à l'idée que son père manipule son fils de cette façon. Elle savait que le gouverneur Tora ne le reconnaîtrait jamais. Il profitait de sa naïveté et de sa soif d'amour paternel pour lui confier la basse besogne.

– Il fait de vous un assassin, murmura-t-elle, un véritable père n'agirait pas ainsi.

Son interlocuteur écarta cette objection du revers de la main.

– Ses samouraïs aussi se battent pour lui et je considère cette mission spéciale comme une marque de confiance.

Je suis très heureux qu'elle me rapproche de vous. Malgré la destruction du pont, j'ai pensé qu'une guide trouverait un moyen d'atteindre le mont Raijin. Vous n'essayez pas de fuir vers le nord, mais de rencontrer librement le gouverneur Tora, n'est-ce pas ? Je vous attendais pour vous mener jusqu'à lui sans violence inutile.

Cette proposition révolta Kiyoshi.

– N'y comptez pas !

Oji haussa les sourcils en retour, nullement impressionné.

– Un simple rōnin ne saurait comprendre la volonté d'une noble dame. Cessez de vous interposer entre mon maître et sa fille.

– Sombre idiot, cracha Kiyoshi. Vous ignorez tout des machinations de votre père, lui qui vous considère comme un bâtard indigne de sa reconnaissance.

Tomoe l'interrompit d'un geste fébrile. Elle comprenait sa réaction, mais une réponse impulsive risquait de leur nuire. Oji se trompait sur bien des points, il refusait d'entendre la véritable nature de son père, ce qui lui permettait de se servir de lui. Elle souffla et laissa la sagesse du Kirin l'envahir.

– Soit, j'accepte de le rencontrer demain.

Son demi-frère ne dissimula pas son enthousiasme :

– Parfait ! Reposez-vous, puis nous descendrons le voir ensemble.

Le plaisir démesuré d'Oji déchira le cœur de Tomoe. Elle croisa le regard étonné de Kiyoshi, puis celui du maître, qui hocha la tête en retour. Izumi voyait clair dans son jeu.

*****

Depuis le décès de sa mère, Gintaro vivait avec son père dans un petit appartement situé dans la cité impériale. Comme ce logement modeste ne comportait aucune pièce de réception, son père recevait ses invités dans le pavillon des porcelâmes, qui se situait juste à côté.

Gintaro entra dans le salon réservé aux hôtes de marque, s'inclina devant son vénéré père et se racla la gorge pour annoncer sa présence au noble prêtre du Phénix. Ce dernier tourna son visage dans sa direction et Gikan présenta son fils à haute voix. Gintaro contempla non sans curiosité les traits nerveux de Chihiro Tsubasa, ses lèvres minces, ses pommettes prononcées et ses yeux aveugles, sur lesquels tombaient des mèches noires en désordre. Sa silhouette longiligne contrastait avec le torse massif du guerrier qui lui servait de guide et de protecteur.

– Son Éminence cherche une nouvelle incarnation du Phénix, expliqua Gikan, mais je ne connais aucune porcelâme qui corresponde à cette description, n'est-ce pas ?

En plus de son ton lourd de sous-entendus, il lança un regard impérieux à son fils, qui soupira en son for intérieur. Ainsi, son père n'exigeait sa présence si tard que pour confirmer ses propos ? Gintaro comprenait très bien la quête de leur hôte. La dernière incarnation de l'animal sacré s'était éteinte quatre-vingt-dix-neuf ans plus tôt, et le délai symbolique d'une centaine d'années approchait. Cette absence affaiblissait le clan Phénix, qui ne disposait que d'une régente temporaire à sa tête.

Gintaro les rejoignit autour de la table basse, sur laquelle reposait un service à thé délicat et des coupelles chargées de mochis. Il prit ainsi le temps de réfléchir, mais aucune réponse satisfaisante ne lui vint à l'esprit.

– Moi non plus, je regrette.

– Aucune émanation de chaleur, aucune inscription de l'Oiseau sacré ? insista le noble prêtre.

Sa volonté farouche et son désespoir touchèrent Gintaro, mais il ne put que répéter :

– Je n'ai jamais rien remarqué de tel.

L'expression de Chihiro Tsubasa s'assombrit et son corps s'affaissa sous l'effet de la déception. Il ne toucha pas à la collation posée devant lui et se retira après quelques remerciements polis.

Gintaro dégusta son thé matcha. En face de lui, le maître de la Porcelâme poussa un profond soupir, puis saisit un mochi fourré au sésame noir.

– Le noble prêtre s'épuise en vain, grommela-t-il.

– Pourquoi donc ?

– S'il existait une incarnation du Phénix, elle se manifesterait.

– Je n'en suis pas certain. L'Œil du Kirin m'a montré le Traité de porcelâme. Les cinq dieux resplendissaient et le Phénix étendait ses ailes comme s'il avait retrouvé toute sa puissance.

En évoquant sa vision, Gintaro se sentait traversé par une énergie lointaine et surhumaine. Elle lui transmettait la volonté des dieux.

La pâtisserie gluante se coinça dans la gorge de son père, qui toussa pour l'avaler.

– Le miroir sacré ne montre pas l'avenir ! lui rappela Gikan. L'Empereur prévoit de renforcer les liens entre les clans Dragon et Phénix par des mariages. Le prince Daïjiro épousera Miyu Suzaku et nous trouverons une princesse impériale pour Chihiro Tsubasa.

– Les unions diplomatiques ne portent pas toujours leurs fruits.

– Ce n'est pas à toi d'en juger !

La barbe du vieil homme frémissait de colère, mais cela n'impressionna guère Gintaro. Au contact de Kiyoshi Nakajima, il avait acquis la liberté de pensée, et son révéré père oubliait que l'intérêt de l'empire ne concordait pas toujours avec celui de son souverain. Il mordit dans un mochi et poursuivit d'un ton respectueux :

– Je ne formulerai aucune critique en public, mais à vous, je parle sans détour. L'annexion du clan Phénix renforcerait considérablement le pouvoir de Sa Majesté aux dépens des autres fiefs. Le Tigre, le Kirin et la Tortue risquent de se liguer contre lui en conséquence. Cette ambition met en péril l'équilibre des pouvoirs créé par le Traité de porcelâme. Vous devriez y réfléchir.

Avant que son père ne s'emporte contre son insolence, Gintaro s'inclina profondément et quitta la pièce à son tour.

*****

Kiyoshi n'en crut pas ses oreilles lorsqu'Oji et Tomoe se donnèrent rendez-vous le lendemain matin. Il rongea son frein le temps de se mettre hors de portée, puis son indignation explosa :

– C'est n'importe quoi ! Je refuse de nous jeter entre les griffes du Gouverneur !

– Du calme, lui répondit Tomoe, je réfléchis.

– Cet homme ne m'inspire aucune confiance. Il t'attire dans un piège pour plaire à son maître.

Izumi leva les bras au ciel d'un air exaspéré et la guide se retourna pour mieux foudroyer le rōnin du regard.

– Évidemment, je ne suis pas stupide !

– Alors il faut partir.

– Je ne fuirai plus.

Elle fronçait les sourcils d'un air buté et l'épuisement qui tirait ses traits le frappa. La lune lui donnait un teint blafard, des cernes creusaient ses yeux et son dos se voûtait sous le poids de son sac. Lui-même souffrait de la faim, du froid et d'une fatigue extrême. Il ne la comprenait plus, depuis sa rencontre avec son demi-frère. D'où venait cette violence qui bouillonnait en elle ?

– Partons, soupira-t-elle. Oji va courir avertir son maître et je ne veux pas que le Gouverneur nous retrouve aujourd'hui.

La guide reprit sa route, poussée par la force de sa volonté, et il la suivit. Chaque pas tirait sur ses muscles douloureux et il faillit trébucher sur une racine. Un peu plus loin, Tomoe remarqua les feux qui montaient de la vallée. Une rumeur lointaine couvrait les bruissements familiers de la végétation, le vent apportait une odeur de fumée.

La jeune femme se figea, bouleversée, et le rōnin souffla :

– J'ai combattu ici lors de la révolte du Tigre.

Au lieu d'un bois de pins, la côte était désormais bordée d'un champ boueux. Les toriis rouges avaient été abattus en même temps que les arbres par l'immense armée qui siégeait dans la plaine. Kiyoshi contempla les feux de camp, les rangées de tentes, les bannières du Tigre, et ses poings se serrèrent face au paysage défiguré. Cette marée semblait assiéger la montagne sacrée, noyant le relais du Couchant au milieu des flots de soldats.

– Le gouverneur Tora ne recule devant rien pour récupérer sa fille, ironisa le maître.

– Nous en parlerons, répondit Tomoe, mais pas ici.

Ils marchèrent quelques minutes jusqu'au flanc sud du mont Raijin et gagnèrent ce qu'il restait du bois de pins. Les rangées de troncs les protégeaient du vent, mais ils n'osèrent allumer un feu de peur d'attirer l'attention. Ils installèrent leur campement au pied d'un grand rocher couvert de lichen argenté. Assis sur un tapis d'épines odorantes, ils s'enveloppèrent dans leurs couvertures et partagèrent quelques boulettes de riz. Kiyoshi dévora la sienne tandis que Tomoe picorait du bout des lèvres. Elle poussa un profond soupir, puis se tourna vers Izumi.

– Êtes-vous la veuve noire ?

Cette hypothèse surprit Kiyoshi, qui se demanda si la guide perdait la tête. Mais, au lieu de nier, son maître contempla d'un air pensif ses doigts noueux et ses paumes marquées par la poignée de son katana. L'obscurité accentuait les ombres sur son visage et la profondeur de son regard.

– Oui, répondit-elle enfin. Je l'étais, il y a trente-trois ans.

Le rōnin encaissa cette réponse comme un coup au plexus. Le soleil se couchait, la température baissait et Tomoe resserra sa couverture autour de ses épaules.

– Racontez-moi.

– Oji ne mentait pas. Après ma vengeance, je me suis enfuie dans la montagne. Les juges me poursuivaient et je me cachais comme une bête traquée quand le Kirin m'a trouvée. Il m'a donné peu à peu la force de retourner parmi les hommes. J'avais quatorze ans, dit-elle à Kiyoshi, comme toi, quand tu es parti mater la révolte du Tigre. Tel maître, tel disciple, je suppose.

Elle but une gorgée d'eau fraîche et poursuivit du même ton solennel :

– Par la suite, j'ai fondé mon école à la capitale, travaillé pour l'Empereur et recueilli le gosse qui braillait à ma porte. La vie a suivi son cours.

– Maître, s'écria Kiyoshi, pourquoi ne m'en avoir jamais parlé ?

– Pourquoi l'aurais-je fait ? s'écria-t-elle d'une voix sévère. Pendant des années, ce secret ne concernait que moi. Aujourd'hui, il ressort au grand jour, et je regrette d'avoir tué sans discernement. J'aimais mes parents et mon fiancé, ils représentaient tout pour moi. Le désespoir m'aveuglait. J'étais très jeune à l'époque, mais cela n'excuse pas tout.

Le rōnin frissonna. En lui, le petit garçon se sentait trahi, mais l'adulte se reprochait son manque de clairvoyance. Il croyait connaître sa mère adoptive, mais son affection l'avait détourné de la vérité. Cette nuit, il découvrait une face sombre de sa personnalité. Les âmes qu'il pensait cerner se révélaient des inconnues et ces drames entremêlés lui donnaient la chair de poule.

Tomoe posa sa main sur celle d'Izumi.

– Vous étiez blessée, dit-elle, et la souffrance prend bien des visages.

– Voilà beaucoup d'indulgence de la part d'une personne qui subit les conséquences de mes erreurs. Aujourd'hui le gouverneur Tora se sert de cette vieille histoire pour te capturer.

– Il aurait trouvé un autre moyen.

– Peut-être…

Le maître releva la tête et demanda d'un ton bourru :

– Je te retourne la même question. Lors de ton évasion, les soldats de ton père te poursuivaient. Comment t'es-tu échappée ?

La jeune femme se figea sous le choc. Elle blêmit, cacha son visage derrière ses mains et leur avoua d'une voix entrecoupée :

– Je ne sais pas. Je me rappelle cette peur affreuse lorsqu'un garde m'a reconnue, puis mon arrivée sur la montagne. Entre les deux… mes souvenirs m'échappent.

– Tu as tué des soldats pour t'enfuir, insista le maître. Pourtant, tu ne savais pas tenir un sabre. Ton expérience ne ressemble pas à la mienne, ni à celle d'Oji Hisoka. La veuve noire ne confère aucun pouvoir surnaturel. Nous l'avons incarnée parce que nous savions combattre et aucun d'entre nous n'a perdu la mémoire.

– Je n'y comprends rien !

Kiyoshi vit des larmes briller sur les joues de Tomoe. Sa détresse le frappa et il tendit le bras vers elle. Il craignit qu'elle ne le repousse, mais la jeune femme s'appuya contre son épaule en retour. Elle tremblait des pieds à la tête et il la serra contre lui.

– Laissons le passé tranquille pour le moment. Nous devons prendre une décision pour demain.

La guide prit une grande inspiration en se frottant les paupières. Puis, elle exposa son idée et le rōnin l'écouta en silence, stupéfait de ce piège audacieux. Il ne soupçonnait pas, pendant leur voyage, qu'elle imaginait des stratégies pour vaincre leur ennemi. Elle s'adaptait juste aux circonstances à la suite de sa rencontre avec Oji.

Son maître secoua la tête en signe de dénégation.

– Le gouverneur Tora possède la rage divine. Il risque de te capturer si nous perdons.

– Je le sais, murmura Tomoe. En cas d'échec, je préfère mourir avec vous.

Kiyoshi poussa un soupir désespéré. Depuis le début, il rêvait de rentrer avec elle à l'école Nakajima mais cet espoir s'amenuisait petit à petit. Sa courageuse Tomoe n'acceptait pas de demeurer en retrait tandis que le maître risquait sa vie. Demain, ils combattraient tous les trois.

17

Le soleil se levait sur le mont Raijin et Tomoe suivit des yeux la silhouette d'Oji, qui se faufilait entre les troncs. Elle ne l'accompagnait pas en personne, mais il portait son message. Elle l'imaginait déjà en train de se frayer un chemin parmi les rangées de tentes jusqu'au pavillon du Gouverneur. Son père mordrait-il à l'hameçon ? Si l'armée des Tora pénétrait sur la montagne sacrée, le clan Kirin l'interpréterait comme une déclaration de guerre. La guide avait provoqué cette rencontre sur le mont Raijin, au lieu de descendre dans la vallée, pour qu'il ne puisse emmener que sa garde d'honneur avec lui.

La jeune femme grimpa au sommet du rocher et rassembla ses forces avant de l'affronter. Elle se souvenait d'un homme autoritaire, avide de pouvoir, méprisant toutes les formes de faiblesse. Face à lui, elle se voulait forte et calme comme la princesse Kaede. Elle assouplit ses muscles fourbus, raidis par les longues heures de marche, les nuits trop courtes et l'absence de confort.

Puis, elle démêla ses cheveux, les releva en chignon et les maintint en place avec le peigne en bois de sa mère. Elle pria de toutes ses forces et son appel silencieux plana sur les cimes.

*****

Le maître et Kiyoshi s'échauffaient non loin de là, pour préparer leurs corps endolori au rude combat qui s'annonçait. Le rōnin se concentrait, mais sa nervosité l'empêchait d'atteindre la sérénité nécessaire aux arcanes. Ses pensées piaillaient dans sa tête comme des moineaux effrayés.

– Sans Tomoe, je n'y arrive pas, déplora-t-il.

Le maître abattit sa lame d'un geste lent et maîtrisé, puis se remit en garde.

– Elle ne sait pas manier le sabre, mais le Kirin lui prête ses pouvoirs quand la situation l'exige. Elle partage ses intuitions, sa paix intérieure et sa noblesse de cœur. Il l'a choisie comme Héritière.

– Elle est plus proche de lui que moi.

– Ne te compare jamais aux autres, le reprit son maître d'un ton mi-tendre, mi-sarcastique. Ne laisse pas l'ambition et la jalousie te ronger.

– Je ne suis pas Wataru, maugréa le rōnin.

Son interlocutrice rit tout bas :

– Heureusement, son cas me semble désespéré. Tu as beaucoup progressé, Kiyoshi. Tu ne maîtrises pas tout à fait les arcanes, mais cela ne tardera pas, ce qui fait de toi l'héritier de l'école Nakajima.

– Pensez-vous que cela suffise, contre la rage divine ?

– Je l'ignore. Le Tigre est réputé pour sa force au combat.

Ils reprirent leur préparation, puis le maître se cacha dans un buisson pour essayer de surprendre le gouverneur Tora. Avec un peu de chance, elle pourrait le prendre à revers. Kiyoshi se posta au pied du rocher, pour défendre la guide contre les soldats de son père. Jamais il ne s'était senti si fébrile. D'habitude, le rōnin luttait pour sa propre vie, à laquelle il accordait peu d'importance, mais aujourd'hui celle de Tomoe était en jeu, et il refusait de la perdre.

*****

Quand les premiers casques apparurent entre les arbres, Tomoe chercha son père et son demi-frère du regard. Elle trouva le gouverneur Tora, entouré par une vingtaine de soldats, mais Oji ne marchait pas à ses côtés. Son seigneur lui avait sans doute ordonné de rester dans la vallée pour que sa sœur ne le retourne pas contre lui.

– Laissez-moi passer !

Le gouverneur Tora s'avança, majestueux dans son armure argentée. Une tête de tigre décorait son plastron et l'ornement frontal de son casque. Il enleva ce dernier pour s'adresser à sa fille, dévoilant ainsi son visage carré, au nez cabossé par une vieille blessure. Depuis sa position surélevée, Tomoe le trouva moins grand que dans ses souvenirs, mais l'âge n'amollissait pas ses traits, ni son autorité naturelle.

– Yūkiko, je vous retrouve enfin, après six longues années.

La jeune femme se raidit, surprise par son ton chaleureux. Elle jugea très étrange qu'il ne lui adresse aucun reproche.

– Vous m'avez pourchassée et vos troupes envahissent la montagne sacrée.

– Je regrette ces débordements, susurra-t-il. En vérité, l'inquiétude me ronge depuis votre disparition. Je ne supporte pas l'idée que ma propre fille vive dans la misère, sur ces chemins dangereux. Mais si vous revenez à mes côtés, la traque de la veuve noire prendra fin et la montagne sacrée retrouvera la paix.

– Ne vous donnez pas cette peine, cracha-t-elle. Vos belles paroles peuvent tromper Mme Kame, mais pas moi.

Parmi la garde d'honneur, les samouraïs ne trahirent aucune surprise. Tomoe comprit que leur maître les avait déjà prévenus et sa méfiance à son égard redoubla. Le gouverneur Tora s'éloigna de ses hommes et se dirigea vers le rocher d'un pas assuré. Kiyoshi se plaça sur sa trajectoire pour l'empêcher de rejoindre Tomoe.

Le seigneur leva la tête vers sa fille et reprit sur le ton de la confidence :

– Après cette séparation sanglante et ces malentendus, je pense qu'une discussion à cœur ouvert s'impose. Rejoignez-moi et je vous raconterai une histoire comme celles que les parents disent à leurs enfants le soir.

– Je vous entends très bien d'ici.

Son soupir théâtral parvint jusqu'à elle. Son père n'adressait pas la parole au rōnin, il essayait de l'ignorer, mais ce dernier lui barrait toujours le passage.

– Il était une fois un jeune guerrier de noble famille, commença le Gouverneur, qui partit à la chasse avec son père. Ils partirent à pied dans l'épaisse forêt de bambous, armés d'arcs et de lances. Les serviteurs leur frayaient un chemin à la machette, tandis qu'ils s'exerçaient au tir sur les perdrix et les singes. Imaginez cette pénombre vivante, les crissements des insectes, les silhouettes souples des serpents… en ce lieu sauvage, les hommes sont les intrus.

Sa voix emplissait l'espace, captivant la jeune femme malgré elle. La guide ignorait où mènerait ce récit, mais elle ne devait pas se laisser bercer.

– Personne ne l'entendit approcher, poursuivit le seigneur Tora. Les copeaux qui jonchaient le sol ne crissèrent pas sous ses pattes, et ses rayures se fondaient parmi les cannes des bambous. Seul le jeune guerrier croisa son regard, mais il ne donna pas l'alarme, fasciné par ses yeux dorés. D'un bond puissant, le Tigre se jeta sur son père. Il lui déchiqueta la gorge d'un coup de croc. Les serviteurs tentèrent de le taillader avec leurs machettes, mais ses énormes griffes les tenaient à distance. Enfin, le jeune guerrier s'avança. Sans crainte, il planta sa lance dans le cœur du fauve.

Après une courte pause, son père affirma :

– Jamais je n'oublierai cet instant. Depuis, l'âme du Tigre vit en moi.

Cette prétention frappa Tomoe et une étrange révolte gronda en elle. Pourtant, il régnait une ambiance paisible parmi les pins. Le doux tapis d'aiguilles étouffait les sons extérieurs et les soldats du Gouverneur retenaient leur souffle, tandis qu'il poursuivait d'un ton exalté :

– Je suis ce prédateur impitoyable qui défend son territoire. Personne ne m'apprivoise, et je refuse de m'incliner sous le joug de l'Empereur. Je règne sur un peuple de guerriers forts et féroces. Je ne vous demande pas de m'aimer, mais montrez-vous loyale. Votre fuite s'apparente à une trahison et je ne saurais tolérer cet affront plus longtemps. Rentrez avec moi, Yūkiko. Maintenant !

Ces mots attisèrent la colère qui gonflait dans la poitrine de la guide. Elle perdait sa lucidité, et un voile écarlate brouillait sa vue.

– Je m'appelle Tomoe. Et vous n'êtes pas le Tigre. Juste un méchant chat.

Son père se figea. Cette vieille insulte toucha son orgueil et il leva son poing serré dans sa direction.

– Tu te crois forte, mais je te briserai !

Il fit un geste de la main et deux soldats déposèrent un brancard près du rocher. Le gouverneur Tora déchira le tissu noir qui l'enveloppait.

– J'avais besoin d'une veuve noire pour en finir avec cette affaire. Cet idiot m'a bien servi, mais libre à toi de prendre sa place !

Le sang de Tomoe quitta ses joues. L'horreur la submergea et sa rage l'abandonna d'un coup. Ses yeux détaillèrent longuement le cadavre de son demi-frère. Oji portait un kimono noir entaillé par de nombreux coups de sabre. Il avait été battu, pour que son visage tuméfié ne trahisse pas son sexe et, dans cet état lamentable, sa mince silhouette pouvait passer pour féminine. Ses deux sabres ensanglantés reposaient près de lui pour parachever cette mise en scène atroce. La jeune femme se souvint de son dévouement absolu envers son père et cette trahison finale lui déchira le cœur.

– Il en savait trop, dit-elle d'une voix tremblante, et vous l'avez réduit au silence éternel. Votre propre fils !

– Je suis un tigre féroce. Obéis, ou tu finiras comme lui.

D'un bond, Tomoe sauta au pied du rocher. Kiyoshi tendit le bras pour lui barrer le passage, mais elle ne se laissa pas retenir et s'agenouilla près du corps martyrisé. Elle caressa les mèches noires de son demi-frère. Les yeux d'Oji béaient comme une porte défoncée. Elle ferma ses paupières, murmura une prière, mais les paroles traditionnelles ne suffisaient pas. Elle aussi s'était servie d'Oji.

Au lieu de l'avertir, de lui conseiller de fuir, elle l'avait renvoyé vers ce monstre manipulateur. Encore un jeune homme naïf victime de cette machination. Elle contempla ses doigts rougis, des larmes plein les yeux, et sa culpabilité l'engloutit.

*****

Désormais, seul le brancard étroit séparait Tomoe des soldats. Kiyoshi regrettait qu'elle soit descendue du rocher. Cette position surélevée facilitait sa défense mais, sous l'effet du chagrin, elle s'était trop exposée. Le rōnin bouillait de rage, horrifié par les stratagèmes du gouverneur Tora. Il se plaça près de la guide, blême de fureur contenue :

– Non, répondit-il à sa place. Vous ne la briserez pas.

Le Gouverneur plissa ses yeux furieux et leva le bras droit.

– Assez discuté. Tuez ce misérable et capturez-la ! Je la veux vivante !!!

Un samouraï tenta d'empoigner Tomoe et paya cher cette imprudence. Lorsqu'il effleura son kimono du bout des doigts, la lame de Kiyoshi trancha son bras tendu. Son cri de douleur se confondit avec la clameur belliqueuse de ses camarades. Ils contournèrent le brancard pour atteindre la jeune femme, mais les sabres du rōnin les tinrent à distance. Il se glissa dans le combat comme dans un torrent impétueux. Dès qu'un membre se dévoilait, il le coupait. Son sabre court parait sans relâche, son katana entailla l'intérieur d'une cuisse et s'enfonça sous l'aisselle d'un guerrier.

Une main profita du moment où il retirait sa lame pour tirer sur le col de Tomoe. La guide se releva, les yeux pleins de défi. Elle frappa du pied et des salves d'énergie se diffusèrent dans la terre, qui s'agita sous les semelles des combattants. Le samouraï qui la tenait s'écroula. Les secousses ébranlèrent les soldats, qui tombèrent comme des arbres déracinés. Les grands pins vacillèrent et plusieurs d'entre eux s'abattirent sur l'ennemi. Impitoyable, Kiyoshi profita de ce répit pour plonger son sabre dans un œil exposé par la chute. De nombreux guerriers ne se relevèrent pas. Les autres se redressèrent tant bien que mal, alourdis par leurs armures.

Ce carnage exaspéra le gouverneur Tora.

– Bande d'incapables, hurla-t-il. Vous n'avez pas honte de perdre face à une fillette et un rōnin !

Sa garde d'honneur retourna au combat avec circonspection. Cette fois, ils ne commettaient plus l'erreur de sous-estimer l'adversaire. Pour s'emparer de Tomoe sans la blesser, il fallait d'abord tuer Kiyoshi, et le lieutenant ordonna à ses hommes de l'attaquer tous ensemble. Ce dernier rassembla ses forces. Il esquiva le sabre qui visait sa tête, para de chaque côté et recula d'un bond, mais une estafilade apparut sur sa poitrine. Il ignora la douleur et le sang. Face aux coups qui s'abattaient de toute part, il ne trouvait plus le temps de respirer. Les coupures se multipliaient sur ses bras, son torse et ses jambes.

Tomoe frappa le sol une seconde fois. Une onde puissante se propagea jusqu'à son père, qui recula pour se mettre hors de portée. Soudain, le maître jaillit de son fourré. Elle fonça sur le gouverneur Tora qui recula précipitamment. La pointe de son sabre érafla son plastron et sa garde personnelle s'interposa en urgence. Izumi tenta d'atteindre sa cible, mais les soldats l'encerclèrent et profitèrent de leur nombre pour la harceler. Elle dépensait une énergie folle pour les repousser.

Le cœur de Kiyoshi se serra d'inquiétude, mais il ne put s'appesantir sur ses émotions. L'ennemi revint à la charge et il combattit de plus belle. Le rōnin ne distinguait plus les visages, seulement les gestes. Il lui semblait combattre un monstre aux mille pattes griffues. Le temps passait. Sous l'effet de la fatigue et des coupures, ses gestes ralentirent légèrement. Une lame frôla son visage, Tomoe cria. Submergé sous le nombre, il craignit de ne plus pouvoir la protéger contre ceux qui tentaient de l'agripper.

Izumi ne parvenait toujours pas à franchir les rangs des samouraïs pour frapper le gouverneur Tora. Un coup de sabre entailla son genou. Kiyoshi la vit vaciller sous le choc, mais il ne pouvait la secourir. Ses propres bras pesaient de plus en plus lourd, ses jambes se raidissaient, son cœur accélérait sans cesse. À ce rythme, il ne tiendrait plus très longtemps.

*****

Le maître ne bougeait plus comme avant et sa plaie saignait beaucoup. Tomoe tenta d'utiliser ses pouvoirs une troisième fois, mais ses jambes cédèrent sous le coup de l'épuisement. Elle s'effondra près de son frère et son regard éperdu croisa celui de son père, qui lui adressa un sourire féroce. Cet homme n'éprouvait ni scrupule ni remords. Abuser son propre enfant, le battre et l'exécuter ne pesait nullement sur sa conscience. Seule la victoire comptait et elle ne tarderait pas. Il n'avait même pas utilisé la rage divine.

La jeune femme chercha une échappatoire, mais ils étaient encerclés.

– Tu m'appartiens ! cria le gouverneur Tora.

Ces mots, il les avait déjà proclamés six ans auparavant, lors de sa fuite du palais. Tomoe crut revivre le pire moment de son existence. Elle ressentait le même désespoir à l'idée de retomber entre ses griffes et son être se rebellait contre son désir de possession. Alors, le voile qui masquait sa mémoire se leva.

Elle se revit en train de massacrer les hommes qui lui barraient le passage. Le gouverneur Tora avait tué sa mère et déclenché l'incendie pour dissimuler ce crime, mais c'était bien elle qui avait tué ses soldats. Tomoe se souvint du sabre divin qui guidait son bras. Il pouvait lui prêter ses pouvoirs, et elle en avait besoin maintenant !

Tomoe cessa de détester le Tigre. Au lieu de lutter contre lui, elle le laissa s'emparer d'elle. Une brume rouge voila son regard. Lorsqu'elle tendit la main, la Griffe du Tigre s'y matérialisa. Sa poignée tressée et sa courbure élégante lui semblèrent familières. Sa lame blanche ne pesait presque rien. Un rugissement rauque jaillit de sa gorge. Il roula sur la montagne, grondant comme le tonnerre. Sur le visage de son père, la peur remplaça instantanément le triomphe.

Tomoe bondit dans la mêlée, sous les yeux stupéfaits de ses alliés et de ses ennemis. Une puissance surhumaine maîtrisait son corps, ses bras ne tremblaient plus. Sous l'emprise de la rage divine, elle se fraya un chemin écarlate parmi les samouraïs qui protégeaient le gouverneur Tora.

Lorsqu'elle parvint devant lui, il dégaina enfin son katana. Ce geste tardif n'impressionna guère sa fille.

– Cessez de vous raconter des histoires. Le Tigre ne vous a pas choisi.

Tomoe comprenait enfin qu'elle s'était enfuie, six ans plus tôt, grâce à cet animal sacré. Traumatisée par sa propre violence, elle avait oblitéré ces souvenirs insoutenables de son esprit, mais elle portait encore sa marque. Depuis ce jour, le dieu du Métal lui insufflait de brusques accès de rage.

Le Gouverneur tressaillit. Il tentait de se montrer ferme, mais la pointe de son katana frémissait.

– Ma fille, je suis si fier de vous.

Il ne mentait pas, mais Tomoe ne ressentit que du mépris. Cet homme avait tué sa mère et son frère. Dans les mots « ma fille » elle entendait son désir de possession. Alors, elle laissa la Griffe du Tigre guider son bras. La lame blanche trancha le cou du seigneur Tora et des pétales de sang jaillirent. Il s'affaissa comme une fleur fanée.

Dans un état second, la jeune femme acheva les derniers gardes. Une fois le danger disparu, l'animal sacré se retira et l'énergie guerrière qui l'animait s'assécha. La Griffe du Tigre disparut. Tomoe vacilla.

*****

Kiyoshi la rattrapa juste avant qu'elle ne s'effondre sur les dépouilles entassées à ses pieds. Certains samouraïs vivaient encore, des râles et des gargouillis s'extrayaient de leurs bouches grimaçantes. Izumi haletait sans bouger.

– Que s'est-il passé ? lui demanda-t-il.

Celle-ci secoua la tête, éberluée par ce retournement de situation.

– Je pense que c'est la rage divine.

Sous le choc, Kiyoshi considéra la guide. Les yeux de Tomoe papillotèrent et elle murmura :

– Le Tigre, je n'avais pas compris. Pendant toutes ces années, j'ai vécu dans le déni.

– Il t'a marquée pour que tu puisses t'enfuir du palais, expliqua le maître. Pendant tout ce temps, nous redoutions la rage divine du gouverneur Tora, alors qu'il en était incapable ! Ce « méchant chat » l'imitait juste pour renforcer son prestige.

Elle lâcha un grand rire ironique qui se mêla aux croassements des corbeaux. Tomoe grelottait dans les bras du rōnin. Il écarta les mèches noires collées sur ses joues et la contempla avec admiration.

– Tu es l'Héritière du Kirin, une Fille du Dragon marquée par le Tigre. Un vrai miracle.

– C'est trop pour moi. J'ai peur de me perdre !

Kiyoshi comprenait sa détresse. En cet instant, Tomoe se sentait faible et dépassée par la volonté des dieux. En elle se mêlaient la sauvagerie du Tigre, la sagesse du Kirin et la ruse du Dragon. Il la porta un peu plus loin pour lui épargner la vision des morts et des blessés.

– Tu es libre, maintenant, prends le temps nécessaire pour trouver ta voie.

Le maître ne les suivit pas et Kiyoshi s'empressa de retourner près d'elle.

– Votre blessure ?

– J'ai bien fait de t'enseigner les arcanes avant ce combat, répondit-elle d'une voix blanche. Cette jambe ne me porte plus.

Le rōnin s'empressa de bander son genou gauche. Pendant ce temps, des roulements de tambours grondèrent dans la plaine. Une nouvelle compagnie s'engageait sur la montagne pour porter secours au gouverneur Tora et à sa garde d'honneur. Le regard d'Izumi se chargea d'inquiétude. Ils risquaient de ne pouvoir fuir à temps.

Une grande faiblesse saisit Kiyoshi. Son cœur tambourinait dans sa poitrine comme s'il courait et le son d'un galop battait dans ses oreilles. Le Kirin descendait vers eux depuis le sommet du mont Raijin. Ses sabots semblaient flotter sur l'herbe rase et sa crinière dorée luisait au soleil. Il les dépassa, puis inclina sa tête cornue en direction de la vallée. Ses yeux brillants n'exprimaient plus la compassion, mais un juste courroux envers ceux qui pénétraient sur son domaine. Son sabot frappa la pierre, des étincelles jaillirent et une onde puissante se répandit dans la terre. Kiyoshi entendit un grondement lointain, comme si la montagne s'ébrouait. Les yeux de Tomoe papillonnèrent.

Quand l'animal sacré martela le sol une seconde fois, les samouraïs s'effondrèrent. Sous la surface, les secousses prenaient de l'ampleur, tandis que le mont Raijin s'éveillait d'un long sommeil. Les graviers roulaient sur ses flancs, la roche craquait tels de vieux os et tous les êtres vivants retenaient leur souffle. Des filets de poussière et de cailloux glissèrent vers la plaine avec un sifflement de serpent. Tomoe frissonna de la tête aux pieds.

– Montez !

Elle entraîna ses compagnons vers les hauteurs pour éviter que les coulées de terre ne les emportent. Kiyoshi soutenait le maître, qui ne pouvait s'appuyer sur sa jambe blessée. Ils parvinrent à l'entrée du souterrain qui leur avait permis de traverser le mont, mais n'osèrent l'emprunter à cause des cailloux et des plaques de terre qui tombaient du plafond. Ils s'assirent tous les trois sous la glycine dont les pétales parfumés pleuvaient à chaque sursaut. La jeune femme s'accrocha à Kiyoshi et ils contemplèrent la colère surnaturelle qui se déchaînait en contrebas.

Le Kirin leva ses bois vers le ciel embrasé, il se cabra, battit l'air de ses antérieurs et poussa un long cri de défi en direction du sud. Quand ses sabots s'abattirent une troisième fois, le choc ébranla toute la montagne sacrée. Un mugissement sourd monta des entrailles du mont Raijin, la terre et les rochers qui le couvraient dévalèrent la pente en prenant de la vitesse. La masse brune frappa l'armée du Tigre de plein fouet. Des cris d'alarme s'élevèrent, les soldats sortirent des tentes et coururent en vain, avant de finir broyés par la chair de la montagne. Leurs jambes ne pouvaient rivaliser avec la fureur dévastatrice d'un dieu.

En quelques minutes, la plaine se couvrit de gravats, mélange de bois, de tissu et de chair déchiquetés. Des nuages noirs s'amoncelèrent dans le ciel et une pluie battante transforma la terre friable en boue. Le tonnerre gronda, la foudre s'abattit sur les fières bannières des Tora. La nature broyait l'ennemi sous des tonnes de roche, le noyait sous des trombes d'eau, l'ensevelissait dans la boue, sous les yeux impassibles du Kirin. Les guerriers ressemblaient à des naufragés.

*****

Une nuit sans étoiles tomba, mais le lendemain matin, le vent dissipa les nuages noirs qui couvraient le ciel. Les premiers rayons du soleil éclairèrent le mont Raijin. Kiyoshi restait vigilant en attendant l'arrivée des secours. Tomoe somnolait près de lui. Pour une fois, Izumi dormait au lieu de se réveiller la première. Sa blessure au genou la rendait fiévreuse. Elle ne se plaignait pas, mais sa pâleur et son silence parlaient pour elle. Une jambe raide, incapable de soutenir son poids, ne permettait pas de se battre un sabre à la main. Le cœur de Kiyoshi se serra en songeant que son maître venait sans doute de livrer son dernier combat.

Le rōnin entendit d'abord le cliquetis des armures, puis distingua les silhouettes qui marchaient le long de la crête, en portant bien haut la bannière du Tigre. Kiyoshi comprit que les soldats envoyés dans la montagne ignoraient ce qui s'était passé dans la vallée. Il reconnut Wataru et un nouveau poids s'abattit sur ses épaules.

Lorsqu'il se leva, ses jambes engourdies ne supportèrent pas son corps et il tomba à genoux dans la boue. Une brûlure intense le parcourut des pieds à la tête. Il s'appuya sur ses mains pour se redresser. Haletant, le rōnin lutta contre le vertige qui l'assaillait. Le manque de nourriture, de sommeil et de repos l'affaiblissait.

Tomoe se réveilla, les lèvres bleues, et sa peau devint translucide sous l'effet de la panique.

– Wataru constatera seulement la défaite du clan Tigre, dit-il pour la rassurer.

– Il nous tuera pour venger son seigneur.

Kiyoshi le craignait aussi, car la fierté de son ancien camarade ne tolérait aucun compromis. Sans la contredire, il frotta ses membres pour les ranimer. La jeune femme se redressa sur un coude, mais ses bras tremblants la portaient à peine.

– Ne te lève pas, la gronda-t-il.

– Je ne trouverai pas la force d'invoquer un animal sacré.

Il entendit la peur qui fêlait sa voix et son cœur gonfla dans sa poitrine. Le rōnin refusait de la perdre maintenant. Après cette victoire éprouvante contre le gouverneur Tora et sa garde d'honneur, ils avaient mérité de vivre en paix.

– C'est mon combat. Je m'occupe de régler cette affaire une bonne fois pour toutes.

Kiyoshi éprouvait moins d'assurance qu'il n'en affichait, mais la jeune femme ne protesta pas. Lorsqu'il saisit la poignée de son katana, Tomoe posa ses doigts sur les siens et murmura une prière :

– Que le Kirin te protège.

Les soldats s'approchaient d'un pas décidé, précédés par un guide qui n'en menait pas large. Wataru s'avança d'un pas raide, contempla la pente déchiquetée, les monceaux de terre et de roche accumulés en bas, et une artère battit le long de son cou. Il rougit, pâlit, ses poings se serrèrent, et une terrible amertume se peignit sur son visage.

– Par le Tigre sacré, murmura-t-il, c'est donc vrai.

Kiyoshi songea aux rêves de grandeur de son ancien camarade, à sa volonté de prouver sa valeur et de monter en grade. Wataru se trouvait dans le camp des vaincus avant même d'avoir tiré le sabre. Ses espoirs gisaient également sous des tonnes de pierres. Cette plaine était devenue leur tombeau.

– Tant pis, dit-il d'un ton altéré. Je ne suis pas un rōnin, incapable de m'engager. Cette femme maudite a apporté le malheur sur mon clan et les âmes de mes camarades crient vengeance. Mon serment tient toujours et je suivrai les ordres de mon seigneur jusqu'à la mort !

– Capitaine Kondô ! s'exclama un soldat, laissez-moi me charger du rōnin. Ne salissez pas votre lame avec son sang !

Son supérieur repoussa son offre avec mépris.

– Cet homme a étudié le kenjutsu sous la direction du maître Izumi Nakajima, dont j'étais également l'élève. Il maîtrise le style de l'école. Crois-tu vraiment pouvoir le vaincre ?

Son interlocuteur avala sa salive et toute son ardeur combative s'effondra. Il ne restait plus qu'un jeune soldat pataugeant dans la boue. Wataru ôta son casque et son plastron.

– Maintenant, nous sommes à égalité. Que personne n'intervienne ! rugit-il en dégainant son sabre. Vous ne seriez qu'une gêne pour moi.

Kiyoshi se tenait au pied de la glycine, debout devant Tomoe. Il rassemblait ses dernières forces. Ses yeux se réduisirent à deux fentes sombres et son corps se tint aux aguets, en une posture pleine de souplesse et de tension.

Wataru se lança, la boue vola autour de ses sandales et son sabre trancha l'air. Kiyoshi para tant bien que mal, puis visa son ventre à découvert. Trop lent. Il le savait, mais ses membres lourds comme de la pierre refusaient de bouger. Le capitaine dévia facilement son attaque et le heurta d'un coup d'épaule en pleine poitrine, qui lui coupa le souffle. Le rōnin s'effaça sur le côté pour éviter de se retrouver par terre. Le poids et la carrure jouaient toujours en faveur de son adversaire. Lui-même s'engluait dans la fange qui collait à ses semelles.

Wataru le considéra d'un air plein de morgue et brandit son sabre au-dessus de sa tête, la lame tournée vers le haut.

– Tu n'es qu'un faible, l'avorton !

Kiyoshi ne répondit pas, trop occupé à respirer. En cet instant, il se moquait bien de fierté, d'honneur, et du code moral des samouraïs. Tenir debout lui demandait déjà beaucoup.

– Protéger ton épouse, quelle blague !

Le katana de Wataru s'abattit brusquement. Le rōnin recula d'un pas. Les insultes rageuses de son ancien camarade glissaient sur lui comme la pluie sur un caillou. Il ne les entendait plus, concentré sur ses sensations, l'esprit vide.

Wataru enchaîna une série de coups puissants, sa lame visait le cœur, le foie, tous les organes vitaux. Kiyoshi se plongea dans le flux du combat pour survivre. Il connaissait ces techniques meurtrières comme de vieilles amies.

Insaisissable, il esquiva sans le moindre geste inutile. Puis il se mit en garde basse, considéra le visage de Wataru, les taches rouges sur ses pommettes, et prit une profonde inspiration :

– Pourquoi ne pas retourner vers l'école Nakajima ?

Son interlocuteur cracha à ses pieds.

– J'ai prêté serment, gronda-t-il. Toi, le rōnin, tu ne connais pas le sens de ce mot. Pourtant, tu as toujours été le favori du maître. Elle t'a choisi comme héritier, alors que j'étais le meilleur !

Ces paroles acerbes touchèrent Kiyoshi. Cette jalousie longtemps refoulée expliquait le comportement de son ancien camarade, mais il le comprenait des années trop tard.

– Elle m'a élevé comme un fils, mais j'ai découvert son choix récemment. Elle ne m'a jamais ménagé pour autant. D'ailleurs, le Kirin a choisi Tomoe.

– Une meurtrière, protesta Wataru. Tu te moques de moi !

Le rōnin se tut, effaré par leur incompréhension mutuelle. Il ne savait comment traverser les flots d'amertume qui les séparaient. Kiyoshi n'éprouvait aucune envie de tuer son ancien camarade, mais il devait l'arrêter coûte que coûte.

Il attaqua le premier, en direction de ses pieds enfoncés dans la boue. Le capitaine recula précipitamment, mais il trébucha et ne se remit pas tout de suite en position. Le geste qu'il fit pour reprendre son équilibre découvrit son poignet gauche. Le rōnin s'avança, pressé de saisir cette ouverture et d'en finir avec ce combat. À cet instant, une satisfaction féroce apparut sur les traits de Wataru. Son pied droit s'avança. Son sabre accomplit une furieuse coupe transversale. L'instinct de Kiyoshi hurla : « Un sacrifice, il utilise son propre corps comme appât ! » L'image du Kirin s'imposa à lui. Son cœur ralentit, le temps se suspendit. Il bondit au dernier moment pour éviter de finir coupé en deux. La lame de son adversaire frôla ses sandales et il sentit le bout de sa semelle tomber, coupée net par le tranchant de l'acier.

Le rōnin abattit son katana en retombant. Sa lame trancha la chair et les os avec la même facilité que du papier de soie, puis le bras droit de Wataru tomba à ses pieds. Ce dernier considéra son membre tranché d'un air incrédule. Un hurlement de souffrance jaillit de sa gorge et sa main gauche se porta vers sa blessure. Le sang coulait en abondance entre ses doigts.

– Notre combat s'arrête ici, conclut Kiyoshi en abaissant son arme.

Lui-même luttait pour ne pas s'effondrer sur place. Son katana n'était pas censé servir de canne, mais ses jambes le portaient à peine.

– Je refuse, hoqueta son adversaire.

– Tu ne peux plus tenir un sabre. Laisse les médecins du temple s'occuper de toi.

– Garde ta compassion, l'avorton ! gronda Wataru.

Mon seigneur a quitté ce monde. J'ai perdu mon honneur. Ma vie s'arrête ici.

Sa main gauche se posa sur la poignée de son sabre court. Il le plongea dans ses propres entrailles. Le sang jaillit sur ses mains. Une horrible grimace déforma son visage, un râle de souffrance s'exprima par sa bouche mais, poussé par une détermination suprême, il continua à se taillader le ventre.

Kiyoshi se précipita vers lui. Son katana se dressa vers le ciel et mit fin à son supplice en lui tranchant le cou. Après un dernier soubresaut, le corps de son ancien camarade trouva enfin le repos. Le rōnin contempla le liquide vermillon qui coulait sur sa lame et se mêlait à la terre sacrée de la montagne. Il considéra la tête coupée de Wataru, ses traits enfin relâchés, son regard plein de défi.

– Il ne désirait que la mort, murmura-t-il. Je ne pouvais rien lui offrir de plus.

18

Quand Tomoe tituba jusqu'à lui, Kiyoshi détacha son regard de son sabre ensanglanté et du corps de Wataru. Elle s'agenouilla, posa sa joue contre son épaule, et sa simple présence le réconforta.

– Les secours arrivent.

En relevant les yeux, il vit une file de personnes qui serpentait le long de la crête. Des prêtres, des guides, des soigneurs venus du temple du Kirin se hâtaient vers les lieux du drame. Parmi eux, deux serviteurs portaient un palanquin léger, composé d'une nacelle en tissu suspendue à un gros bambou. Ils s'agenouillèrent pour que la Grande Prêtresse en descende, sans se soucier de la fange qui salissait ses sandales et le bas de son kimono.

Une fois mise au courant de la situation, la vieille dame considéra la dépouille de Wataru et les soldats du clan Tigre qui la veillaient.

– Le capitaine Kondô a vécu en samouraï et il est mort en samouraï, leur dit-elle. Puisse-t-il reposer en paix.

Le temple du Kirin rendra son corps à sa famille. Je m'y engage.

Elle s'exprimait avec une telle autorité que tous les grands gaillards en armure s'inclinèrent sans protester. Ils s'attardèrent le temps d'un adieu, puis se mirent en marche en direction du sud, le pas lourd, les épaules basses. L'un d'entre eux se retourna au dernier moment.

– Nous ne vous oublierons pas, Capitaine, et nous prierons pour vous !

– Je prierai aussi, murmura Kiyoshi, même s'il me maudit depuis l'au-delà.

Il comprit soudain pourquoi le maître l'avait déclaré perdant des années auparavant, lors de son violent combat contre Wataru. L'injustice qui l'avait marqué si longtemps n'en était pas une. Ce jour-là, Kiyoshi s'était montré plus fort que son adversaire, mais il avait failli tuer un camarade. Dans ces conditions, pouvait-on parler d'une victoire ? Désormais, il savait que non.

Tomoe grelottait de froid et de peur rétrospective, lorsqu'une épaisse couverture se posa sur ses épaules.

– Te voilà dans un sale état ! maugréa Shizuka. Ce rōnin me le paiera !

Aïko la serra contre elle, les yeux pleins de larmes, et une douce chaleur gagna Tomoe. Ses amies lui apportèrent une tasse de thé noir qui réchauffa ses doigts engourdis. Lorsqu'elle en but, les dents de la jeune femme claquèrent sur le rebord en céramique.

– Il est mort, balbutia-t-elle. Mon p…

Elle se corrigea juste à temps.

– … Le gouverneur Tora.

– Bon débarras ! s'écria Shizuka.

Elle avait sans doute deviné son secret depuis longtemps, mais Tomoe ne s'en souciait gère, car son amie savait faire preuve de discrétion. Aïko posa une main compatissante sur son épaule.

– Tu as traversé des moments difficiles, Yama-chan.

La jeune femme raconta les combats sans mentionner sa véritable identité, ni la rage du Tigre, comme si le maître avait vaincu le gouverneur Tora.

Lorsque Kiyoshi chaussa une sandale neuve, une expression douloureuse se peignit sur son visage. Tomoe comprit combien la mort de Wataru l'ébranlait. De sa victoire, il tirait plus de tristesse que de fierté.

– Aïko, joue-moi un air de flûte, murmura-t-elle.

Celle-ci prit une grande inspiration. Elle semblait toute frêle, dans son large pantalon de miko, mais ses notes résonnaient avec la puissance d'un oiseau de proie. Elles planaient, graves et lentes, sur les flancs de la montagne endeuillée. La musicienne oscillait en rythme, les yeux plissés, et un profond recueillement émanait de son chant. Peu à peu, la mélodie s'allégea. Elle s'envola vers les cieux, telles les âmes des défunts, et Tomoe sentit des larmes tièdes rouler sur ses joues. Quand la flûte d'Aïko quitta ses lèvres, les trois amies gardèrent le silence, mais leurs âmes partageaient la même émotion.

*****

Quand la Grande Prêtresse et son escorte parvinrent au temple du Kirin, une foule sortit des bâtiments et se précipita dans leur direction. Les serviteurs, les guides et les voyageurs attendaient tous des nouvelles fraîches. Le retour de Tomoe et sa présence sur le lieu de la catastrophe attisèrent la curiosité de ses collègues, mais elle ne leur apporta aucune explication, de crainte d'en dire trop.

Des servantes l'aidèrent à se laver, la vêtirent d'un kimono d'intérieur et d'une ceinture en soie couleur d'ambre, puis la menèrent dans une chambre à part. Quand la porte coulissante claqua derrière elle, la jeune femme s'agenouilla sur les tatamis, heureuse de se reposer en paix.

Kiyoshi s'était allongé sur le futon et ses deux sabres reposaient près de lui. Son attitude semblait détendue, mais il n'avait pas touché au dîner posé près de la fenêtre et ses yeux grands ouverts fixaient les poutres du plafond. Lorsqu'il tourna la tête vers elle, Tomoe le sentit pensif et même troublé. Elle comprit qu'il n'essaierait pas de la retenir. La guide pouvait reprendre sa vie sur la montagne sacrée et le laisser rentrer seul à la capitale, comme s'il ne s'était rien passé.

La jeune femme s'avança à pas légers, ôta ses sandales et se glissa près de lui. Kiyoshi n'esquissa pas le moindre geste, juste un sourire fatigué. La chaleur de son corps imprégnait la couette, mais son esprit semblait absent.

– À quoi penses-tu ? demanda-t-elle.

– J'ai vaincu Wataru, mais il s'agit tout de même d'une défaite. Et mon maître ne pourra plus pratiquer la voie du sabre comme avant.

– Je ressens la même chose. La bénédiction du Kirin coule de source, mais la marque du Tigre me perturbe. Je porte cette violence en moi, des souvenirs affreux reviennent, et je ne dois plus les refouler. Chaque victoire a un prix.

Il poussa un profond soupir et elle tenta de l'encourager :

– Désormais, tu maîtrises les arcanes et je suis libre. De grands changements se sont produits mais nous trouverons une façon de vivre avec.

– Tu as sans doute raison.

Tomoe entendit la tristesse dans sa voix et son cœur gonfla dans sa poitrine. Elle se souvenait de ses bras noués autour d'elle, de ses mains sur ses hanches et de l'odeur salée de sa peau.

– Yoshi ? souffla-t-elle dans la pénombre.

– Oui ?

– Ce faux mariage, je voudrais qu'il devienne vrai.

– Tu partirais vivre à la capitale ? demanda-t-il d'un ton incrédule.

Les responsabilités du nouveau maître de l'école Nakajima l'obligeaient à rentrer sans tarder. Tomoe savait que Kiyoshi ne lui demandait pas de l'accompagner, parce qu'il connaissait son attachement envers son métier et la montagne sacrée. Elle y avait bien réfléchi. Depuis la mort de son père, la liberté se trouvait enfin à portée de main, mais elle n'était plus tout à fait la même personne. Au lieu de retourner vers sa vie d'avant, elle avait envie d'en commencer une nouvelle.

– Oui, pourquoi pas ?

À ces mots, la mélancolie du rōnin s'évanouit. Il lui adressa un sourire lumineux comme un ciel d'été et le cœur de Tomoe gonfla dans sa poitrine. Elle roula vers lui et le surplomba. Il l'observait toujours, immobile, et ses yeux grands ouverts n'exprimaient pas la moindre contrariété, mais une curiosité teintée d'amusement. Elle suivit du doigt les coupures qui marbraient sa peau, effrayée que la mort l'ait frôlé de si près. Son torse se soulevait au rythme de sa respiration et elle posa son oreille contre son kimono pour écouter son cœur. Ce rythme intime résonna en elle comme un chant et une émotion poignante l'envahit. Comme il ne la repoussait toujours pas, la jeune femme poursuivit son exploration ; elle effleura son front, ses pommettes, son nez, sa bouche, et les lèvres de Kiyoshi frémirent sous ses doigts.

– Le maître de l'école Nakajima vaincu par sa future femme, badina-t-elle, comme c'est original !

– Vaincu ?

D'un coup de rein, il inversa leurs positions et la plaqua contre le futon. La surprise coupa le souffle de Tomoe, mais elle n'éprouva aucune crainte, car il ne l'écrasait pas sous son poids. Kiyoshi l'embrassa tout en douceur. La tension qui tirait ses traits s'estompait, laissant place à la tendresse. La jeune femme caressa les mèches brun clair qui voilaient ses yeux, puis les épaules solides qui tendaient l'étoffe de son kimono. Lorsqu'il déposa un baiser au creux de son poignet, le pouls de Tomoe s'affola.

– Je crois qu'il me reste beaucoup à apprendre en matière de combat, lui confia-t-elle.

Le sourire de Kiyoshi passa de l'amusement à la sensualité. Ses cils voilèrent son regard brûlant, sa bouche s'égara au creux de son cou, puis ses doigts glissèrent vers sa ceinture.

– Ne t'inquiète pas, murmura-t-il à son oreille, tu as déjà remporté celui-ci.

*****

Le mariage improvisé se déroula dans la grotte, en souvenir de ce qui les avait rassemblés ici. Des lanternes éclairaient les draperies minérales, qui se teintaient de rose et de nacre. Kiyoshi se purifia avec l'eau sacrée de la source pendant que sa future épouse se préparait. Quand Tomoe le rejoignit devant l'autel, il ne put détacher ses yeux de son kimono blanc, des peignes fleuris qui paraient son chignon et des clochettes qui caressaient ses joues. Elle lui sourit en retour.

La Grande Prêtresse célébra leur union en personne, ravie que le mensonge originel devienne une heureuse vérité. L'assistance se composait des amies de Tomoe, Aïko et Shizuka, ainsi que du maître de Kiyoshi. Pendant la cérémonie, le chant de la source se mêlait aux psalmodies. Ils offrirent du riz et du saké au Kirin pour implorer sa protection, prièrent leurs ancêtres, puis s'acheminèrent vers l'échange des coupes.

Kiyoshi s'inclina devant la petite tasse laquée de rouge que lui présentait la Grande Prêtresse. Trois gorgées. Le goût puissant du saké envahit son palais. Pour la première tasse, symbole du passé, il songea aux tourments de la princesse Kaede, lui promit de protéger sa fille et la pria de bénir leur union.

Tomoe but la seconde tasse en trois gorgées. Une petite grimace déforma ses traits, mais elle retrouva vite le sourire. Le cœur du rōnin s'allégea en pensant au présent. Au lieu de rentrer seul au dojo, il revenait avec une femme merveilleuse à ses côtés.

Kiyoshi vida la troisième en trois gorgées. Il ignorait ce que leur réservait le futur, mais avec Tomoe la route semblait plus belle et son voyage en ce monde prenait un sens. Le miroir sacré ne prédisait pas l'avenir, mais il lui avait révélé les secrets de son propre cœur.

La Grande Prêtresse les bénit en son propre nom et son vieux visage rayonnait de bonté en se penchant vers les jeunes mariés. Aïko pleurait, touchée par le bonheur de son amie. Shizuka menaça le rōnin des pires représailles s'il rendait son épouse malheureuse. Le fouetter avec des orties, le découper en lamelles, le faire rôtir sur un grill, le jeter en pâture aux requins… elle ne manquait pas d'imagination, aussi finirent-ils par en rire.

Izumi les félicita d'une voix pleine d'émotion contenue. Puis, elle leur annonça sa décision de ne pas rentrer à la capitale, et Kiyoshi se raidit sous le choc. Tomoe considéra tristement le large pantalon du maître. La plaie cicatrisait grâce aux soins prodigués par les médecins, mais son genou ne se pliait plus. Elle s'appuyait sur un bâton de marche et s'asseyait avec la jambe tendue. Jamais elle ne retrouverait ses capacités au combat.

– Cette blessure ne vous empêche pas de rentrer au dojo avec nous ! protesta le rōnin.

Izumi n'était pas du genre à s'apitoyer sur son sort.

– Toutes ces responsabilités me fatiguent, maugréa-t-elle. Il est temps de changer de rouleau. Occupe-toi de l'école, compris ?

La jeune femme lut un mélange de peine et d'incrédulité sur le visage de son mari.

– Pourquoi moi ?

Son maître leva les yeux au ciel.

– Tu maîtrises presque les arcanes et Tomoe saura te conseiller si besoin. De toute façon, il n'a jamais existé d'autre héritier que toi dans mon esprit. Les documents administratifs dorment dans mon coffre depuis des années. J'attendais juste que tu sois prêt.

Izumi ne s'embarrassait jamais de mensonges et de flatteries. Kiyoshi le savait et ses derniers mots réduisirent au silence la partie de lui qui se jugeait indigne d'une telle confiance. Il s'inclina devant son maître en signe d'acceptation et elle ébouriffa ses cheveux d'un geste plein de tendresse.

Tomoe salua la Grande Prêtresse d'une profonde révérence.

– Merci pour tout, murmura-t-elle. Que serais-je devenue sans vous ?

Elle aurait voulu exprimer la gratitude qui gonflait son cœur, mais les mots lui manquaient en songeant au chemin parcouru. L'enfant qui pleurait sa mère était devenue une femme libérée du passé et des menaces qui pesaient sur sa vie. La vieille dame sembla la comprendre et posa doucement ses doigts veinés de bleu sur sa nuque.

– Je vous souhaite beaucoup de bonheur, dit-elle avec émotion. Que le Kirin guide vos pas.

*****

La lumière matinale qui se déversait dans l'atelier illuminait les cabinets en bois laqué. Gintaro appliquait délicatement un vernis sur la porcelâme de la princesse Kaede pour qu'elle brille davantage. Désormais, sa jeune main possédait plus de précision que les doigts noueux de son père, et il s'attarda sur les traits sereins de la statuette. Depuis le décès du gouverneur Tora, sa patiente retrouvait son teint de porcelaine, les fissures s'estompaient, et surtout l'affreuse blessure qui lui perçait le cœur avait guéri. L'expert se réjouit en silence, mais un doute subsistait au fond de lui. Durant de longues années, la princesse Kaede ne s'était jamais souciée des manigances de son époux, et il ne comprenait pas pourquoi l'invasion de la montagne sacrée lui causait un tel chagrin. Gintaro gardait toutefois ses questions dérangeantes pour lui, car son père refusait de les entendre.

Gikan se posta près de lui, engoncé dans ses kimonos de cérémonie. Aujourd'hui, il présenterait la porcelâme de la princesse à la Cour lors d'une cérémonie fastueuse, pour fêter sa guérison. Bien sûr, il s'agissait d'un prétexte pour affirmer la puissance de l'Empereur et la légitimité de son héritier, le prince Ichiro. Gintaro doutait toutefois que les partisans de son frère cadet renoncent si facilement. Il nettoya ses pinceaux et laissa le vernis sécher.

– Comment se porte l'Âme de l'empire ?

Gintaro haussa les sourcils, surpris par la question de son père.

– Je ne sais pas. Qu'allez-vous répondre à l'Empereur aujourd'hui ?

– Je te laisse en juger par toi-même, puisque tu prétends commenter ses actes.

D'un geste, Gikan désigna le cabinet en laque noire, sobre et élégant, qui renfermait le Traité de porcelâme. Il tendit la clé correspondante à son fils. Gintaro se figea, stupéfié par cet honneur inattendu, le signe d'une confiance dont il doutait parfois. Le vieil homme sourit dans sa barbe.

– Tu as gagné en maturité lors de ce voyage, je dois bien le reconnaître. J'apprécie ton esprit vif, mais prends garde à tes paroles, car l'insolence se paie cher à la Cour.

– Oui, Père.

Gintaro prit une profonde inspiration et saisit la grande clé en métal ouvragé. Il s'inclina devant le cabinet, puis en sortit son précieux contenu avec mille précautions. La légèreté du rouleau le surprit. Il ne pesait presque rien, fragile et translucide comme de la nacre grise. L'expert s'étonna de sa finesse et de sa fragilité, tout en le posant sur le socle approprié. L'ombre qui ternissait cette relique inestimable lui serra le cœur.

Gintaro exposa les cinq animaux sacrés à la lumière pour mieux déceler les détails.

– Le Dragon s'enroule toujours sur lui-même, le Phénix perd ses couleurs, mais le Kirin a retrouvé son calme et le Tigre lèche ses blessures. Les plus profondes saignent encore.

– Des signes positifs, conclut Gikan avec satisfaction. Sa Majesté appréciera.

– Je m'inquiète tout de même pour l'Oiseau sacré. Quant à la Tortue…

Gintaro l'examina avec un morceau de verre grossissant et confirma sa première impression :

– Sa carapace se craquelle. Savez-vous si le clan Tortue rencontre des problèmes ?

– Je ne l'ai jamais remarqué ! protesta son père.

– Regardez ici.

– Je ne distingue rien, mais tes jeunes yeux voient mieux que les miens.

– Il faut avertir Sa Majesté…

Le maître de la Porcelâme secoua la tête et son haut bonnet ornementé faillit dégringoler.

– Certainement pas ! Pour l'instant, nous ignorons tout de ce phénomène. Les habitants des îles gardent bien leurs secrets, nous devons en apprendre davantage avant de révéler cette information.

Gintaro remit la coiffure de son père en place et l'observa de la tête aux pieds. Les kimonos empilés élargissaient la stature du vieil homme, sa barbe blanche et ses rides lui conféraient une certaine sagesse.

– Vous avez raison, le moment ne s'y prête guère, mais si vous le permettez, j'étudierai l'évolution de ces fêlures.

– Observe à ta guise, concéda Gikan, mais méfie-toi des conclusions trop rapides.

Cet excellent conseil agaça Gintaro, car son père refusait de l'appliquer à la porcelâme de la princesse Kaede. L'explication officielle l'arrangeait bien, donc il ne se souciait pas d'élucider ce mystère. Gintaro, pour sa part, ne renonçait pas.

*****

Quand ses mains se posèrent sur le portail de l'école Nakajima, une étrange émotion envahit Kiyoshi. Il reconnaissait les rainures du bois et les reliefs des caractères gravés, il savait qu'une allée serpentait de l'autre côté, il entendait les éclats de voix qui provenaient du dojo. Cette familiarité lui donnait plus que jamais l'impression de rentrer chez lui.

Tomoe patientait à ses côtés. Depuis leur arrivée à la capitale, elle observait les rues animées avec intérêt et le moindre détail l'amusait. Il suffisait d'une grimace, d'une épingle à cheveux ouvragée, d'un chaton joueur pour retenir son attention. La jeune femme leva la tête vers les toits de l'école qui émergeaient des feuillages, puis tapota son kimono pour le débarrasser de la poussière du voyage.

Son mari lui adressa un sourire rassurant avant d'entrer. Le traditionnel « je suis de retour à la maison » franchit ses lèvres. Kiyoshi n'attendait aucune réponse, mais un élève sur le départ lui répondit poliment « bienvenue chez vous ». Les serviteurs qui s'affairaient dans la cour intérieure se précipitèrent vers lui. Ils emportèrent ses bagages, lui apportèrent une bassine d'eau fraîche et lui demandèrent des nouvelles du maître, non sans jeter des regards intrigués vers Tomoe.

Son épouse se tenait en retrait, près du vieux cerisier. Lorsqu'elle s'approcha du tronc noueux, le vent joua entre les branches et les fleurs fragiles virevoltèrent autour d'elle. Tomoe sourit, ouvrit ses paumes et recueillit une pluie de pétales rosés. Elle y plongea son nez, puis les laissa s'échapper. Kiyoshi n'osait fouler le tapis odorant qui couvrait le sol, malgré l'émotion qui l'étreignait. Les serviteurs et les élèves ne voyaient qu'une jeune femme brunie par le soleil, dont les vêtements poussiéreux portaient la trace d'un long voyage, mais lui, il admirait les fleurs dans ses cheveux, la lumière du printemps dans ses yeux, et son rire léger qui s'élevait vers le ciel. Son épouse se trouvait à sa place dans cette cour, sous le vieux cerisier, et ce spectacle lui sembla douloureusement beau.

Tomoe pencha la tête et lui tendit les mains.

– Il est temps de me présenter, tu ne crois pas ?

Enfin, les jambes de Kiyoshi le portèrent vers elle. Il la serra contre lui sans se soucier de la surprise générale, provoquée par son retour inattendu et l'inconvenance de sa conduite.

– Voici ma femme, expliqua-t-il enfin, une Héritière du Kirin.

Une immense stupéfaction se répandit parmi toutes les personnes présentes et les serviteurs chuchotèrent entre eux. Kiyoshi savait que ces remous deviendraient tempête lorsqu'il leur annoncerait la fin de Wataru et la blessure du maître, aussi décida-t-il de ne pas se montrer brutal. Il valait mieux les préparer d'abord et parler en privé.

– Je comprends votre surprise, ajouta-t-il, mais nous avons besoin de repos avant tout. Le repas du soir se prête mieux aux longues histoires.

Des élèves curieux sortirent du dojo à la fin de leur cours et une voix familière s'écria :

– Nakajima-san, vous voilà enfin !

Iori devint la cible de l'attention générale. Le fils du marchand rougit jusqu'à la racine des cheveux ; il se balança d'un pied sur l'autre au seuil du dojo, son sabre en bois à la main, puis sauta dans la cour pour rejoindre les nouveaux arrivants. Il s'immobilisa sous les branches du vieux cerisier et s'inclina profondément devant eux.

– Quelle surprise de te retrouver ici, lui dit gentiment Tomoe.

– L'Œil du Kirin m'a montré un guerrier, alors j'ai décidé d'apprendre le maniement du sabre. Je ne veux plus me retrouver sans défense.

Lorsqu'il raconta leur retour aventureux, leur arrestation par le sergent Bunta au relais du Levant et l'intervention des soldats de l'Empereur, l'expression de Kiyoshi s'assombrit en songeant aux dangers courus par Gintaro. Il ne regrettait pas sa décision, mais l'expert en porcelâme lui en tiendrait sans doute rigueur.

– Au début, mon père craignait que je ne me blesse, conclut Iori, mais ma porcelâme s'est débloquée et j'ai réussi à le convaincre. Les professeurs adjoints m'ont permis de participer aux entraînements, mais je dois obtenir l'accord du maître avant d'être accepté comme élève définitivement.

– Et ce n'est pas trop dur ? demanda Tomoe.

Le garçon fronça les sourcils et ses traits se crispèrent.

– C'est difficile, avoua-t-il d'une voix lente, mais moins que la Voie du Kirin. Grimper des milliers de marches, avancer sur des vieilles planches suspendues au-dessus du vide, après cela, je ne crains plus la fatigue et la douleur.

Kiyoshi pensa que ce gamin avait bien changé depuis leur première rencontre au relais du Levant. Il se tenait bien droit, sa main serrait fermement son sabre en bois et son expression renfrognée avait laissé place à la détermination.

– Iori, je t'enseignerai la voie du sabre. Tomoe t'apprendra celle du Kirin.

Épilogue

L'empereur Tatsuya mourut quelques semaines plus tard, et Gintaro rendit visite à l'école Nakajima une fois les rites achevés. Ses hôtes l'accueillirent sous l'auvent situé à l'arrière de leur maison, loin du brouhaha du dojo. Ils ne lui tenaient pas rigueur d'être rentré seul à la capitale et le rassurèrent dès ses premiers mots d'excuse. L'expert en porcelâme leur offrit un assortiment de pâtisseries délicates, en forme de feuilles, de fleurs et de fruits, qu'ils dégustèrent lors d'une cérémonie du thé très simple. Puis, Tomoe remplit à nouveau les tasses, ils adoptèrent des postures moins formelles et discutèrent ensemble de l'actualité.

– Le calme est revenu, déclara Gintaro avec satisfaction, et la cérémonie de succession s'est bien déroulée. Le nouveau Fils du Dragon bénéficie du soutien de ses ancêtres et il finira par gagner celui de ses vassaux. Il pense, comme le défunt empereur Tatsuya, que la princesse Kaede a retrouvé la sérénité grâce à la mort du gouverneur Tora.

Kiyoshi se contenta d'incliner la tête, sans mentionner son implication dans cette affaire.

– L'explication officielle ne me convainc pas vraiment, leur confia Gintaro, mais au fond peu importe.

– Qu'en pense votre père ? demanda Tomoe.

– Selon lui, l'affaire est close. Mes doutes l'ennuient, alors je garde pour moi ce qui le dérange.

– Vous avez raison.

– Mais assez parlé de moi. Comment allez-vous ?

– Très bien, nous vivons en paix, répondit la jeune femme d'un ton subtil.

Elle se tenait à quelques pas de son époux, agenouillée sur un coussin, et leurs regards se croisèrent. Gintaro sentit une émotion passer entre eux ; ils étaient reliés par une complicité qui n'existait pas avant leur mariage et sa curiosité s'éveilla.

– Nous avons un service à vous demander, annonça Kiyoshi.

– Je vous écoute.

– Mon maître a été blessée lors de son combat contre le gouverneur Tora. La Grande Prêtresse nous a écrit qu'elle avait décidé de vivre dans la montagne, mais nous ignorons comment elle se porte et cette incertitude me ronge. Accepteriez-vous d'examiner sa porcelâme ?

– Avec plaisir ! s'exclama Gintaro.

Il s'interrogeait aussi sur les rumeurs qui couraient au sujet de Tomoe. D'après ses informations, elle enseignait aux élèves des techniques de méditation originaires de la montagne sacrée et certains prétendaient qu'il s'agissait d'une Héritière du Kirin. Son père souhaitait qu'il en apprenne davantage lors de cette visite. À cette idée, ses yeux brillèrent d'enthousiasme et il termina sa tasse d'un trait, sans se soucier de se brûler la langue.

Dès que ses hôtes le conduisirent à l'arrière de la maison, dans la pièce qui contenait l'autel familial, Gintaro éprouva l'irrésistible envie de contempler leurs porcelâmes. Les cloisons en papier de riz tamisaient la lumière et une douce pénombre environnait le cabinet en orme. Nulle dorure n'atténuait son aspect massif et protecteur. Seul le miroir rond suspendu au plafond semblait éclairé de l'intérieur.

L'expert en porcelâme s'inclina en direction de l'autel et le fixa comme si ses yeux pouvaient percer l'épaisseur du bois. Tomoe alluma un bâton d'encens et se recueillit en silence, Kiyoshi le remercia vivement avant d'entrouvrir les battants. Malheureusement son dos cachait le contenu de l'autel et l'expert ne parvenait pas à distinguer les statuettes qu'il renfermait. Il se tortilla un peu, mais pas trop, de crainte que Tomoe ne le remarque. En vain. Les porcelâmes de ses hôtes demeurèrent un mystère.

Il reporta donc son attention sur celle du maître, que Kiyoshi déposa avec mille précautions devant lui. La silhouette d'Izumi Nakajima le défiait de son regard direct. Elle marchait en s'appuyant sur un bâton, et ses sourcils froncés semblaient se moquer du monde entier. En l'examinant de près, Gintaro remarqua les traces de terre qui maculaient son kimono, ses sandales usées, et sa jambe raide.

– Sa porcelâme la montre en pleine action, remarqua-t-il. Elle dégage une impression de joie et de légèreté, comme si les soucis ne pesaient plus sur ses épaules. Il me semble évident qu'elle vous a légué cet établissement et les responsabilités qui l'accompagnent. C'est à vous de les assumer désormais.

– Merci infiniment, répondit Tomoe. Vos paroles confirment ma propre opinion. Un jour, nous aussi, nous retournerons vers la montagne sacrée.

Par la suite, ils parlèrent de sujets légers, mais l'attention de Gintaro restait tournée vers le cabinet. Ses hôtes remarquèrent-ils sa curiosité ? Une fois la conversation terminée, ils se retirèrent sans le raccompagner jusqu'à la porte de la maison.

L'expert l'interpréta comme une permission implicite et succomba à la tentation. Au lieu de quitter la pièce, il referma la cloison coulissante et s'inclina profondément face à l'objet de sa curiosité. Lorsqu'il ouvrit les panneaux sculptés, l'émotion l'envahit en découvrant que les porcelâmes de Kiyoshi et Tomoe se tenaient par la main. Les époux penchaient la tête l'un vers l'autre, comme s'ils partageaient un secret, et Gintaro sentait la douce chaleur qui en émanait sans même les toucher.

Les détails minutieux qui ornaient leurs silhouettes l'émerveillèrent. Kiyoshi ne portait ni casque ni armure, mais un motif en forme de Kirin ornait la garde de son sabre. Le dieu de la Terre ornait aussi le kimono de Tomoe, brodé en fil d'or sur son dos. Puis il découvrit, stupéfait, la présence du Tigre sur sa poitrine et du Dragon sur son col.

Gintaro se figea sur place. Ses yeux s'écarquillèrent, son cœur battit plus fort. Celle qu'il prenait pour une simple guide se révélait Héritière du Kirin, mais aussi Guerrière du Tigre et Fille du Dragon. Il se demanda comment réagirait son père en apprenant sa véritable identité. Gikan en informerait aussitôt le futur empereur, Ichiro, qui ne laisserait pas une princesse du Dragon vivre à sa guise. Sa Majesté s'empresserait de convoquer Tomoe à la cité impériale et d'écarter Kiyoshi. La gorge de Gintaro se serra en imaginant cette affreuse perspective. Il refusait de briser leur vie tranquille au dojo Nakajima.

L'expert décida de garder le silence pour protéger ses amis. Il referma l'autel et s'agenouilla, le cœur battant. Son esprit plongeait au-delà des apparences, vers un secret qui lui donnait le vertige. Enfin, il comprenait la véritable histoire du rōnin et de la guide ; enfin, il comprenait le mystérieux sourire qui fleurissait sur les lèvres de la princesse Kaede.

Remerciements

J'ai gravi la Voie du Kirin une dizaine de fois. J'ai souffert dans les escaliers, j'ai tremblé sur les planches suspendues, je me suis écorché les mains sur les échelles, je suis tombée dans la passe du Dragon. Mais à chaque version de ce roman, de nouveaux guides m'attendaient au relais du Levant, prêts à repartir avec moi sur ce chemin dangereux. Merci du fond du cœur.

J'ai collecté vos petites phrases, comme les perles d'un chapelet, que j'égrène en guise de souvenir :

• Amandine : « Toi qui en sais autant qu'un guerrier sur le couraaaage !!!! »

Merci pour les fous rires et le courage, sache que cette phrase te va comme un gant.

• Aodez : « Je me serais crue dans un de mes animes préférés. »

Victoire, c'est ce qu'elle voulait.

• Axelle : « J'ai cru qu'il y aurait un baiser… bouhouhou ! »

J'en ai rajouté un dans la nouvelle version, hé hé hé.

• Cécile : « Le chant du Phénix, ce serait sympa comme titre, non ? »

Je suis bien d'accord avec toi, je te vole cette idée !

• Karim : « Si tu manques d'idées, il suffit de me demander. »

Très bien, je te prends au mot.

• Leslie : « Je ne me souvenais même plus avoir suggéré de l'occire, comme quoi je peux être assez radicale. »

Ouf, le Maître s'en sort… pour le moment.

• Isapass : « Gintaro crève l'écran ! »

Je n'oublie pas que tu es sa plus grande fan, et ses aventures ne sont pas terminées.

• La Cath : « Célia, on sera là pour te taper dessus si tu forces trop. »

Je peux avoir du chocolat à la place ?

• La Louve : « Kiyoshi, un samouraï tue plus proprement ! »

Merci pour tout ce que tu m'as appris du kenjutsu, mes combats ont pris une autre dimension grâce à toi.

• Roxane : « Je ne veux pas que le roman soit juste bon, je sais qu'il peut être excellent. »

Tu es tellement ambitieuse pour moi, je tâche de me montrer à la hauteur. Nous voici ensemble au sommet de la montagne sacrée.

Que le Kirin guide nos pas.

Cet ouvrage a été mis en pages
par DV Arts Graphiques à La Rochelle

Impression réalisée par
La Tipografica Varese Srl, Varese
en juillet 2021
pour le compte des Éditions Bayard

Imprimé en Italie